Tödlicher Spitzhammer

Das Buch

Der Zeremonienmeister der Fürther Freimaurerloge, Fritz Engel, liegt erschlagen im Tempel des Logenhauses. Tatverdächtig ist Stuhlmeister Gerhard Schreiner, der vorschnell verhaftet wird. Der Zweite Vorstand, Stijepo Bistrić, beauftragt Privatdetektiv Paul Jonas, die Unschuld des Ersten Logenvorstands zu beweisen. Dies gelingt, aber der Mörder ist noch immer nicht gefunden. Jonas erhält von der Loge das Mandat zu weiteren Ermittlungen, die sich jedoch schwierig gestalten. Feinde von Fritz Engel gab es viele. Als Co-Detektiv soll ihn Logenbruder Stijepo Bistrić unterstützen. Um den Mörder aufzuspüren, muss Jonas tief in die Gedanken- und Symbolwelt der Freimaurer eintauchen. War es am Ende gar ein Ritualmord?

Der Autor

Wolfgang Klar, Jahrgang 1957, wohnhaft im Landkreis Fürth. 1987 wurde er Mitglied der Fürther Freimaurerloge „Zur Wahrheit und Freundschaft". Seit vielen Jahren führt er Logenhausführungen durch. Als Autor ist er bereits mit dem Bildband „Das Logenhaus Fürth in Bildern" in Erscheinung getreten. Neben seinem Interesse an Fotografie hat er ein besonderes Faible für Kroatien.

Das Detektivduo Paul Jonas und Stijepo Bistrić

Der etwas raubeinige Privatdetektiv Jonas und der philanthropische Übersetzer Bistrić lernen sich in *Tödlicher Spitzhammer* kennen und freunden sich an. In den Folgeromanen *Schachbrett und Frankenrechen* sowie *Fürther Verschwörungen* ermitteln sie unabhängig voneinander am gleichen Fall, ohne davon zu wissen.

Wolfgang Klar

Tödlicher Spitzhammer

Freimaurerischer Kriminalroman

Der erste Fall des Detektivduos Jonas / Bistrić

Impressum

Bibliografische Information der Deutschen Nationalbibliothek:
Die Deutsche Nationalbibliothek verzeichnet diese Publikation in
der Deutschen Nationalbibliografie; detaillierte bibliografische Daten sind im Internet über http://dnb.dnb.de abrufbar.
© 2021 Wolfgang Klar
3. Auflage © 2022
Herstellung und Verlag: BoD – Books on Demand, Norderstedt
ISBN: 978-3-7543-0163-0

Inhalt

Prolog

Fritz Engel saß auf seinem Stuhl im Westen des Tempels der Fürther Freimaurerloge *Brudertreue im Kleeblatt* und begutachtete sein Werk: Die Einrichtung des Tempels für eine rituelle Arbeit war fertig gestellt. Seine Aufgabe als Zeremonienmeister hatte er wieder einmal – wie immer in den letzten 25 Jahren – vorbildlich erfüllt. Und das eine Stunde bevor die rituelle Arbeit beginnen sollte, so hatte er es immer gehalten. Disziplin, Pflichterfüllung und Tradition waren das Credo des ehemaligen Berufsoffiziers. Er diente nach seinem vorzeitigen freiwilligen Ausscheiden aus der Bundeswehr seiner Loge genau so gewissenhaft, wie er vorher der Bundesrepublik Deutschland gedient hatte. Er war 70 Jahre alt – die Hälfte seines Lebens gehörte er dem Freimaurerbund an.

Er war alleine im Logenhaus und genoss die Stille im Tempel.

Mit dem Wort *Tempel* verbinden die meisten Menschen einen Raum für ein religiöses Ritual. Aber genau das war ein Freimaurertempel nicht. Das freimaurerische Ritual soll die Brüder zum Nachdenken anregen und an ihre ethischen Aufgaben als Freimaurer erinnern. Auch ohne religiösen Bezug war aber das Wort *Tempel* gut gewählt, denn *templum* bezeichnet einen vom Profanen abgegrenzten Raum.

Der Zeremonienmeister ließ den Eindruck des Raumes bewusst auf sich einwirken: Knapp 20 m lang und 10 m breit war der Tempel und bot leicht für 60 Logenbrüder Platz. Die sechs Doppelbogenfenster waren mit blauen Vorhängen verhangen, die einen wunderbaren Kontrast zu den hellen Wänden und Pilastern bildeten. Der Meisterplatz im Osten befand sich unter einem Baldachin,

ebenfalls in Blau, der Farbe der Treue. In der Nordost-
ecke stand das Pult des Sekretärs, in der Südostecke das
Pult des Redners, dann die langen Stuhlreihen für die
Brüder auf der nördlichen und südlichen Längsseite mit
Blickrichtung zur Tempelmitte, und im Westen befanden
sich die Plätze der beiden Aufseher. Dazwischen war sein
Platz, der Platz des Zeremonienmeisters, auf dem er ge-
rade saß.

Die dunkelblaue Decke des etwa 7 m hohen Raumes
war mit Sternen geschmückt und erinnerte Engel immer
an Immanuel Kants Aussage *Der gestirnte Himmel über
mir und das moralische Gesetz in mir.*

Den Fries an den Wänden oberhalb der Fenster hatte
in den 50er Jahren ein Logenbruder, der Kunstmaler
war, mit Bildern eines Steinmetzlebens geschmückt: Auf
der Nordseite waren Lehrlinge abgebildet, die einen rauen
Stein bearbeiten, der langsam Gestalt annimmt und sich
zum Kubus wandelt, was der Meister kritisch mit dem
Winkel prüft. Der Fries an der Ostseite zeigte den Lehrling mit seinem Gesellenstück und den Meister, der dem
jungen Gesellen den Gesellenbrief übergibt und ihn auf
die Wanderschaft schickt. Die Wanderschaft war auf der
Südseite dargestellt, wo der Geselle auf mehreren Bau-
stellen Erfahrungen sammelt. Im Westen war schließlich
zu erkennen, wie der Geselle Meister wird und sein Leben
als greiser Meister endet. Ein einmaliges Kunstwerk, das
Engel nach dem Aufbau des Tempels jedes Mal in Ruhe
ausgiebig betrachtete.

Hinter den Aufseherplätzen gab es im Westen eine Ni-
sche mit Bühne und Konzertflügel, der zur musikalischen
Ausschmückung der rituellen Arbeit diente. Glücklicherweise befand sich auch ein Konzertpianist unter den
Brüdern.

Fritz Engel hing seinen Gedanken nach. Er war Freimaurer mit Herz und Seele.

„Ich habe stets versucht, unsere Ideale Humanität, Toleranz, Freiheit, Gleichheit, Gerechtigkeit und Brüderlichkeit im Alltag zu leben", dachte er, war sich aber wohl bewusst, wo seine Grenzen der Toleranz waren: bei der peinlich genauen Einhaltung des Rituals und der Pflege des freimaurerischen Brauchtums, das sich von den mittelalterlichen Dombauhütten ableitete. Er konnte auch bei kleineren Pannen im Ritualgeschehen sehr unwirsch reagieren und kanzelte nach der rituellen Arbeit die Ritualbeamten, die sich einen kleinen Lapsus erlaubt hatten, nicht ganz brüderlich ab. Sein Wissen in der freimaurerischen Geschichte und in Ritualangelegenheiten war schier grenzenlos, und er erwartete, dass die Brüder danach streben sollten, zumindest ihre Ritualtexte auswendig zu lernen.

Ein weiterer Stachel in seinem Fleisch war die Öffentlichkeitsarbeit, die die Loge seit Jahrzehnten intensiv betrieb. Öffentlichen Veranstaltungen der Loge blieb er deshalb stets fern. Erst vor kurzem war er mit seinem Meister vom Stuhl, Gerhard Schreiner, wegen des Themas Öffentlichkeitsarbeit in den Haaren gelegen.

„Logenhausführungen – so etwas hätte es noch vor 50 Jahren nie gegeben. Kein Außenstehender sollte den Tempel betreten. Wir haben immer darauf geachtet, dass wir unter uns blieben, und kein Bruder hätte sich als Logenmitglied geoutet, wie es die meisten Brüder heute tun", beschwerte er sich.

Genauso vehement stemmte er sich gegen die Einbindung der Ehefrauen der Brüder ins Logenleben: „Frauen haben im Logenhaus nichts zu suchen."

Auch den Vorschlag des Meisters vom Stuhl, den Aufbau des Tempels den jüngeren Brüdern, den Lehrlingen und Gesellen, zu überlassen, lehnte der Zeremonienmeister strikt ab: „Die machen das nicht ordentlich genug. Außerdem kann ich es nicht leiden, wenn vor der rituellen Arbeit andere Brüder bereits den Tempel betreten."

„Du bist ein hervorragender Bruder und Freimaurer", hatte ihn Stuhlmeister Schreiner gelobt. „Doch mit etwas mehr Toleranz und Gelassenheit würdest du deine Brüder nicht so oft vor den Kopf stoßen. Sieh doch mal über einige kleine Unzulänglichkeiten hinweg." Darauf hatte er wütend entgegnet: „Beim Ritual kenne ich keine Toleranz!"

Als er in der Stille des Tempels saß und das Gespräch mit seinem Stuhlmeister reflektierte, erkannte er, dass dieser genau seinen wunden Punkt getroffen hatte. Freimaurer bezeichnen den Menschen mit seinen Unzulänglichkeiten und Leidenschaften als *Rauen Stein*. Die Aufgabe des Freimaurers war es, sich selbst zu erkennen und an sich zu arbeiten, damit der Stein kubisch wird und er problemlos mit anderen Steinen, das heißt mit anderen Menschen, harmonisch zusammengefügt werden kann. „Das ist wirklich eine gewaltige Unebenheit an meinem Rauen Stein, den ich mit dem Spitzhammer abschlagen muss, aber ich kann einfach nicht aus meiner Haut", dachte Fritz Engel

Nochmals warf er einen Blick auf den eingerichteten Tempel. Der Arbeitsteppich, auf dem die Werkzeuge der mittelalterlichen Steinmetze abgebildet waren und den Freimaurern als Symbole und Hilfsmittel für ihre *Arbeit an sich selbst* dienen sollten, lag in der Mitte des Tempels. Flankiert war er von den drei Säulen, die Weisheit, Stärke und Schönheit symbolisieren – Eigenschaften, die man braucht, um sein Leben rechtschaffen zu gestalten. An der Säule der Schönheit lagen der Raue Stein und der Spitzhammer.

Ein nochmaliger kritischer Blick brachte Engel die Erkenntnis, dass der Arbeitsteppich doch nicht ganz genau in der Mitte lag. Engel stand auf, um den Teppich ein paar Zentimeter nach rechts zu schieben. Als er dies erledigt hatte, drehte er sich um und erkannte eine Gestalt im schwarzen Anzug, mit Zylinder und mit weißen Handschuhen vor sich. Zornesröte schoss ihm ins Gesicht. „Was machst du hier? Du gehörst nicht hierher!", schrie er die Gestalt an, die geschwind den Spitzhammer ergriff und dem Zeremonienmeister auf die Stirn schlug.

Engel spürte einen stechenden Schmerz, schrie kurz auf und fühlte, wie ihm die Sinne schwanden und das Blut über sein Gesicht strömte. Er vollführte noch eine halbe Drehung und stürzte hin. Sein Blick fiel noch auf den Fuß der Säule der Schönheit, doch das Bild wurde immer verschwommener und mündete schließlich in tiefem Schwarz ...

1 Jonas' erster Auftrag

Ich zählte gerade mein Vermögen, als mich das Telefon aus dieser Tätigkeit herausriss. Ich ließ es klingeln. Erst musste ich wissen, wie viel Kohle ich noch hatte. Meinen Kontoauszug mit dem Endsaldo von 105,23 € hatte ich schon frustriert gelesen und das Inspizieren meiner Geldbörse würde maximal drei Klingeltöne dauern. Bereits nach zwei Klingeltönen wusste ich, dass ich noch über eine Barschaft von 35,17 € verfügte. Die finanzielle Situation ließ mich hochmotiviert zum Telefonhörer greifen.

„Detektei Chamäleon, Sie sprechen mit Paul Jonas. Was kann ich für Sie tun?"

„Hier spricht Stijepo Bistrić. Ich bin der Zweite Vorstand der Fürther Freimaurerloge *Brudertreue im Kleeblatt*. Herr Jonas, wir benötigen dringend Ihre Hilfe, denn unser Zeremonienmeister Fritz Engel wurde ermordet, und die Polizei hat unseren Stuhlmeister verhaftet, obwohl er mit Sicherheit unschuldig ist. Ich weiß, dass Sie ein hervorragender Privatdetektiv sind und hoffe, Sie können so schnell wie möglich in unser Logenhaus kommen."

„Sie haben Glück! Gerade habe ich zwei größere Aufträge abgeschlossen", log ich. „Soviel ich weiß, liegt das Logenhaus am Anfang der Dambacher Straße. Ich kann in einer halben Stunde bei Ihnen sein."

„Super! Wir treffen uns im zweiten Obergeschoss an der Theke."

Die nächsten zwei Minuten konnte ich nichts anderes tun, als mir zufrieden die Hände zu reiben. Ein Auftrag von den Freimaurern – da würde mein Kontoauszug sicher bald deutlich besser aussehen.

Ich hatte vor Jahren an einer Logenhausführung der Tourist Information teilgenommen, konnte mich aber beim besten Willen nicht mehr daran erinnern, worum es bei der Freimaurerei eigentlich ging. Irgendetwas mit *Humanität* hatten die damals erzählt. Aber stimmte das auch?

Freimaurer waren für mich ein sagenumwobener Geheimbund wie die Illuminaten, die Mafia, Skull and Bones oder die Bilderberger – Weltverschwörer also. Wer könnte sonst noch in Verschwörungen und damit womöglich in den Mord im Logenhaus verwickelt sein?

Geheimdienste wie CIA, FBI, NSA, KGB, MI6, Mossad, Bundesnachrichtendienst?

Terrororganisationen wie Mafia, Camorra, Cosa Nostra, Al-Kaida, IS, Ku-Klux-Clan?

Und vielleicht sogar der Vatikan?

Aber bald würde ich durch den Auftrag etwas mehr über diese Brüder erfahren.

Das wichtigste aber war: Die Jungs hatten Kohle, das war allgemein bekannt.

Auf dem Weg zum Logenhaus dachte ich nochmals über meine letzten *größeren Fälle* nach, die ich diesem Bistrić vorgeschwindelt hatte: Zwei Beschattungen der ehelichen Untreue verdächtigten Personen hatte ich durchzuführen. Und beide Verdächtigungen erwiesen sich schnell als haltlos und die Aufträge spielten deshalb kaum Geld ein. Der vermeintlich untreue Ehemann ging jeden Mittwoch zum Schafkopfspielen in eine Kneipe, um ein paar Stunden Erholung von seiner Ehefrau zu haben. Der zweite Fall betraf eine Frau, die auch regelmäßig einmal in der Woche für drei Stunden ohne Angabe von Gründen verschwand. Ihr Ehemann wurde stutzig, als er in der Tasche, die sie immer an diesen Abenden mitnahm, Reizwäsche und andere aufreizende Kleidungsstücke fand. Die Lösung war einfach: Die Ehefrau lernte heimlich das Strippen und wollte damit das etwas eintönige Eheleben wieder auf Vordermann bringen.

Mit solchen Schrott-Aufträgen war es jetzt vorbei! Jetzt hatte ich einen Auftrag, der dem Privatdetektiv Paul Jonas würdig war!

Doch wovon hatte dieser Bistrić geschwafelt?

Von einem ermordeten *Zeremonienmeister* und einem verhafteten *Stuhlmeister*. Vermutlich hatte das etwas mit den geheimnisumwitterten Ritualen der Freimaurer zu tun. Aber das würde ich schon noch erfahren.

War es vielleicht ein Ritualmord?

Oder war irgendetwas bei ihren Ritualen schief gelaufen?

Und wie kam Bistrić zu der Information, dass ich ein hervorragender Detektiv bin?

Durch eine Empfehlung?

Egal, hauptsächlich zählt der Zaster!

Mittlerweile war ich am Logenhaus angekommen. Es befand sich in einem großen Garten, der von einem schmiedeeisernen Zaun und hellen Sandsteinpfeilern umgeben war und machte, obwohl es mir bekannt war, wieder einen überwältigenden Eindruck auf mich: Heller Sandstein, Säulen, Ornamente, Engelsgesichter. Über dem Giebel der Westseite thronten zwei weiße Frauengestalten, von denen eine einen Spiegel in der Hand hielt und die zweite ihr freundschaftlich die Hand entgegenstreckte. Ungewöhnlich für einen Männerbund.

Das prächtige Haus wirkte wie ein Schloss und es galt zu Recht als eines der schönsten Gebäude in Fürth und als eines der schönsten Logenhäuser Deutschlands. Fürth nennt sich mit allem Grund *Denkmalstadt*, denn mit 2.000 Baudenkmälern verfügt die knapp 130 000 Einwohner zählende Stadt über die höchste Denkmaldichte in ganz Bayern. Im Gegensatz zum benachbarten Nürnberg war Fürth im Zweiten Weltkrieg deutlich weniger von den Luftangriffen der Alliierten betroffen gewesen.

Obwohl ich kein Kunsthistoriker bin, glaubte ich am Haus Elemente des Barocks und der Renaissance zu erkennen. Vor allem die doppelbögigen Fenster erinnerten mich an italienische Palazzi. Es dämmerte mir wieder: In der Logenhausführung war dieser Stilmix Historismus genannt worden.

Vor dem großen schmiedeeisernen Tor an der Dambacher Straße stand eine Tafel, auf der man ersehen konnte, dass der Festsaal im Erdgeschoss an ein Catering-Unternehmen vermietet war und andere Räume als gewerbliche Büroflächen dienten. Doch nicht nur die Loge *Brudertreue im Kleeblatt* hatte hier ihr Domizil, sondern auch – oh Wunder – eine Frauenloge. Der Name der Loge sollte wohl die enge Verbundenheit zu ihrer Heimatstadt darstellen, die als Stadtwappen ein dreiblättriges Kleeblatt führt. Über dem Portal des Haupteingangs wiesen Winkel und Zirkel darauf hin, dass es ein Haus der Freimaurer war. Das wusste ich auch noch von der Führung.

Über Marmorstufen mit schmiedeeisernem Geländer stieg ich in den zweiten Stock hoch, wo sich die Logenräume befanden: zwei Clubräume, eine Bibliothek und der prächtige Freimaurertempel an den ich mich ebenfalls erinnerte. Nur das, was die Freimaurer eigentlich machen, konnte ich meinem Speicher im Oberstübchen beim besten Willen nicht mehr entlocken.

An der Theke im 2. Obergeschoss lehnte ein schlanker Mann, der etwa 40 Jahre alt sein durfte. Er trug eine schwarze Stoffhose, ein helles Hemd und Jackett. Irgendwie erinnerte er mich an Sean Connory in den ersten James-Bond-Filmen: scharf gescheiteltes schwarzes Haar und wache lebendige dunkle Augen. Er wirkte sympathisch – zumindest auf den ersten Blick. Das musste mein Auftraggeber sein. Er kam mir sofort entgegen. „Herr Jonas?", fragte er und reichte mir die Hand.

Ich nickte

„Stijepo Bistrić. Wir haben telefoniert. Schön, dass Sie so schnell kommen konnten! Kommen Sie mit in unseren kleinen Clubraum."

Der kleine Clubraum, war mit einer maßgefertigten Schrankwand, einem alten schönen Schreibtisch und einem großen Tisch mit Stühlen ausgestattet. Am Tisch saßen drei weitere Herren, die bedrückt vor sich hinblickten.

Bistrić machte uns bekannt.

„Herr Paul Jonas, Privatdetektiv. Thomas Kluge, unser Erster Aufseher. Gernot Harmann, unser Zweiter Aufseher. Hans Glosser, unser Hausmeister."

Kluge war wohl an die 60, groß, schlank, mit grauen, leicht gewellten Haaren. Harmann dürfte Mitte 40 sein. Er war untersetzt und hatte die dunklen langen Haare zu einem Pferdeschwanz zusammengebunden, so dass seine ohnehin schon hohe Denkerstirn besonders stark betont wurde. Irgendwie war er ein Künstlertyp.

Glosser hatte ungefähr dasselbe Alter wie Kluge. Er war klein, hatte einen ziemlichen Bauchansatz und eine Glatze mit einem grauen, lockigen Haarkranz à la Walter Scheel. Sein Gesichtsausdruck war gewissenhaft, aber auch etwas verschüchtert. Als Zeichen seiner Würde trug er einen grauen Hausmeisterkittel.

Ich winkte den drei Jungs zu.

Was ein Hausmeister ist, war mir klar. Aber was machten die Aufseher?

„Sie haben zwei Aufseher, die den Hausmeister beaufsichtigen?"

Bistrić lachte und klärte mich auf.

„Nein, unser Hausmeister braucht keine Aufsicht, der weiß schon selbst, was zu tun ist. Die beiden Aufseher haben wichtige rituelle Aufgaben. Das Ritual besteht im Wesentlichen aus Wechselgesprächen zwischen dem Meister vom Stuhl und den beiden Aufsehern, wobei der Meister die Fragen stellt und die Aufseher die Antworten geben. Im Ritual werden die Logenbrüder immer wieder an ihre Aufgabe, die eigene sittliche Höherentwicklung, erinnert."

Das Ritual! Die ganze Freimaurerei schien sich um ein Ritual zu drehen, mit dem die Brüder angeblich sittliche Vollkommenheit und was-weiß-ich-was-sonst-noch erreichen wollen. Waren die Freimaurer – wie von manchen vermutet – eine Sekte und das Ritual war eine Art Gottesdienst? Auf der Fassade des Logenhauses war schließlich auch ein Auge im Dreieck dargestellt. Dass die Brüder hierbei Jungfrauen schändeten und kleine Kinder opferten, glaubte ich hingegen nicht, obwohl manche Menschen dies behaupteten.

Unter der Funktion des Aufsehers konnte ich mir nun ein bisschen mehr vorstellen und was ein Meister vom Stuhl war, würde ich hoffentlich auch noch irgendwann erfahren. Die Jungs machten zwar einen angespannten, aber dennoch offenen Eindruck. Ich wollte aber zum Fall übergehen und die Freimaurerei zunächst vernachlässigen.

„Sie haben am Telefon von einem Mord gesprochen, Herr Bistrić. Erzählen Sie mir doch mal genau, was passiert ist."

„Das macht am besten unser Hausmeister, der unseren Bruder Fritz Engel auch aufgefunden hat."

Hans Glosser nickte diensteifrig und sprudelte los.

„Ich war gestern Abend um 19 Uhr in der Küche des Logenhauses, um einen Imbiss vorzubereiten. Das mache ich immer so, weil manche Brüder direkt von ihrer Arbeit ins Logenhaus kommen und vor dem Beginn des Logenabends etwas essen möchten. Da hörte ich die laute Stimme von Herrn Engel und dachte, er schimpft mal wieder mit einem Logenbruder. Kurz darauf hörte ich einen Schrei. Ich habe mir schnell die Hände gewaschen und bin aus der Küche gerannt. Da sah ich einen Logenbruder die Treppe hinunter rennen – leider nur von oben und von hinten. Er war ca. 1,75 m groß und sehr schlank. Dann bin ich in den Tempel gegangen und habe Herrn Engel auf dem Boden liegend neben einem blutigen Spitzhammer in einer Blutlache vorgefunden. Er hat nicht mehr geatmet, und ich habe versucht, ihn wiederzubeleben – leider erfolglos. Das hätte ich mir bei der tiefen Kopfwunde auch gleich denken können. Die Polizei hat mich später auch gerügt, weil ich den Toten angefasst und bewegt habe. Ich habe sofort den Rettungsdienst und die Polizei gerufen, die gegen 19:40 Uhr eingetroffen ist. Zu diesem Zeitpunkt waren auch die meisten Logenbrüder schon da, auch Herr Schreiner, der Stuhlmeister, der wenige Minuten zuvor gekommen war."

Thomas Kluge, der Erste Aufseher, fühlte sich berufen, den Bericht zu ergänzen.

„Wir waren alle wie gelähmt – unser Zeremonienmeister – tot. Und dann das ganze Programm der Polizei: Spurensicherung, Gerichtsmediziner, Feststellung der Personalien und Einzelverhöre. Wir mussten alle im großen Clubraum warten, die Verhöre wurden in der Bibliothek geführt und nach dem Verhör hatten wir uns im kleinen Clubraum zu versammeln, um uns für etwaige Fragen noch zur Verfügung zu halten. Erst kurz vor Mitternacht konnten wir nach Hause gehen."

Und schließlich musste auch der Zweite Aufseher, Gernot Harmann, seinen Senf dazugeben.

„Dem älteren Polizisten, Kommissar Obermeier, schien es fast schon Freude zu machen: Ein Mord im Logenhaus. Er ließ uns auch deutlich spüren, dass er von der Freimaurerei nicht begeistert war und er uns für Weltverschwörer hielt. Vermutlich hat er ein paar Hetzschriften gegen die Freimaurer aus der Nazi-Zeit zu Hause. Der jüngere Polizist, Lars Stiegler hieß er, war wesentlich angenehmer, hatte aber bei seinem Chef wenig zu sagen."

Ich verfiel in Schockstarre: Kai Obermeier, dieser Stümperkommissar, mit dem ich schon in ein paar anderen Fällen konfrontiert worden war und der mich genau so sehr liebte wie Pest, Cholera und Brechdurchfall, leitete die Ermittlungen. Nicht der schon wieder!

Typen wie dieser Sesselfurzer Obermeier, mit denen man zwangsweise zusammenarbeiten musste, waren der Hauptgrund, warum ich vor zehn Jahren den Dienst bei der Polizei quittiert hatte. Ich war kurz davor, den Auftrag abzulehnen, aber dann meldete sich mein schlechtes Gewissen – oder genauer gesagt: Die Erinnerung an meinen Kontoauszug.

2 Bistrić und das schwache Alibi

Das Erscheinen des Detektivs war Balsam für meine Seele und meine Nerven. Ich war ziemlich fertig nach dem Mord und den Verhören am Vortag.

Außerdem lastete die ganze Verantwortung für die Loge nun auf meinen Schultern, da unser Stuhlmeister verhaftet worden war. Das war eine vollkommen neue Herausforderung für mich als Zweiten Vorstand.

Ich war es durchaus gewohnt, im Vertretungsfall eine rituelle Arbeit oder einen Clubabend zu leiten. Die Öffentlichkeitsarbeit der Loge mit Logenhausführungen, Volkshochschulveranstaltungen und die Pressearbeit gehörten ohnehin zu meinen Hauptaufgaben, aber bei einem Mordfall kluge Entscheidungen zu treffen und die richtigen Maßnahmen einzuleiten waren Aufgaben, denen ich mich kaum gewachsen sah.

Glücklicherweise hatte ich mich daran erinnert, dass es in Fürth einen erstklassigen Privatdetektiv gab. Ich war vor etwa einem halben Jahr am Gericht als Übersetzer tätig gewesen. Ein Serbe war des Mordes angeklagt und die Sache sah ziemlich schlecht für ihn aus. Sein Anwalt hatte aber Privatdetektiv Paul Jonas eingeschaltet, dem es schließlich mit viel Aufwand gelungen war, ein hieb- und stichfestes Alibi für den Angeklagten beizubringen. Seine Aussage trug der Detektiv äußerst professionell vor, so dass der Angeklagte freigesprochen wurde. Das war der richtige Mann für unseren Fall!

Ich weiß nicht, wie ich mir einen Privatdetektiv normalerweise vorgestellt hätte, aber Paul Jonas' Outfit wäre von jeglicher Vorstellung deutlich abgewichen: Er trug Jeans, Cowboystiefel, ein kariertes Holzfällerhemd, eine lederne Weste und als Krönung einen Stetson, den klassischen Cowboyhut. Wenn er noch einen Revolvergürtel getragen hätte, hätte ich gedacht, Old Shatterhand stehe vor mir. Damals vor Gericht trug er zwar einen feinen Anzug, aber das heutige Outfit war mehr als gewöhnungsbedürftig. Ansonsten sah er eigentlich ganz normal aus: Groß, schlank, dunkelblondes Haar und etwa in meinem Alter. Sein Mund zeigte meist ein süffisantes Grinsen, was auf einen gewissen Zynismus schließen ließ.

Doch mit ihm hatte ich anscheinend eine wirklich gute Wahl getroffen: schnell zur Stelle und stellt zielgerichtete

Fragen. Man merkte sofort, dass er nicht mit Steuergeldern bezahlt wurde wie Kommissar Obermeier. „Und wie und wann kam es zur Verhaftung?", wollte der Cowboy-Detektiv nun von mir wissen.

„Das ist das Problem", erklärte ich, „Auf die anderen Brüder passte die Personenbeschreibung des Hausmeisters nicht oder sie hatten ein Alibi, das Obermeiers Assistent Stiegler sofort telefonisch überprüfte. Pech, dass unser Meister 1,75 m groß und sehr schlank ist. Sein Alibi war schwach, und wir bitten Sie, Herr Jonas, nochmals nach seinem Alibi zu forschen. Der Obermeier scheint da keine größere Motivation zu haben. Er stellte fest: ‚Sie haben ein Motiv und kein Alibi!‘, wie wir es aus Fernsehkrimis kennen. Die Verhaftung erfolgte heute Vormittag in Bruder Schreiners Hause in Burgfarrnbach. Seine Frau hat mich sofort angerufen."

„Welches Motiv hat man ihm unterstellt und welches ist sein angeblich schwaches Alibi?", wollte Jonas nun wissen.

Bei dem Wort *Motiv* stellten sich meine Nackenhaare und mir war klar, dass meine Antwort nicht gerade freundlich ausfallen würde.

„Motiv, wenn ich das schon höre! Wir sind ein Bruderbund, und trotz aller Gegensätze und auch gelegentlicher Streitigkeiten kann man einen Mord unter Brüdern ausschließen. Wenn man den Zwist unseres Meisters mit seinem Zeremonienmeister bezüglich Öffentlichkeitsarbeit der Loge und Engels Engstirnigkeit, was das Ritual angeht, als Motiv betrachtet, käme fast die ganze Loge in Frage – auch ich. Unser Bruder Fritz Engel kannte sich in der Freimaurerei aus wie kein Zweiter, und er versuchte auch, seine Intoleranz zu bekämpfen – was ihm aber leider nie gelang. Er war eben ein alter Sturkopf. ‚Freimaurerei braucht keine Öffentlichkeitsarbeit!‘, erklärte er fast jede Woche. Es gab auch immer wieder Verärgerung bei den Ritualbeamten, wenn er sie bei dem kleinsten Fehler maßregelte."

Jetzt fiel Bruder Gernot Harmann ein, einer der häufig Gemaßregelten.

„Ich habe mich wirklich schon oft über unseren Bruder Fritz geärgert, aber der Ärger ist meist am nächsten Tag wieder verraucht, wenn ich mir sage: ‚So isser halt, der Fritz!‘, und mir bewusst mache, dass ich an mir selbst arbeiten muss und nicht an meinem Bruder."

Bruder Thomas Kluge ergänzte noch:

„Und Fritz taten seine Ausraster auch leid. Ich habe ihn einmal tags darauf angerufen und mich über seine schroffe Art beschwert. Er gab mir sofort recht und sagte ‚Ich weiß, dass bei mir öfter die Emotionen hoch gehen, und bitte dich um Verzeihung.‘ Die Entschuldigung hat er dann auch später noch vor allen Brüdern ausgesprochen – und damit war die Sache erledigt."

Ich hoffte, dass Jonas nun klar war, dass auf keinen Fall ein Logenbruder als Täter in Frage käme. Ermittlungen in diese Richtung wären nur verschwendete Zeit.

Ich fügte hinzu:

„So oder in ähnlicher Weise haben sich auch die anderen Brüder bei den Verhören geäußert, was von Herrn Kommissar Obermeier nur mit einem Grinsen aufgenommen oder der sarkastischen Bemerkung ‚Ja ja, die Brüder Freimaurer!‘ quittiert wurde."

Jonas schien etwas ungeduldig zu werden.

„Ja ja, ich habe schon verstanden, dass ihr Brüder euch nicht gegenseitig umbringt, selbst wenn ihr euch gewaltig auf die Nerven geht. Ich will jetzt aber endlich wissen, welches Alibi der Verhaftete hat."

„Na, wie ist der denn drauf?", fragte ich mich. Ganz schön schnoddrig, der Herr Detektiv. Der wollte wohl mein Toleranzverhalten auf die Probe stellen.

Ich überhörte deshalb Jonas' provokante Bemerkung und versuchte, seine Frage möglichst genau zu beantworten.

„Was das Alibi angeht: Bruder Gerhard Schreiner hat eine kleine IT-Firma: *Schreiner IT Solutions*. Gestern war er auf Kundenbesuch in Würzburg. Gegen 17:30 Uhr machte er sich auf die Heimreise – das wurde auch von seinem Kunden bestätigt. Laut Berechnung des Kommissars hätte er demnach bei Fahrt über die Autobahn leicht um 19:00 Uhr im Logenhaus sein können. Unser Stuhlmeister ist jedoch über die Bundesstraße 8 gefahren, da er einen Abstecher nach Castell machen wollte, um dort noch eine Kiste Frankenwein zu kaufen. Der Wein lag noch in seinem Auto. Dies ließ die Polizei jedoch nicht gelten – er habe bei der Planung des Mordes den Wein zur Bestätigung seines Alibis in den Kofferraum gelegt. Ein Anruf beim Weingut Distler verlief leider erfolglos. Die Frau des Weingutbesitzers erklärte, sie könne sich leider nicht an jeden Kunden erinnern. Die Rechnung für den Wein hatte unser Meister unglücklicherweise gleich weggeworfen. Kurz nach halb acht traf er in der Loge ein. Bitte haken Sie nochmal beim Weingut nach, Herr Jonas!"

„Welcher Anwalt vertritt Ihren Meister?"

„Dr. Robert Feiler. Er ist Fachanwalt für Strafrecht und hat seine Kanzlei an der kleinen Freiheit in Fürth. Darüber hinaus ist er auch Logenbruder und Schatzmeister der Loge. Ich habe beim Telefonat mit der Frau unseres Meisters gleich mit ihr vereinbart, dass ich Bruder Robert anrufen werde. Sie war mit der Übertragung des Mandats an ihn sofort einverstanden. Ich weiß nur nicht, ob er sofort aufs Kommissariat kommen konnte. Rufen wir ihn doch gleich an."

Ich zückte mein Handy und wählte seine Nummer. Ich führte ein kurzes Gespräch mit ihm und informierte dann Jonas über den Inhalt.

„Zum Glück hat Bruder Schreiner Dr. Feiler von der anwaltlichen Schweigepflicht gegenüber seiner Ehefrau Claudia und den Herren Kluge, Harmann und mich entbunden, so dass ich einige Auskünfte bekommen konnte. Dr. Feiler war beim heutigen Verhör von Bruder Gerhard Schreiner zugegen gewesen. Er hatte auch schon die Einschaltung eines Privatdetektivs erwogen, nachdem er den ermittelnden Kommissar Obermeier kennengelernt hatte. Er ist froh, dass ich nun schon einen gefunden habe, da braucht er keinen mehr zu suchen. Wir haben einen Gesprächstermin für morgen 11:00 Uhr vereinbart, um das weitere Procedere zu besprechen."

Ich vereinbarte mit Paul Jonas, dass dieser eine Stunde vorher zu mir nach Hause kommen sollte. Wir würden dann kurz das weitere Vorgehen abstimmen und gemeinsam den Anwalt aufsuchen. Dann verabschiedete sich der Detektiv.

„Und was meint ihr nun?", fragte ich die beiden Aufseher.

„Ungewöhnlicher Typ – aber fit, dieser Jonas", meinte Kluge.

Hans Glosser tat durch Nicken seine Zustimmung kund.

„Du wirst sehen: Der schafft das! Unser Meister kommt sicher bald frei", pflichtete Harmann bei.

Glosser nickte wieder.

„Das hoffe ich auch", erklärte ich. „Doch lasst uns jetzt nach Hause gehen. Mir stecken die gestrigen Erlebnisse noch in den Knochen und ich brauche etwas Ruhe."

Kluge nickte.

Harmann nickte.

Glosser nickte.

Wir verabschiedeten uns.

Ich fuhr heim und freute mich auf eine ruhige Stunde Couching – auf meiner Couch zuhause.

3 Jonas liest im Kaffeesatz

Am nächsten Morgen blätterte ich beim Frühstück die Fürther Nachrichten durch. Im Fürther Lokalteil fand ich den gesuchten Artikel. Er war an erster Stelle platziert.

Mord im Logenhaus
Ein Verbrechen erschüttert Fürth: Vor zwei Tagen wurde im Logenhaus in der Dambacher Straße das Logenmitglied Fritz E. tot aufgefunden. Er war mit einem Spitzhammer erschlagen worden. Der Tat dringend verdächtig ist der Logenvorstand Gerhard S., der gestern festgenommen und in Untersuchungshaft überführt wurde. Die Polizei ermittelt weiter.

Der Artikel erging sich noch weiter über die Freimaurerei allgemein, das Logenhaus und die Geschichte der Loge *Brudertreue im Kleeblatt*, was die Berichterstattung über den Mord ziemlich aufblähte. Das interessierte mich weniger, aber ich kam zum Schluss, dass die Loge anscheinend in Fürth keinen schlechten Ruf hatte. Der Pressesprecher der Polizei hatte seine Sache gut gemacht. Er hatte sich bedeckt gehalten, nur die notwendigen Informationen und keine Details herausgegeben. Das war mir sehr recht.

Von meiner Einzimmerwohnung in der Rosenstraße, die mir auch gleichzeitig als Detektivbüro dient, waren es nur wenige Minuten zu Fuß in die Gustavstraße, wo mein

Auftraggeber in einem schönen alten Fachwerkhaus wohnte. Kurz vor 10 Uhr stand ich vor der Haustür, wo ein Schild den Beruf des stellvertretenden Logenvorstands bekannt gab:

1. Stock – Stijepo Bistrić – Vereidigter Übersetzer für Kroatisch, Serbisch, Bosnisch
Ich klingelte. Der Türöffner summte und ich ging in den ersten Stock, wo Bistrić mich empfing. Zuerst stellte er mich seiner Familie vor, mit der er das gesamte erste Obergeschoss bewohnte.

Seine Frau Danijela war ungefähr Ende Dreißig und eine typisch südslawische Schönheit mit guter Figur, langem dichtem schwarzem Haar mit Naturwellen und dunklen wachen Augen. Sie trug Jeans und Pulli, beides enganliegend, was ihre weiblichen Rundungen betonte. Die Lady wäre auch meine Kragenweite gewesen.

Sein zehnjähriger Sohn Marko spitzte nur kurz aus dem Kinderzimmer, und rief mir „Hallo, Herr Cowboy!" zu, verschwand dann aber gleich wieder. Warum war der Bengel nicht in der Schule? Doch Bistrić klärte mich auf: „Der hat an seinem letzten Ferientag Wichtigeres zu tun, als sich mit uns zu unterhalten."

In seinem Büro bat er mich, auf einem Stuhl neben dem Schreibtisch Platz zu nehmen. Er selbst setzte sich in den Rollsessel. Ich sah mich um. Auch hier war alles edel und geschmackvoll eingerichtet, wie in der gesamten Wohnung. Ich konnte mir die Frage nicht verkneifen:
„Kann man von dem Beruf des Übersetzers gut leben?"
Bistrić schmunzelte.
„Es geht – wenn man nicht gerade Millionär werden will. Ich habe einen Stammkundenkreis, für den ich Verträge oder Dokumentationen übersetze, und ab und zu werde ich auch vom Gericht als Übersetzer bestellt. Die Kosten sind gering – ich brauche nur diesen Raum und

viel Speicherplatz auf dem Computer. Meine Frau Danijela kümmert sich um die Buchführung und hilft mir teilweise auch bei den Übersetzungen. Kaffee gefällig?"

Kaffee gehörte zu den Grundnahrungsmitteln eines Detektivs und ich freute mich über das Angebot, obwohl ich zum Frühstück bereits zwei große Tassen genossen hatte.

„Gerne!"

„Normalen Kaffee, Espresso, Cappuccino, oder türkischen?"

„Türkischen. Vielleicht kann ich aus dem Kaffeesatz lesen, wer Ihren Zeremonienmeister umgebracht hat."

Bistrić ging kurz in die Küche, wo seine Frau Vorbereitungen für das Mittagessen traf, und bestellte den Kaffee. Dann kam er zurück und setzte sich wieder an den Schreibtisch.

Sein Gesichtsausdruck war grimmig.

„Haben Sie den Artikel heute in der Zeitung gelesen?"

Ich nickte. Es war klar, welcher Artikel gemeint war.

„Eine Schande für die Loge und die gesamte Freimaurerei!"

Logisch, ein Mord ist immer schlecht für das Image. Aber Bistrić ebnete mir mit seinem Urteil den Weg, einige Fragen zur Freimaurerei zu stellen.

„Ich denke, Herr Bistrić, Sie müssen mir in den nächsten Tagen mal Nachhilfeunterricht in Sachen Freimaurerei geben. Was Aufseher sind, haben Sie mir gestern erklärt, was ein Zeremonienmeister in der Loge macht ist mir unbekannt und bei dem Wort *Stuhlmeister* kommen mir nur ein paar komische Gedanken in den Sinn."

Bistrić nickte verständnisvoll.

„Sie haben vollkommen recht, Herr Jonas. Tut mir leid, dass ich mit Begriffen um mich werfe, die Sie nicht kennen können. Aber dieser Mord geht mir doch sehr an die Nieren und ich bin ein bisschen durcheinander. Ich kann

Ihnen gerne in den nächsten Tagen eine kleine Einführung in die Freimaurerei geben. Für heute nur so viel: Der Zeremonienmeister ist verantwortlich für den Aufbau des Tempels sowie für die Ein- und Ausführung der Logenbrüder bei der rituellen Arbeit. Der Stuhlmeister, oder auch der Meister vom Stuhl, ist der Erste Vorstand einer Freimaurerloge. Der Begriff leitet sich aus den mittelalterlichen Dombauhütten ab: Allein der leitende Meister führte seine Arbeit im Sitzen aus, da er die Pläne auszuarbeiten hatte. Auch im Englischen wird ein Vorsitzender *Chairman* genannt. Reicht Ihnen das vorläufig?"

Ich nickte.

Bistrić sah mich erwartungsvoll an.

„Wie wollen Sie bei Ihren Ermittlungen vorgehen?"

Ich gab mich professionell und räusperte mich zuerst einmal.

„Ich bin gespannt, vom Anwalt zu erfahren wie das Verhör gelaufen ist und worauf die Anschuldigungen genau fußen. Das Wichtigste ist allerdings, dass das Alibi Ihres Stuhlmeisters bestätigt wird. Deshalb werde ich unmittelbar nach dem Anwaltstermin nach Castell fahren und mit dem Weingutbesitzer sprechen. Haben Sie ein Bild von Herrn Schreiner? Vielleicht erinnern sich die Leute dann doch noch an ihn."

Bistrić warf seinen Computer an und forschte seine Dateien durch.

„Da haben wir eines – von unserem letzten Sommerfest, wie er die Gäste begrüßt. Das drucke ich gleich auf A4 aus."

Er tippte auf der Tastatur herum. Frau Bistrić brachte den Kaffee. Ich bedankte mich und nippte daran. Spitze! Wie der Nachtischkaffee beim Griechen, nur dass er dort *griechischer Mokka* heißt.

„Gibt es Feinde Ihres Zeremonienmeisters außerhalb der Loge? Gibt es vielleicht auch jemanden, der Ihrem Meister den Mord in die Schuhe schieben will? Ich denke da in erster Linie an Ihren Hausmeister, Herrn Glosser, der mit seiner Personenbeschreibung Ihren Stuhlmeister schwer belastet hat. Vor allem Glosser hatte die Möglichkeit und die Gelegenheit, Herrn Engel umzubringen. Mich wundert, dass die Polizei nicht auch in dieser Richtung ermittelt hat."

Bistrić reichte mir den Ausdruck. Ich faltete ihn zusammen und steckte ihn ein.

Sein Gesichtsausdruck hatte sich bei meiner Verdachtsäußerung verfinstert.

„Für unseren Hausmeister lege ich die Hand ins Feuer, genau wie für unsere Brüder. Er hat den Job seit über 30 Jahren inne und macht ihn hervorragend. Wir haben sogar ein freundschaftliches Verhältnis zu ihm. Sogar Bruder Fritz Engel kam mit ihm gut aus, da er sich an die Regel hielt: Wenn der ZettEmm im Tempel ist, hat kein anderer Zutritt. Fritz hatte auch nichts dagegen, wenn der Hausmeister den Tempel zu anderen Zeiten betrat – er musste schließlich staubsaugen oder defekte Leuchtmittel austauschen. Sonst vertrat er aber die Ansicht, dass ein Außenstehender nichts im Tempel zu suchen habe. Unsere öffentlichen Veranstaltungen im Tempel, wie zum Beispiel Konzerte, brachten ihn jedes Mal fast zur Weißglut."

„Was ist bitte ein ZettEmm?"

„ZM – die Abkürzung für Zeremonienmeister. Die Freimaurer kennen eben auch den AküFi – den Abkürzungsfimmel."

Bistrić warf einen Blick auf seine Armbanduhr.

„Ich denke, wir sollten uns nun auf den Weg zu unserem Rechtsanwalt machen."

Bevor wir die Wohnung verließen, trank ich meinen Kaffee aus und warf einen Blick auf den Tassenboden. Der Kaffeesatz brachte mir leider auch keine neuen Erkenntnisse.

4 Bistrić ist entsetzt

Jonas und ich fuhren mit meinem Wagen zur kleinen Freiheit. Rechtsanwalt Bruder Dr. Robert Feiler hatte seine Anwaltskanzlei in einem der herrlichen Häuser aus der Gründerzeit. Ich war bereits einmal bei ihm, musste aber auch diesmal wieder staunen, in welch wunderbarem Zustand das grün gekachelte Treppenhaus war. Auch in seiner Kanzlei: Stuckfriese an den Decken der hohen Räume. Die Möblierung war zwar modern, aber dennoch passend zum Flair des alten Gebäudes.

Im Büro von Bruder Feiler erkundigte sich der Detektiv nach dem Verlauf des Verhörs am Vortag.

„Ein Ermittler sollte seinen Fall aus allen Richtungen betrachten", begann unser Anwalt seine Ausführungen. „Das war leider bei Kommissar Obermeier nicht der Fall. Ihm reichte aus, dass unser Bruder Gerhard nicht den Besuch des Weinguts nachweisen konnte, und der Zwist mit dem Opfer war für ihn ein ausreichendes Motiv. Mit seinen Vorurteilen gegenüber der Freimaurerei und einigen Verschwörungstheorien konnte er Staatsanwalt und Richter überzeugen, Untersuchungshaft anzuordnen. Den übereinstimmenden Aussagen der Logenbrüder maß er nur wenig Glaubwürdigkeit bei, da ja allgemein bekannt sei, dass Freimaurer wie Pech und Schwefel zusammenhalten."

„Hat er auch in Erwägung gezogen, dass eventuell auch der Hausmeister oder ein unbekannter Außenstehender, der sich mit schwarzem Anzug, Zylinder und weißen Handschuhen als Freimaurer verkleidet hat, den Mord begangen haben könnte?", wollte Jonas wissen.

„Das hatte ich den werten Kommissar auch gefragt – zumindest dass er auch eine außenstehende Person sein könnte. Hans Glosser habe ich absichtlich nicht erwähnt, denn das Verhältnis zu unserem Hausmeister ist sehr herzlich – der hat den Mord sicherlich nicht begangen. Für Obermeier gab es nur einen Verdächtigen: Gerhard Schreiner. Es sei ein netter Versuch von mir, den Verdacht an Außenstehende zu lenken. In seiner Inkompetenz hat er sogar behauptet, dass er einen Ritualmord vermute. Glücklicherweise stand hiervon nichts in der Zeitung."

Ein Ritualmord? Ich war entsetzt und starrte Bruder Robert Feiler mit weit aufgerissenen Augen an. „Hiram!", entfuhr es mir, biss mir aber gleich auf die Zunge.

„Genauso habe ich auch geschaut, als ich diese bodenlose Unverschämtheit gehört hatte. Ich sehe nur eine Chance, unseren Bruder Gerhard aus der Untersuchungshaft zu holen: Sein Alibi, dass er den Weg über die Bundesstraße gefahren ist und in Castell Wein gekauft hat. Das muss unbedingt bestätigt werden. Obermeier hat ja in dieser Richtung nichts unternommen. Ich selbst habe leider keine Zeit dazu. Mein Terminkalender ist voll."

„Deshalb fahre ich nach unserer Unterredung auch sofort nach Castell ins Weingut Distler", erklärte Jonas.

„Sehr gut! Bringen Sie mir auf jeden Fall Beweise mit. Es ist höchste Zeit, dass wir unseren Stuhlmeister aus dem Gefängnis holen. Seine Frau, mit der ich telefoniert habe, ist nur noch ein heulendes Elend. Nach dem Verhör traf ich auf dem Flur noch Obermeiers Assistenten Stiegler – der ist ein ganz anderes Kaliber als sein Chef.

Er riet mir auch, ein hieb- und stichfestes Alibi zu besorgen."

„An dem Schlamassel sind wir Freimaurer teilweise mitschuldig", mischte ich mich wütend ein. „Würden alle Logen eine stärkere Öffentlichkeitsarbeit betreiben, wäre für Verschwörungsthesen kein Raum mehr. Das zeigt, wie falsch Bruder Engel mit seiner Forderung lag, die Öffentlichkeitsarbeit zu unterlassen."

„Gegen Dummheit hilft auch keine Öffentlichkeitsarbeit", erwiderte Feiler. „Unsere Loge hat sich seit langer Zeit geöffnet und genießt hohes Ansehen in der Stadt Fürth – nicht zuletzt wegen unserer Bemühungen zur Erhaltung unseres Logenhauses, und der karitativen Arbeit der Loge. Der Oberbürgermeister hat uns sogar beim letzten Neujahrsempfang in seiner Ansprache gedankt, dass wir seit vielen Jahren Logenhausführungen anbieten. Bei Menschen wie Obermeier nützt das aber nichts – der wird nie von seinen Vorurteilen abrücken."

Jonas und ich verabschiedeten uns von Bruder Feiler, der dem Detektiv für seine Ermittlungen viel Erfolg wünschte und ihm seine Karte mit der Mobilfunknummer gab: „Wenn Sie Informationen haben, rufen Sie mich sofort an – notfalls sprechen Sie auf die Mobilbox." Jonas überreichte im Gegenzug dem Anwalt seine Visitenkarte.

Ich fuhr zunächst Jonas zu seiner Wohnung, wo er gleich in sein Auto stieg.

Dann fuhr ich nach Hause, wo Danijela gerade das Mittagessen zubereitete. Danijela war eine Superköchin mit internationalem Rezeptrepertoire. Heute standen Wiener Schnitzel mit Kartoffelsalat, den sie so unübertrefflich zuzubereiten wusste, auf der Speisekarte.

„Und, wie ist es gelaufen, bei deinem Bruder Rechtsanwalt?", wollte sie nach der Mahlzeit wissen.

„Na ja, der Kommissar ist ein Idiot und vermutet sogar einen Ritualmord. Aber Jonas ist schon unterwegs nach Castell, wo er hofft, eine Bestätigung von Gerhards Alibi zu bekommen. Mit dem Bild, das ich ihm ausgedruckt habe, wird sich die Winzerin sicher erinnern, dass Gerhard am Montag bei ihnen war."

„Scheint ein fixer Kerl zu sein, der Herr Cowboy."

„Da hast du recht! Der ist kein Dünnbrettbohrer und will sich unbedingt über die Hintergründe der Freimaurerei informieren."

„Na, da bist du doch genau der Richtige. Du brauchst ihm doch nur das erzählen, was du bei den Logenhausführungen immer von dir gibst. Am Ende stellt er sogar noch einen Aufnahmeantrag für die Loge."

Ich stutzte – Jonas als Freimaurer – mein Kopfkino begann zu laufen, was einen Lachanfall zur Folge hatte.

„Woran denkst du gerade?", fragte meine Holde neugierig.

„Ich – ich stelle mir gerade vor ...", – weiterer Lachanfall – „wie sich der Jonas im Tempel machen würde: Schwarzer Anzug und Cowboyhut!", prustete ich und steckte Danijela mit dem Lachen an.

Doch der Heiterkeit folgte bald die Ernüchterung.

Was wäre, wenn die Winzerin sich doch nicht an Gerhard Schreiner erinnern konnte?

Gerhard würde dann noch länger in U-Haft schmoren.

Was würde aus seiner Frau werden, aus seinem Geschäft, aus der Loge?

Sorgenfalten machten sich auf meiner Stirn breit.

„Denk positiv!", munterte Danijela mich auf. „Jonas wird dem Gedächtnis der Dame schon auf die Sprünge helfen!"

Ich nickte – die Hoffnung stirbt eben immer erst zuletzt.

5 Jonas' erster Erfolg

Auf der Fahrt nach Castell dachte ich über das unprofessionelle Verhalten von Kommissar Obermeier nach. Er war wirklich ein Dilettant erster Klasse. Nur wegen seiner Abneigung gegen die Freimaurer hatte er das Alibi des Stuhlmeisters nicht näher überprüft. Er hatte einen Tatverdächtigen und das reichte diesem Vollpfosten aus. Wäre ich sein Assistent gewesen, hätte ich ihm gewaltig den Marsch geblasen – Vorgesetzter hin oder her. Wahrscheinlich wäre ich auf eigene Faust zum Weingut gefahren, um die Winzerin zu befragen und hätte mir wieder einmal einen gehörigen Anpfiff wegen eigenmächtigen Handelns eingehandelt. Gott sei Dank bin ich nicht mehr bei diesem Verein! Jetzt machte ich zwar auch die Arbeit, die eigentlich der werte Herr Kommissar hätte machen müssen, aber auf eigene Rechnung. Irgendwie war ich Obermeier fast dankbar, da er mir einen schönen Auftrag verschafft hatte, der meinen Kontostand wachsen lassen würde.

Das Alibi für den Stuhlmeister zu beschaffen machte mir richtig Spaß, schon um diesem Obermeier eins auszuwischen und ich hoffte auf eine positive Auskunft der Winzerin, wenn ich ihr Schreiners Bild zeigen würde.

Ich fuhr auf der B 8 bis Enzlar, bog dort in Richtung Schweinfurt rechts ab auf die B 286 und erreichte nach einer Gesamtfahrzeit von etwa einer Stunde den kleinen unterfränkischen Ort Castell.

Das Weingut Kilian Distler befand sich in einem alten Fachwerkhaus, das direkt an der Hauptstraße lag. Am Eingang prangte ein kunstvoll gearbeitetes schmiedeeisernes Schild mit goldenen Reben.

Ich stellte mein Auto auf dem Parkplatz vor dem Haus ab und betrat den Raum unter dem Reben-Schild.

Es gab darin ein paar Tische und Stühle, wie in einer Wirtschaft, einen Tresen wie in einem Verkaufsladen und natürlich standen an allen Wänden Regale mit Weinflaschen.

Eine ältere Frau, die eine weiße Schürze trug, stand hinter dem Tresen.

Sie lächelte mich an.

„Guten Tag! Was kann ich für Sie tun?"

„Ich hätte gerne Herrn oder Frau Distler gesprochen."

Ihr Lächeln verschwand. Wenn man eben in einem Geschäft den Chef oder die Chefin direkt verlangt, handelt es sich meist um etwas Unangenehmes wie Beschwerden, Kontrollen oder im schlimmsten Fall die Steuerfahndung.

„Ich bin Gerda Distler. Ich bin die Chefin, zusammen mit meinem Mann Kilian. Und wer sind Sie?"

„Paul Jonas, Privatdetektiv aus Fürth."

Ihre Mine verfinsterte sich weiter.

„So wie Sie aussehen, hätte ich Sie eher für einen Sheriff gehalten. Wir haben nichts angestellt. Ich weiß nicht, warum ich mit einem Detektiv reden sollte."

„Sie könnten mir und vor allem meinem Klienten sehr helfen. Einer Ihrer Kunden wird einer Straftat verdächtigt und ich möchte überprüfen, ob er vorgestern bei Ihnen war und Wein gekauft hat. Bitte sehen Sie sich dieses Bild an. War dieser Mann vorgestern Abend hier?"

Ich kramte das Bild von Schreiner aus der Hosentasche und hielt es ihr unter die Nase.

Sie nahm ihre Brille aus der Schürzentasche, setzte sie auf und betrachtete den Ausdruck eingehend. Dabei legte sie ihre Stirn in Falten, als ob ihr dies ein besseres Erinnerungsvermögen einbringen würde.

„Nie gesehen!"

Mist!

„Sind Sie ganz sicher?"

„Ja."

Das Alibi von Stuhlmeister Schreiner konnte ich abschreiben. Vielleicht war er ja doch nicht zu Unrecht verhaftet worden ...? Ich wollte schon wieder gehen, entschloss mich aber, noch einen Versuch zu starten.

„Sind Sie die einzige Person, die hier Kunden bedient?"

„Ja."

„Wirklich nur Sie?"

Ihr Gesicht hatte jetzt das Aussehen einer Gewitterwolke.

„Wenn ich ausnahmsweise mal nicht da bin, vertritt mich eben mein Mann."

Ein Hoffungsstreifen am Horizont tauchte wieder auf.

„Und vorgestern Abend, hat Sie da auch mal Ihr Mann vertreten?"

„Ich war die meiste Zeit hier."

„Die meiste Zeit heißt, nicht immer."

„Ich war mal eine Zeit lang unten im Keller."

„War da Ihr Mann in der Zeit hier im Laden?"

„Ja."

„Hat er in dieser Zeit einen Kunden bedient?"

„Das weiß doch ich nicht. Kann schon sein."

„Ob wir ihn wohl fragen könnten?"

Ihre Nerven lagen jetzt blank, aber sie brüllte dennoch nach hinten.

„Kiiiiiiiiliiiiiaaaan! Komm doch maaaaal!"

Kurz darauf tauchte ein untersetzter älterer Herr auf.

Ein Winzer mit Lederschürze – wie aus dem Bilderbuch.

Seine Frau machte uns bekannt.

„Das ist Herr Jonas aus Fürth. Er ist Privatdetektiv."

Sie betonte das Wort *Privatdetektiv* mit einer Verachtung, als hätte ich ihr ein unsittliches Angebot gemacht.

Entsprechend rümpfte der gute Kilian die Nase.

„Herr Jonas möchte gerne wissen, ob du vorgestern Abend einen bestimmten Kunden bedient hast."

Ich zeigte Kilian Distler das Schreiner-Foto.

Er nickte sofort.

„Ja, der war vorgestern Abend da und hat Wein gekauft."

Na also – geht doch!

Frau Distler schaute ihren Mann vorwurfsvoll an.

„Davon hast du mir gar nichts erzählt!"

„Mein Gott, ein Kunde der Wein kauft ist doch nichts Außergewöhnliches. Er war da, als du unten im Keller warst. Er hat auch nur eine Kiste Wein gekauft, die ich dann in seinen silbernen BMW gestellt habe. Wenn er zehn Kisten Wein gekauft hätte, hätte ich es dir natürlich schon erzählt."

Ein Ehestreit lag in der Luft – wie meist um Nebensächlichkeiten. Mann, bin ich froh, dass ich nie geheiratet habe! Ich versuchte vom Streit abzulenken.

„Leider hat Herr Schreiner, so heißt der Kunde, die Rechnung, die Sie ihm ausgestellt haben, gleich wieder weggeworfen. Hätten Sie zufällig ein Duplikat?"

Kilian Distler nickte, offenkundig froh, seiner Frau nicht weiter Rechenschaft ablegen zu müssen.

„Stimmt! Die Rechnung hat er gleich in den Papierkorb am Eingang geworfen. Das habe ich gesehen. Für den Straßenverkauf führen wir ein handschriftliches Rechnungsbuch, da ist die Durchschrift sicher noch drin. Warten Sie mal."

Er griff in eine Schublade unter dem Tresen und fummelte ein abgegriffenes Büchlein hervor, in dem er blätterte.

„Da! 24 Flaschen Silvaner an Herrn Gerhard Schreiner, Fürth."

Ich zückte mein Handy und fotografierte die Seite ab.

Dann gab ich Kilian Distler sein Rechnungsbuch zurück.

„Wissen Sie noch, wann Herr Schreiner bei Ihnen wieder losgefahren ist?"

„Das muss um 18:30 Uhr gewesen sein."

„Super! Wären Sie bereit, dies auch gegenüber der Polizei oder vor Gericht zu bestätigen?"

„Natürlich."

Jetzt schaltete sich Frau Distler wieder ins Gespräch ein. Wir hatten sie schon viel zu lange ignoriert.

„Warum müssen Sie das denn so genau wissen?"

„Weil Herr Schreiner ein Alibi benötigt."

„Welcher Straftat wird er denn verdächtigt?"

„Eines Mordes."

Entsetzen in höchster Vollendung machte sich auf dem Gesicht von Frau Distler breit. Ihre Anspannung hatte sich um 100 Prozent gesteigert.

„Um Gottes willen! Ein Mörder als Kunde bei uns!"

Ich winkte ab.

„Er war's ja nicht. Als der Mord in Fürth geschah, war er mit dem Auto unterwegs. Mit der Aussage Ihres Mannes können wir ihn vom Verdacht reinwaschen, ein Mörder zu sein."

Auf dem Gesicht von Frau Distler erschien jetzt ein engelsgleicher Ausdruck.

„Da sind wir aber froh, dass wir der Gerechtigkeit zum Sieg verholfen haben!"

Ich bedankte mich und verließ das Ehepaar Distler, das nun im Laden stand und sich umarmte, als hätten sie beide die ganze Welt vor einer Invasion der Aliens gerettet.

Ich setzte mich ins Auto und schickte das Bild der Rechnung mit dem Handy gleich an Rechtsanwalt Feiler.

Als ich gerade meine Karre gestartet hatte, kam auch prompt schon die Antwort von Feiler:
Gehe gleich morgen früh zur Polizei und beantrage die Aufhebung der U-Haft. Gut gemacht, Herr Jonas!

6 Bistrić packt

Ein kurzer Signalton meines Notebooks gab bekannt, dass eine Mail für mich eingetroffen ist. Von Robert! Jonas war erfolgreich gewesen und hatte den Beweis für die Unschuld unseres ehrwürdigen Meisters. Jonas war ein Wahnsinnsknabe: Professionell und schnell. Super! Schnelle Ermittlungen bedeuteten auch eine geringere Belastung für unsere Logenkasse. Dabei fiel mir ein, dass ich mich gar nicht nach seinen Stunden- oder Tagessätzen erkundigt hatte. Egal – das konnte sich unsere Loge schon leisten, und die Freiheit unseres Meisters sollte uns schon etwas wert sein. Ganz abgesehen vom Image unserer Loge, das durch den Pressebericht gelitten hatte und nun wieder reingewaschen werden würde. Eigentlich müssten wir die Kosten für den Detektiv der Polizei auferlegen. Dieser Idiot von Obermeier!

„Danijela! Jonas hat die Unschuld von Gerhard bewiesen!", plärrte ich frohgelaunt durch die Wohnung.

Danijela trat von hinten an meinen Bürostuhl und umarmte mich.

„Na siehst du, deine Bedenken waren umsonst. Ich habe fest damit gerechnet, dass Jonas erfolgreich sein wird."

Die gute Nachricht musste ich sofort an unsere Brüder weiterleiten. Außerdem lud ich sie für den heutigen Abend um 20:00 Uhr ins Logenhaus ein. Ich wollte sie ausführlich über den Verlauf von Jonas Arbeit und von den Auskünften unseres Bruders Rechtsanwalt informieren. Außerdem konnte es nicht schaden, wenn wir ein oder besser zwei Gläser auf die Entlassung von Bruder Gerhard Schreiner trinken würden.

Jonas wollte ich persönlich aufsuchen und ihm einen kleinen Präsentkorb überreichen. Als ich einen länglichen Weidenkorb und ein rot-weiß-kariertes Tuch als Einlage gefunden hatte, kam mein Sohn Marko in den Raum.

„Tata, što radiš?", fragte er.

Ich musste grinsen. Marko war in Deutschland geboren, Danijela und ich unterhielten uns fast immer auf Deutsch, doch wir wollten, dass Marko zweisprachig aufwächst und brachten ihm auch Kroatisch bei. Marko machte es sichtlich Spaß, immer wieder zwischen beiden Sprachen zu wechseln, und so fragte er mich in meiner Muttersprache, was ich mache.

„Ich packe einen kleinen Präsentkorb für einen Mann, der unserer Loge sehr geholfen hat. Was würdest du da reintun?"

„Ja bih uzeo jednu bocu crnog vina, dalmatinski pršut i jedan komad paškog sira", antwortete der zehnjährige Knirps mit einer Miene wie ein Nobelkellner, der seinen Gästen ein Menü empfahl. Als ich in seinem Alter war, hatte ich immer gerne im Restaurant meiner Eltern mitgeholfen und davon geträumt, einmal Kellner zu werden.

Meine Gedanken schweiften mit etwas Wehmut ab in meine Kindheit, in unser Restaurant *Cavtat*, das sich in einer Parallelstraße zum Stradun, der Flaniermeile der Dubrovniker Altstadt, befand. Mein Vater hatte es nach dem Geburts- und Wohnort seines Freundes Vlaho Jurić, Danijelas Vater, benannt, mit dem er seit seiner Militärzeit eng verbunden war. Wie wir nach unserer Flucht erfahren hatten, war das gepachtete Restaurant beim Angriff der jugoslawischen Volksarmee am Nikolaustag

1991 ausgebrannt. Heute befindet sich ein Laden darin, in dem Touristenkitsch angeboten wird.

Ich nickte Marko zustimmend zu. Rotwein, dalmatinischen luftgetrockneten Rohschinken und ein Stück Käse von der Insel Pag. Mein Kleiner hatte eine gute Wahl getroffen! Danijela verpackte den Korb in Zellophanfolie, die ich gar nicht mag – es gibt schon viel zu viel Plastikmüll.

Dann machte ich mich zu Fuß auf zu Jonas Wohnung. Ich überreichte ihm das Geschenk und hoffte, dass ich seinen Geschmack getroffen hatte. Aber wer diese Köstlichkeiten nicht schätzt, ist mit Sicherheit kein Gourmet.

In die Loge fuhr ich aber mit dem Auto. Leider fanden sich nur gut 20 Brüder im Logenhaus ein – der harte Kern eben. Doch die Stimmung war hervorragend. Nach meinem Bericht wurde ich mit Lob überschüttet und die Gläser wurden mehrmals erhoben: auf unseren unschuldigen Stuhlmeister, auf mich, auf unsere gute Loge, auf Jonas, und, und, und ...

Es blieb nicht bei einem oder zwei Gläsern und ich beschloss, um den Führerschein zu schonen, mein Auto am Logenparkplatz stehen zu lassen und den Heimweg zu Fuß anzutreten.

7 Jonas reflektiert

Am Nachmittag stand das Telefon in meinem Büro nicht mehr still.

Keine Klienten, sondern Logenbrüder.

Wahrscheinlich hatte ihnen dieser Bistrić meine Nummer gegeben.

Ich hatte Anrufe erhalten von Aufseher Nummer Eins Kluge, von Aufseher Nummer Zwei Harmann, und von ein paar anderen Knaben, deren Namen mir nichts sagten.

Alle bedankten sich herzlich.

Außerdem rief mich die Ehefrau des Verhafteten, Claudia Schreiner, an. Sie weinte vor Freude am Telefon und erzählte mir, sie könne es gar nicht erwarten, am nächsten Tag ihren Mann wieder in die Arme zu schließen.

Die Dankesworte gingen mir allmählich auf den Wecker. Ich beschloss, mein Telefon abzustellen. Sollten die Brüder ihre Danktiraden doch meiner Mobilbox erzählen! Irgendwann klingelte es an meiner Tür.

Ich öffnete.

Es war Stijepo Bistrić.

Er drückte mir einen Fresskorb in die Hände.

„Ein kleines Dankeschön im Namen der Bruderschaft. Für die schnelle Ermittlung des Alibis!"

Ich sah ungläubig erst auf den Fresskorb, dann auf Bistrić.

„Sie glauben aber nicht, dass ich mich mit den Fressalien zufrieden gebe. Ich will Bares sehen. Nur Bares ist Wahres!"

Bistrić lachte.

„Natürlich erhalten Sie Ihr Honorar, Herr Jonas! Dieser Geschenkkorb ist zusätzlich. Ich würde vorschlagen, wir regeln das Finanzielle morgen in Ruhe. Ich kann jetzt leider nicht länger bleiben, wir treffen uns heute Abend spontan im Logenhaus und feiern die morgige Freilassung unseres Stuhlmeisters. Da gibt es noch einiges vorzubereiten für mich. Wir sehen uns morgen. Herzlichen Dank nochmal, Herr Jonas."

Er verschwand so schnell, wie er gekommen war.

Was ich durch die Klarsichtfolie sah, motivierte mich, den Fresskorb näher zu inspizieren.

Eine Pulle Alk. *Dingač* stand auf dem Etikett, das auch verkündete, dass der Wein von der Halbinsel Pelješac stammte und 14 Vol. % Alkohol enthielt.

Nicht schlecht! Stellte sich nur die Frage, ob ich die Pulle noch heute Abend oder erst nach dem Erhalt meines Honorars köpfen sollte.

Schinken. Ich zog mein Taschenmesser und schnitt mir ein kleines Stück herunter. Köstlich! Dafür könnte ich Bistrić einen Sympathiepunkt verleihen.

Das gelbe Runde sah nach Käse aus, den ich auch gleich probierte. Dieser Bistrić hatte wirklich einen guten Geschmack – sowohl bei der Auswahl der Fressalien als auch bei der Auswahl seiner Frau.

Da es ohnehin Zeit zum Abendessen und der Inhalt meines Kühlschranks auf Grund meiner finanziellen Situation sehr beschränkt war, beschloss ich, die Feier meines Erfolges heute stattfinden zu lassen.

Nachdem ich mir den Bauch vollgeschlagen hatte, setzte ich mich in meinen Chefsessel und reflektierte.

Das Ergebnis der Reflexion war ernüchternd.

Der Freimaurer-Auftrag war erledigt, kaum dass ich ihn angenommen hatte.

Ich hatte weder eine Weltverschwörung oder zumindest einen Mord aufzuklären gehabt, sondern meine Aufgabe war nur, die Unschuld des Stuhlmeisters zu beweisen. Und das war läppisch einfach gewesen.

Außer einem Tagessatz und dem Kilometergeld für die Fahrt nach Castell konnte ich nichts berechnen. Ich beschloss, meinen üblichen Honorarsatz mit dem Faktor drei zu multiplizieren. Ärzte halten sich schließlich auch an ihren Privatpatienten schadlos. Was ich bisher so gesehen habe, scheint es den Freimaurern wirklich nicht an Kohle zu mangeln. Da ist es nur recht und billig, wenn ein armer Privatdetektiv etwas von dem Rahm abschöpft. Fürs Erste würde mein Honorar zwar reichen, aber längerfristig würde sich meine finanzielle Situation dadurch leider nicht bessern.

Was mir leid tat, war die Tatsache, dass ich die von Bistrić angekündigte Einführung in die Freimaurerei nun wohl nicht mehr erhalten würde. Ich hätte gerne noch mehr über diesen Geheimbund erfahren, über seine Gebräuche und Strukturen, über das, was seine Mitglieder auszeichnete. Ein Charakteristikum hatte ich immerhin kennengelernt: Ein ausgeprägtes Zusammengehörigkeitsgefühl. Durchaus beeindruckend, dass die Logenmitglieder der festen Überzeugung waren, dass keiner aus ihren Reihen den Mord begangen haben konnte.

Ich konnte ihnen nur wünschen, dass sie diesbezüglich nicht noch eine böse Überraschung erleben würden.

Der Stuhlmeister war zwar offenkundig unschuldig – aber wer stattdessen den Mord begangen hatte, war völlig ungeklärt.

Aber das war jetzt leider nicht mehr mein Job.

Ich war weiterhin auf weitere Aufträge angewiesen und schaltete deshalb mein Handy wieder ein.

8 Anwaltsassistent Bistrić

Um 9 Uhr stand ich mit meinem Logenbruder Robert Feiler vor dem Büro von Kommissar Kai Obermeier.

Robert hatte mich gestern Abend, als wir in der Loge die Freilassung unseres Meisters vorab feierten, gefragt, ob ich ihn heute als sein *Assistent* aufs Kommissariat begleiten wolle. „Das Gesicht vom Obermeier darfst du dir nicht entgehen lassen, wenn ich ihm den Beweis für die Unschuld unseres Meisters präsentiere", meinte er.

Robert klopfte an und wir betraten das Büro, das Obermeier mit seinem jungen Assistenten, Lars Stiegler, teilte.

Stiegler arbeitete gerade eifrig an seinem Computer und sein Vorgesetzter saß ihm mit mürrischem Gesicht gegenüber und tat nichts, außer seinen Assistenten zu beobachten. Ein Unsympath, wie er im Buche steht: klein, mit Bürstenschnitt, Kugelbauch und Hamsterbacken.

Robert ging gleich aufs Ganze:

„Herr Kommissar, ich bringe Ihnen die Beweise für die Richtigkeit des Alibis meines Mandanten Gerhard Schreiner und beantrage seine sofortige Freilassung. Die Beweise sind die Ergebnisse der Ermittlungen des Fürther Privatdetektivs Paul Jonas – Ermittlungen, die eigentlich Sie vor der Inhaftierung meines Mandanten hätten führen müssen. Wir behalten uns rechtliche Schritte vor.“

Obermeiers Gesicht verfärbte sich hochrot und seine Zornesadern schwollen bedrohlich an. „So so, einen Privatschnüffler haben Sie benutzt. Und dann auch noch diesen Paul Jonas. Auf die Ermittlungen dieses Dilettanten gebe ich gar nichts. Die Vernehmung von Zeugen ist immer noch meine Sache. Also gut, ich fahre heute nach Castell und schaue mir die Winzer mal an – mal sehen, ob sie überhaupt glaubwürdig sind. Die fotografierte Rechnung beweist nicht viel – sie kann ja bereits am Vormittag ausgestellt worden sein. Bis zur endgültigen Klärung bleibt Schreiner auf jeden Fall in Haft.“

„Chef, vielleicht sollten wir Herrn Schreiner doch gleich freilassen“, mischte sich Stiegler ein. „Es deutet ja doch einiges auf die Richtigkeit seines Alibis hin. Sollte es sich nicht bestätigen, können wir ihn ja jederzeit wieder festnehmen, aber ich glaube, dass durch die Ermittlung des

Detektivs die Unschuld von Herrn Schreiner bewiesen ist."

„Wenn ich etwas von Ihnen wissen will, frage ich Sie!", herrschte Obermeier seinen jungen Kollegen an. „Ich habe gerade erklärt, dass ich erst die Glaubwürdigkeit der Zeugen überprüfen muss – in so etwas habe ich im Gegensatz zu Ihnen Erfahrung. Freilassen – wieder festnehmen – als hätten wir nichts Besseres zu tun. Was machen Sie, wenn er nach der Freilassung untertaucht? Seine Logenbrüder würden ihn schon irgendwo verstecken. Ich halte ihn nach wie vor noch für dringend tatverdächtig – das Thema *Ritualmord* ist noch lange nicht vom Tisch. Wenn Sie auf der Seite der Verbrecher stehen, sollten Sie Rechtsanwalt werden."

Obermeiers Kopffarbe hatte sich von hochrot in dunkelrot verwandelt und seine Zornesadern drohten zu platzen. Stiegler schüttelte nur kommentarlos den Kopf, und ich musste an mich halten, um nicht lauthals zu lachen. Obermeier wirkte wie die Karikatur eines zornigen Zenturios aus einem Asterix-Comic.

„Herr Kommissar, Ihre haltlosen Äußerungen werde ich nicht kommentieren, aber dass ich Dienstaufsichtsbeschwerde einlegen werde, dessen dürfen Sie sicher sein!", drohte Robert, und wir verließen grußlos das Büro.

Im Hinausgehen warf ich einen Blick auf Stiegler: Er schüttelte immer noch den Kopf, diesmal aber etwas gesenkt, so dass sein Chef sein Grinsen nicht sehen konnte.

„Na, das war doch wirklich sehenswert!", schmunzelte unser Logenanwalt. „Leider verzögert sich die Freilassung von Bruder Gerhard durch Obermeiers Sturheit. Ich werde gleich mal unsere Brüder und unseren Detektiv informieren."

Robert nahm sein Smartphone, tippte eine kurze Nachricht ein und versandte sie.

„Komm heute um 15 Uhr in meine Kanzlei, mein lieber Bruder Rechtsanwaltsassistent, da gibt es wieder etwas zu lachen", bat er mich mit einem süffisanten Lächeln.

Ich ging nach Hause und bearbeitete die Mails, die in meinem Übersetzungsbüro eingegangen waren.

Da ich als Zweiter Logenvorstand in Abwesenheit unseres Meisters auch die Mailbox der Loge zu bearbeiteten hatte, loggte ich mich auch in unseren Logen-Account ein. Seit einigen Tagen waren keine Mails eingegangen, doch heute waren drei neue Eingänge vorhanden.

Die erste Mail stammte von unserem Oberbürgermeister, der zum Tode unseres Bruders Fritz Engel kondolierte und sein Entsetzen über den Mord äußerte. Er hatte ihn sehr geschätzt und war Stammkunde in seiner Buchhandlung. Dass unser Meister als tatverdächtig festgenommen wurde, bestürze ihn besonders und er hoffte, dass seine Unschuld bald bewiesen würde.

Unser Oberbürgermeister! Das zeigte einmal wieder, wie sehr er unserer Loge gewogen war. Bei Preisverleihungen und bei unserem Sommerfest waren stets er und mehrere Mitglieder des Stadtrats als Gäste anwesend, auch wenn sie nicht Mitglied unseres Bundes waren. Kein Wunder: Unser Logenhaus war eben ein Kleinod unter den vielen historischen Gebäuden der Kleeblattstadt Fürth.

Die zweite Mail stammte von Bruder Gerald Hofbauer, dem Stuhlmeister aus Kitzingen.

An alle Stuhlmeister der fränkischen Logen.
Liebe Brüder, heute hat mich ein seltsamer Anruf erreicht. Ein Kommissar Obermeier aus Fürth wollte wissen, ob ein gewisser Kilian Distler Mitglied in der Kitzin-

ger Loge ist. Ich habe dies verneint, da ich keinen Bruder Distler kenne. Meine Fragen:
Ist bei euch auch ein so eine Anfrage eingegangen?
Kennt ihr die näheren Hintergründe für diese Anfrage?
Bitte gebt mir Bescheid!

Mit herzlichem Brudergruß
Gerald Hofbauer

Die dritte Mail enthielt die drauf folgende Antwort von Bruder Uwe Kießling, Stuhlmeister der Würzburger Loge. Praktischerweise hatte er sie gleich auch an alle anderen Adressaten geschickt: Bei ihm sei der gleiche Anruf eingegangen. Ein Bruder Distler sei aber auch ihm unbekannt.

Was wollte Obermeier mit diesen blöden Anfragen an die Logen?

Ich beschloss, alle fränkischen Logen über die Geschehnisse in unserer Loge und die Rolle von Kommissar Obermeier per Mail zu informieren.

„Gut, dass ich heute Nachmittag bei Robert bin", dachte ich mir. Mal sehen, was er wohl dazu meint.

Als ich um 15 Uhr in Roberts Büro saß, rief dieser bei der Polizeiinspektion an und ließ sich mit Stiegler verbinden. Er drückte auf die Lautsprechertaste, damit ich das Telefonat mithören konnte.

„Hallo Herr Stiegler, hier Rechtsanwalt Dr. Feiler. Ich wollte mich erkundigen, wie weit die Überprüfung des Alibis meines Mandanten Schreiner gediehen ist."

„Hallo, Herr Dr. Feiler. Welch ein Glück, dass mein Chef gerade nicht anwesend ist, da können wir offen reden. Er wurde vor wenigen Minuten zu unserem Polizeidirektor zitiert."

„So ein Zufall. Mit Ihrem Polizeidirektor habe ich vor einer knappen Stunde gesprochen."

Ich konnte mir vorstellen, dass Stiegler jetzt ganz breit grinste.

„Mein Chef hat noch heute Vormittag das Weingut Distler besucht und die Aussagen des Winzerehepaars zähneknirschend zu Protokoll genommen. Es war genau so, wie es Ihr Detektiv ermittelt hatte. Beide erklärten, dass sie ihre Aussage gegebenenfalls auch vor Gericht beeiden würden. Das Protokoll liegt mir vor. Herr Schreiner ist jedoch immer noch nicht freigelassen, da die Glaubwürdigkeitsprüfung der Zeugen angeblich noch nicht endgültig abgeschlossen ist. Herr Obermeier war stocksauer. Er hat mich später aus dem Zimmer geschickt und dann eine halbe Stunde lang wie verrückt telefoniert."

„Danke für die Auskunft, Herr Stiegler. Ich denke, dass Ihr Chef bald noch saurer sein wird. Auf Wiederhören!"

Robert grinste und rieb sich die Hände.

Ich grinste auch – Robert und sein guter Draht zum Polizeidirektor.

Dann informierte ich ihn über die seltsamen Maileingänge im Logenpostfach.

„Was meinst du? Ist Obermeier jetzt vollends durchgedreht?", fragte ich.

„Das kann ich dir gerne sagen. Unser Herr Kommissar hat die Zeugenaussagen des Winzerehepaars aufgenommen. Um deren Glaubhaftigkeit zu überprüfen, wollte er wissen, ob der Winzer vielleicht auch einer Loge angehört. Na ja, egal. Der Polizeidirektor ist informiert und wird die richtigen Schritte schon einleiten. Ich hoffe, dass unser Stuhlmeister noch heute freikommt."

Leider erfüllte sich die Hoffnung an diesem Tag noch nicht.

9 Jonas' Verlängerung

Mein Handy piepte.

Eine Mail war eingegangen. Wenn ich mich gerade in einem wichtigen Klienten-Gespräch befunden hätte, hätte ich sie natürlich nicht öffnen und lesen können.

Oder wenn ich gerade mit einer wichtigen Observation beschäftigt gewesen wäre.

Oder wenn ich mich gerade mit einer hübschen Zeugin in deren Schlafzimmer vergnügt hätte.

Aber nichts von alledem war der Fall.

Stattdessen saß ich wieder in meinem Büro, drehte Däumchen und wartete weiter auf den ganz großen Auftrag.

Oder überhaupt auf einen Auftrag. Selbst ein ganz kleiner hätte schon dazu beigetragen, noch ein paar Mäuse in meine leere Kasse zu spülen.

Also hatte ich Zeit und Gelegenheit, die Nachricht zu öffnen und zu lesen.

Sie war von Feiler, dem Freimaurer-Anwalt. Er informierte mich, dass sich die Freilassung des Stuhlmeisters Schreiner verzögerte.

Na und, dachte ich mir. Ist mir doch scheißegal. Ich war raus aus der Nummer.

Ich wollte das Handy gerade wieder beiseitelegen, als es klingelte.

Ich ging ran.

Es war Feiler, diesmal live.

„Hallo Herr Jonas, ich haben Ihnen gerade eine Mail geschickt, dass sich die Freilassung von Herrn Schreiner noch verzögert."

„Ja, hab' sie schon gelesen."

„Ich habe in der Mail vergessen, Ihnen mitzuteilen, dass ich davon ausgehe, dass die Entlassung spätestens morgen erfolgen wird. Ich wollte Herrn Schreiner persönlich abholen, aber morgen ist mein Terminplan schon voll. Könnten Sie und Herr Bistrić das erledigen? Er hätte Zeit."

„Klar."

„Sobald ich Bescheid weiß, gebe ich Ihnen den Entlassungstermin bekannt."

„Super."

Wir beendeten das Gespräch.

Ich schüttelte den Kopf. Ich fragte mich, warum er mein Mandat verlängern und mich bei der Abholung Schreiners dabei haben wollte.

Hatten die Brüder Angst, dass ein unbekannter Heckenschütze den Stuhlmeister niederstrecken würde, kaum dass er den Knast verlassen hatte?

War doch eine internationale Verschwörung im Gange?

Sollte ich als Leibwächter für Schreiner fungieren?

Oder zumindest als Chauffeur?

Keine Ahnung.

Aber ich war zufrieden.

So konnte ich immerhin einen weiteren Tag auf die Honorarrechnung setzen ...

10 Bistrić holt den Meister ab

Um 9 Uhr am nächsten Tag erhielt ich den lange erwarteten Anruf von Robert Feiler: Entlassungstermin 11 Uhr.

Ich teilte Jonas mit, dass er direkt zur JVA in Nürnberg fahren sollte, da ich Claudia Schreiner mitnehmen wollte.

Schade, dass Gerhard die vergangene Nacht nochmals in U-Haft verbringen musste.

Obermeier hatte Robert vom Haftentlassungstermin informiert und Robert hatte ihn scheinheilig gefragt, was zu seinem Einsehen geführt habe.

„Das wissen Sie ganz genau", hatte ihm Obermeier mürrisch geantwortet. „Wenn Sie aber glauben, dass die Leitung der Ermittlungen mir entzogen wurde, liegen Sie falsch. Die Aufklärung des Ritualmordes ist immer noch meine Angelegenheit. Die richterliche Anordnung für Schreiners Freilassung ist aber erst heute bei mir eingetroffen. Außerdem wurde Engels Leiche von der Gerichtsmedizin zur Bestattung freigegeben."

Obermeier dürfte jetzt ganz schön Stress haben als Ermittlungsleiter.

Wer kam für ihn als Verdächtiger noch in Frage?

Wen wird er jetzt durch die Mangel drehen?

Wahrscheinlich wird er sich auf unseren Hausmeister stürzen wie ein Raubvogel.

Oder auf mich? Danijela hatte zwar bestätigt, dass ich am Tattag erst kurz nach 19 Uhr unsere Wohnung verlassen hatte, aber der Stümperkommissar könnte dies ja als *Gefälligkeits-Alibi* abtun und die Glaubwürdigkeit meiner Frau anzweifeln.

Oder er knöpft sich in seiner Ratlosigkeit und Inkompetenz nochmals ein paar andere Logenbrüder vor.

Als nächstes rief ich Claudia Schreiner an und vereinbarte mit ihr, dass ich um 10 Uhr zu ihr kommen und sie von ihrem Haus in Burgfarrnbach abholen würde. Doch auch die frohe Botschaft über die unmittelbar bevorstehende Freilassung Gerhards löste bei ihr wieder eine Tränenflut aus.

Die gute Claudia hatte schon immer sehr nah am Wasser gebaut. Normalerweise war sie eine klar denkende, humorvolle Frau, die in der IT-Firma ihres Mannes tatkräftig mitarbeitete, doch wenn eine Situation emotional wurde, hatte sie sehr schnell Tränen in den Augen.

Ich überlegte mir, ob ich vielleicht gleich die Feuerwehr zum Keller auspumpen mitbringen sollte, denn der stand nach Claudias Tränenfluten der letzten Tage sicher unter Wasser.

Doch ich wurde angenehm überrascht: Claudia empfing mich mit einem Lächeln und aufgebrezelt wie zu einem ersten Rendezvous, was fast schon etwas kitschig wirkte. Aber dennoch passte es zur äußerst attraktiven Claudia die ihr langes rotes Haar anmutig zu schwingen wusste. Dass sie vor Kurzem ihren 50. Geburtstag gefeiert hatte, sah ihr keiner an.

„Ich bin froh, dass nun alles vorbei ist und das normale Leben weitergehen kann", meinte sie erleichtert. „Die letzten Tage waren die schlimmsten in meinem Leben. Ich habe fast nur geheult. Das einzig Gute daran war, dass ich fast drei Kilo abgenommen habe."

Ich überlegte mir, ob ich meine Gedanken zur vermuteten Kellerüberflutung mitteilen sollte, unterließ es jedoch aus Taktgefühl. Drei Kilo – das sind drei Liter Wasser. Dafür braucht man keine Feuerwehr.

„Wie ging es während Gerhards Abwesenheit mit eurem Geschäft weiter?", fragte ich stattdessen.

„So einigermaßen. Ich bin ja ziemlich in die Abläufe involviert, auch wenn ich keine IT-Fachfrau bin, aber für technische Probleme haben wir ja auch unseren Fachinformatiker. Dennoch ist Einiges liegen geblieben und ich habe einige Kunden vertrösten müssen. Aber das wird Gerhard sicher bald aufgearbeitet haben."

„Bei mir ist auch Arbeitsstau. Aber für die Dokumentation, die ich zurzeit übersetze, habe ich noch genügend Zeit bis zum Abgabetermin. Im schlimmsten Fall muss

Danijela mit ran. Das alles haben wir dem Idioten Obermeier zu verdanken. Hätte der seine Arbeit anständig gemacht, wäre uns viel Stress erspart geblieben. Aber Bruder Robert hat dafür gesorgt, dass der werte Herr Kommissar einen kräftigen Rüffel von seinem Oberboss bekommen hat. Ich hoffe nur, dass die Polizei den Mörder bald findet, habe aber da meine erheblichen Zweifel. Aber wir sollten uns jetzt auf den Weg machen und Gerhard aus der JVA abholen. Unser Detektiv Jonas wird auch kommen."

Claudia strahlte und nickte begeistert. Wir setzten uns in meinen Wagen und fuhren los.

11 Jonas und der freigelassene Meister

Kurz vor elf schlug ich am Tor vor der JVA auf – so wie mich Bistrić telefonisch gebeten hatte.

Bistrić und eine rothaarige Schönheit waren bereits da. Vermutlich Schreiners Ehefrau.

Sie kam sofort auf mich zu.

„Danke für alles, was Sie für meinen Mann getan haben!"

Sie umarmte mich und drückte mich an ihre gut gepolsterte Brust. Wäre auch meine Kragenweite! Die Logenbrüder schienen alle attraktive Frauen zu haben. Dann ließ sie von mir ab und umarmte Bistrić ebenfalls.

Nun hieß es warten.

Ich nutzte die Zeit, Bistrić über den Grund meiner Anwesenheit auszuquetschen.

„Sagen Sie mal, Bistrić, warum sollte ich heute eigentlich herkommen? Als Leibwächter für Schreiner?"

Der Befragte lachte lauthals.

„Nein, natürlich nicht. Aber es ist eben einfach eine Frage des Stils. Sie haben das Alibi für unseren Meister beschafft, und da ist es doch selbstverständlich, dass er sich bei Ihnen persönlich für Ihre professionelle Arbeit bedanken will. Dass die Freilassung doch erst so spät erfolgt ist, haben wir Obermeier zu verdanken – Sie konnten nichts dafür."

Ich hatte wieder etwas gelernt: Freimaurer haben Stil. Und das war gut so, weil sich die Stilfrage in Zahlen auf meiner Rechnung verwandeln würde.

Es dauerte nicht allzu lange, bis sich die Pforte öffnete und ein blasser, aber glücklich aussehender Gerhard Schreiner auf uns zukam. Seine Holde rannte sofort auf ihn zu, umarmte ihn und bedeckte sein Gesicht mit Küssen.

Bistrić und ich blickten diskret weg wie zwei Teenager, die zum ersten Mal ein sich küssendes Paar sahen.

„Ich glaube, das ist wie ein zweiter Hochzeitstag für die beiden", meinte der Übersetzer.

Ich sagte nichts. Den Kommentar „Hoffentlich rutsche ich auf dem vielen Schmalz nicht aus" verkniff ich mir.

Nach einiger Zeit war auch Bistrić mit der Umarmung des glücklichen Freigelassenen dran.

„Ich möchte so schnell wie möglich nach Hause und mit meiner lieben Frau alleine sein", säuselte der Stuhlmeister. Vermutlich hatte er Nachholbedarf.

„Du, Stijepo, lädst bitte alle Brüder für heute Abend um 20 Uhr zur außerordentlichen Mitgliederversammlung ein. Die zweiwöchige Ladungsfrist brauchen wir bei wichtigen Dingen nicht unbedingt einzuhalten. Tagesordnungspunkt: Beschluss über das weitere Vorgehen bezüglich des Mordfalls. Ich hoffe, dass möglichst viele Brüder kommen können. Ich hatte in den letzten Tagen einige Ideen, die ich von der Bruderschaft absegnen lassen will."

„Was? Das ist dann der dritte Logenabend in dieser Woche!", protestierte Bistrić. „Wir haben nämlich vor zwei Tagen bereits deine Entlassung gefeiert."

„Da wart ihr leider etwas zu früh dran – aber eine Runde Sekt spendiere ich heute Abend selbstverständlich auch. "

Schreiners Blick fiel auf mich.

„Ist das der Detektiv, dem ich meine Freilassung zu verdanken habe?"

Bistrić bestätigte es.

Schreiner trat auf mich zu, beglückte mich mit einem Schraubstock-Händedruck und klopfte mir gleichzeitig so fest auf die Schulter, dass ich mir vornahm, im Anschluss zum Radiologen zu fahren, um eine Schlüssel-bein-Fraktur ausschließen zu lassen.

„Herzlich Dank, Herr Jonas. Gut gemacht! Ich würde Sie auch gerne für heute Abend ins Logenhaus einladen. Allerdings erst um 20:30 Uhr. Bis dahin müssten unsere Beschlüsse gefasst sein."

Ich wusste zwar nicht, was ich da sollte und um welche Beschlüsse es ging, aber ich sagte zu.

Und rieb mir im Geiste die Hände.

Wieder ein paar Stunden mehr auf der Rechnung.

12 Bistrić in der Logenversammlung

Am Abend waren trotz meiner kurzfristigen Ladung 40 von 60 Logenbrüdern anwesend und schwitzten nun im Logenhaus vor sich hin.

Der Wetterbericht hatte recht gehabt: Nach einem sehr warmen Tag breitete sich nun eine drückende Schwüle aus und ein Gewitter lag in der Luft. Ich hoffte, dass es bald losbrechen und die ersehnte Abkühlung bringen würde.

Gerhard begrüßte die Brüder, bedankte sich bei mir für seine Vertretung und fragte, ob die Brüder auch ohne Einhaltung der Ladungsfrist damit einverstanden wären, heute eine außerordentliche Mitgliederversammlung abzuhalten.

Dies wurde einstimmig bejaht und unser Sekretär, Bruder Werner Liebmann, vermerkte die Zustimmung in seinem Protokoll.

Dann begann unser Stuhlmeister mit seiner Ansprache.

„Liebe Brüder, unsere Loge durchlebt gerade eine schwere Zeit. Wir sind in Trauer um unseren ermordeten Bruder Fritz Engel, der trotz seiner konservativen Einstellung und seiner gelegentlichen Ausraster ein gewissenhafter und lieber Bruder war. Wir werden seine Witwe in unsere Loge einbinden wie auch unsere anderen Ehefrauen bzw. Witwen und sie zu unseren öffentlichen Veranstaltungen einladen. Leider haben wir sie bisher aus wohlbekannten Gründen noch nicht kennengelernt. Wir müssen ihr in der Zeit der Trauer beiseite stehen und ihr gegebenenfalls bei der Organisation der Bestattung helfen. Doch das ist ja in unserer Loge ohnehin üblich.

Das Hauptziel dieser Versammlung ist jedoch die Beschlussfassung, wie wir bis zur Aufklärung des Mordfalles weiter vorgehen wollen. Unser guter Ruf und das Ansehen der Freimaurerei sind solange in Gefahr, bis der Mord aufgeklärt ist.

Die Erlebnisse, die wir – und vor allem ich – mit der Polizei hatten, lässt uns nicht unbedingt hoffen, dass der Fall bald aufgeklärt wird. Es liegt im Wesen des ermittelnden Beamten, wie schnell die Ermittlungen zum Erfolg führen. Kommissar Obermeier hat diesbezüglich ein denkbar schlechtes Bild abgegeben. Eine Untersuchungshaft ist nicht schön – vor allem, wenn man weiß, dass man unschuldig ist. Ich habe es dem von Bruder Stijepo engagierten Privatdetektiv Paul Jonas zu verdanken, dass meine Unschuld bewiesen wurde, wozu der Kommissar nicht fähig oder willens war. Ich stelle deshalb den Antrag, dass wir Herrn Jonas weiterhin mit der Aufklärung des Mordes beauftragen, auch wenn dies mit Kosten für unsere Loge verbunden ist. Es geht schließlich auch um das Ansehen unserer Loge."

Bruder Robert Feiler meldete sich zu Wort, das ihm der Meister sofort erteilte.

„Die Aussagen unseres Stuhlmeisters sind richtig. Seine Untersuchungshaft hatte er Kommissar Obermeier zu verdanken, der voll von Vorurteilen gegenüber der Freimaurerei ist. Durch meine Intervention beim Polizeidirektor wurde Gerhards Freilassung erreicht und Obermeier zur Ordnung gerufen. Er leitet weiterhin die Ermittlungen, dürfte aber momentan ziemlich ratlos sein. Die Beauftragung von Herrn Jonas unterstütze ich deshalb in besonderem Maße. Als Schatzmeister kann ich bestätigen, dass wir für die Beauftragung des Detektivs ein finanzielles Polster haben."

Die Brüder machten durch Klopfen auf den Tisch ihre Zustimmung zu den Ausführungen des Rechtsanwalts deutlich. Der Sekretär protokollierte fleißig weiter.

Ich meldete mich auch, lobte die schnelle und zielgerichtete Arbeit von Paul Jonas und befürwortete ebenfalls seine Beauftragung. Irgendwie war mir Jonas auch sympathisch, trotz seiner etwas schnoddrigen Art, denn dadurch war er auch etwas witzig.

„Liegen weitere Wortmeldungen vor?", fragte der Stuhlmeister. „Wenn nein, können wir zur Abstimmung schreiten."

„Die Bruderschaft stimmt dem Antrag des Stuhlmeisters einstimmig zu", notierte Bruder Liebmann, nachdem alle Logenbrüder ihre Hände bei der Abfrage der Zustimmung zum Antrag gehoben hatten.

Die Schwüle war kaum noch auszuhalten, ein starker warmer Wind war aufgekommen und ließ die Bäume vor unserem Logenhaus bedrohlich schwanken. Die Luftfeuchtigkeit in unserem Clubraum war durch die schwitzenden Brüder nochmals deutlich angestiegen. Die Fenster zu öffnen wäre sinnlos gewesen, denn das hätte die Schwüle im Raum nur noch weiter erhöht. Die meisten Brüder hatten ihr Jackett über ihre Stuhllehnen gehängt und die Hemdärmel hochgestreift.

Ich war irgendwie genervt. Glücklicherweise war die Abstimmung vorbei, so dass Jonas den Ermittlungsauftrag erhalten konnte – und dann ab nach Hause und etwas Kühles genießen. Doch Gerhard machte mit einem zweiten Antrag meine Hoffnung zunichte.

„Nun habe ich ein weiteres Anliegen an Euch. Ich bitte euch alle, die Ermittlungen der Polizei und vor allem die Ermittlungen von Herrn Jonas zu unterstützen. Ich gehe davon aus, dass niemand von uns glaubt, dass sich der Mörder im Bruderkreis befindet. Um unsere Loge aber auch vom geringsten Verdacht zu befreien, möchte ich Herrn Jonas bitten, auch die noch so unwahrscheinliche Täterschaft von Mitgliedern unserer Loge in seine Untersuchungen einzubeziehen. Seid ihr auch damit einverstanden?"

Was war jetzt das? Hat die Gefängniskost die Sinne unseres ehrwürdigen Meisters benebelt? Oder war es das bevorstehende Gewitter? Ermittlungen innerhalb der Bruderschaft durchzuführen, uns alle unter Tatverdacht zu stellen, das ging eindeutig zu weit!

Meine Hand schnellte sofort nach oben und mein Gesicht muss nicht gerade das freundlichste gewesen sein. Ein Murren ging auch durch die Reihen der Brüder, und einige blickten düster wie die Gewitterwolken vor den Fenstern drein.

„Stijepo, bitte!", erteilte mir Gerhard das Wort und nickte mir freundlich zu.

Ich war ziemlich in Rage und erhob mich zu meinem Statement.

„Diesen Vorschlag lehne ich vehement ab! Du stellst damit jeden Bruder unter Verdacht, dabei hast du selbst eingeräumt, dass es mehr als unwahrscheinlich ist, dass ein Bruder den Mord begangen hat. Gut, Schwierigkeiten mit Bruder Fritz Engel hatten wir alle, aber Ermittlungen im Bruderkreis – unmöglich! Außerdem wäre das nur verschwendete Zeit und damit verschwendetes Geld. Jonas, der zwar einen fixen Kopf, aber auch ein Lästermaul hat, würde sich sicher nur ins Fäustchen lachen und uns einen seiner flotten Sprüche präsentieren."

Kopfnicken und die Handschläge vieler Brüder auf die Tischplatte signalisierten mir, dass sie meine Ablehnung teilten.

Ich setzte mich. Mein Kopf musste eine ähnliche Farbe haben, wie der Obermeiers, als wir ihm den Beweis für Gerhards Unschuld präsentierten.

Nun meldete sich Bruder Murat Demir, der sich noch im Lehrlingsgrad befand und eng mit Fritz Engel befreundet war. Unser Meister erteilte ihm das Wort.

„Liebe Brüder, ich kann euch beide verstehen. Gerhard, weil er unsere Loge vom geringsten Verdacht befreien will, und Stijepo, weil er absolut überzeugt ist, dass keiner unserer Brüder die Tat begangen hat. Ich versuche mich in die Gedankenwelt von Bruder Fritz Engel, der mich in die Loge gebracht hat, hinein zu versetzen. Er war ein absolut geradliniger und gesetzestreuer Mensch, der sicher nur eines im Sinn gehabt hätte: Aufklärung der Tat um jeden Preis. Sollte der unwahrscheinliche Fall eintreten, dass sich ein Bruder als Mörder herausstellt, wäre Fritz der erste gewesen, der nicht nur eine Bestrafung durch die Justiz, sondern auch den Ausschluss der Bruders aus der Loge gefordert hätte. Recht und Gerechtigkeit standen für Fritz höher als Brüderlichkeit. Ich bitte euch deshalb, dem Antrag unseres Stuhlmeisters zuzustimmen."

Wieder schlugen viele Brüder zustimmend zu seinen Ausführungen auf den Tisch.

Dem folgte ein weiterer Schlag: Blitz und Donner so kurz hintereinander, dass jedem klar war, dass sich das Gewitter direkt über unserem Logenhaus befinden musste. Dann prasselte der Regen los, der Sturm brauste und die Donner grollten heftig weiter.

Gerhard unterbrach wegen des Lärms die Versammlung.

Das Unwetter dauerte nur etwa zehn Minuten und zog dann weiter in Richtung Osten ab. Die Schwüle war verschwunden, wir öffneten die Fenster des Clubraums und genossen die angenehm kühle Luft, die hereinwehte. Ein Lächeln war nun auf den Gesichtern der Brüder deutlich zu erkennen – die Anspannungen waren verschwunden. Meine auch!

„Der Donnerschlag hat wie ein zustimmender Handschlag von Fritz Engel aus dem Jenseits zur Murats Ausführungen gewirkt", dachte ich, obwohl ich darüber auch schmunzeln musste, da ich jeglichen Aberglauben verachte. Mein Kopf war wieder klar, mein Zorn verraucht und ich erkannte, dass Murat recht hatte: Die Aufklärung des Mordes um der Gerechtigkeit zum Sieg zu verhelfen, hatte Vorrang vor falsch verstandener Brüderlichkeit, auch wenn wir mit einigen unbequemen oder schnoddrigen Fragen seitens des Detektivs zu rechnen hatten.

Ich meldete mich nochmals zu Wort und tat meinen Sinneswandel kund. Das Gewitter hatte anscheinend auch die Köpfe derjenigen Brüder gereinigt, die bei meiner ersten Wortmeldung Beifall geklopft hatten: Jetzt schlugen alle auf den Tisch.

Dementsprechend war dann auch das Ergebnis der Abstimmung: Gerhards Antrag, dass Jonas auch innerhalb der Loge ermitteln durfte, wurde nun einstimmig angenommen.

Werner Liebmann nahm das Ergebnis der Abstimmung zu Protokoll. Gerhard bedankte sich bei den Brüdern für die beiden Zustimmungen, schloss die Mitgliederversammlung und bat mich, Jonas in den Clubraum einzulassen.

13 Jonas' zweiter Auftrag

Ich saß im Foyer vor dem Clubraum der Loge und wartete.

Als ich pünktlich um 20:30 Uhr im Logenhaus eingetroffen war, hatte mich der Hausmeister in Empfang genommen. Er hatte Order, mich im Foyer zu platzieren und mir mitzuteilen, dass ich warten sollte, bis die Logenbrüder mich zu sich in den großen Clubraum riefen, in dem sie offenbar tagten.

Also setzte ich mich auf einen gepolsterten Stuhl an einem der vier Bistrotische neben der Theke des Foyers. Der diensteifrige Glosser hatte mir glücklicherweise eine Flasche mit kaltem Mineralwasser gebracht – genau das Richtige bei dieser Schwüle.

Ich nutzte die Wartezeit und sah mich um.

Die Theke war mit den üblichen Vorräten an Gläsern und Flaschen ausgestattet und unterschied sich nicht von anderen Theken in einer Wirtschaft.

Alles andere sehr wohl.

Zum Foyer hatte mich ein Treppenaufgang mit schmiedeeisernem Geländer mit kunstvollen Verzierungen geführt. Das Fenster im Treppenaufgang, hinter dem sich ein Lichtschacht befand, zierte ein großes bleiverglastes Bild, wie ich es sonst nur aus Kirchen kannte. Es stellte zwei Frauenfiguren dar. Die eine hielt einen Spiegel in der der linken Hand, die andere Hand wurde liebevoll von beiden Händen der zweiten Frau umschlossen. Zu Füßen der Frauen saß ein Hund. Die beiden Gestalten wurden kreisrund von einer Schlange umrahmt, deren Kopf in ihr Schwanzende biss. Was mochte das wohl darstellen? Die Gottesmutter Maria und Maria Magdalena wohl kaum.

Ich winkte Glosser heran, der sofort auf mich zukam.

„Kann ich etwas für Sie tun, Herr Jonas?"

„Ja, mir erklären, was die beiden Mädels auf dem Glasbild bedeuten."

„Das sind allegorische Gestalten. Die mit dem Spiegel stellt die Wahrheit, die andere die Freundschaft dar."

Aha, wieder etwas schlauer geworden!

An der Decke baumelte ein großer Kronleuchter, an den Wänden hingen Ölgemälde von ernst dreinblickenden älteren Männern in ehrwürdigen Roben und mit Orden behangen – vermutlich verdiente Freimaurer.

„Das sind ehemalige Stuhlmeister", erklärte Glosser während ich die Bilder betrachtete.

Meine besondere Aufmerksamkeit erregte ein Glaskasten an der Wand des Foyers, in dem auf Glasplatten mysteriöse Gegenstände lägen: Ein schwarzer Zylinder, weiße Handschuhe, ein weißer, blau umrahmter Schurz mit drei blauen Rosetten, diverse Orden, ein Spitzhammer, eine Wasserwaage, ein Senkblei, ein Zirkel, ein Winkel, eine Kelle.

„Und für welche dubiosen Rituale dienen diese Dinge als Zubehör, Glosser?"

„Bei den rituellen Arbeiten tragen die Brüder immer Zylinder, weiße Handschuhe, das Logenabzeichen und den Maurerschurz. Die Werkzeuge stellen Symbole dar. Aber was die im Einzelnen bedeuten, weiß ich auch nicht mehr genau. Herr Schreiner hatte es mir zwar einmal erklärt, aber ich habe es leider wieder vergessen."

Na ja, das war dann jetzt zumindest einigermaßen klar. Völlig unklar war jedoch noch immer, warum ich überhaupt hatte hierher kommen sollen.

Wahrscheinlich wollten sich die Brüder nur bei mir bedanken.

Vielleicht wollten sie mir auch so einen Orden überreichen.

Vermutlich berieten sie gerade darüber, ob ich den großen goldenen Orden am Band oder nur den blechernen bekommen sollte.

Während ich darüber nachgrübelte, öffnete sich die Tür des großen Clubraums, und ein bekanntes Gesicht erschien.

Bistrić winkte mich zu sich.

„Hallo, Herr Jonas! Schön, dass Sie da sind. Kommen Sie herein, wir sind so weit. Wir möchten Ihnen das Ergebnis unserer Besprechung mitteilen."

Ich betrat den Clubraum.

Er war komplett ausgefüllt mit großen Holztischen, die in U-Form angeordnet waren und an denen ungefähr vierzig vornehm gekleidete Herren saßen. Einige erkannte ich wieder: Neben Bistrić noch Stuhlmeister Schreiner sowie die beiden Aufseher Kluge und Harmann. Auch Feiler war anwesend.

Einige Jungs guckten so ernst wie die Herren auf den Ölgemälden, die auch hier die Wände zierten, die meisten blickten aber entspannt lächelnd in die Runde.

Bistrić ließ mich auf einem freien der gepolsterten Stühle Platz nehmen.

Kaum saß ich, ergriff Schreiner das Wort.

„Herr Jonas, wir freuen uns sehr, dass wir Sie hier in unserer Mitte begrüßen dürfen. Ich möchte mich nochmals ganz herzlich bei Ihnen bedanken für Ihre geleistete Arbeit zum Wohle unserer Loge und zur Feststellung meiner Unschuld."

Er machte eine dramatische Pause.

Ich nickte gönnerhaft.

Jetzt würde die große Ordensverleihung kommen.

Aber nein.

Schreiner fuhr fort.

„Die Bruderschaft hat soeben beschlossen, Sie mit der Aufklärung des Mordfalles zu beauftragen. Alle Brüder haben ihre Unterstützung bei den Ermittlungen zugesichert."

Vierzig Augenpaare waren auf mich gerichtet.

Vierzig Ohrenpaare erwarten eine freudig-erregte Danksagung von mir für diese Ehre.

Ich wollte die Jungs zunächst einmal etwas schocken.

„Woher wollen Sie wissen, dass ich den Auftrag annehme?"

Vierzig Kinnladen klappten nach unten.

Schreiner bekam seine als erster wieder hoch, um sie zum Sprechen benutzen zu können.

„Aber wir dachten, das hätte Stijepo mit Ihnen besprochen ..."

„Nein, hat er nicht."

Betretenes Schweigen, betretene Mienen. Vor allem Bistrić sah drein, als hätte er einen akuten Magen-Darm-Virus.

Mit einer Ablehnung hatten die Jungs wohl nicht gerechnet.

Aber mal ehrlich: Genau so wenig, hatte ich damit gerechnet, von ihnen für die Ermittlung des Mörders engagiert zu werden.

Ich wäre jedoch bescheuert gewesen, den Auftrag abzulehnen. Das war jetzt der große Auftrag, von dem ich so lange geträumt hatte und die Mitglieder der Loge schienen wirklich keine Sozialhilfeempfänger zu sein. Ein bisschen von ihrem Geld würde nun in die Taschen des Privatdetektivs Paul Jonas fließen.

Ich räusperte mich bedeutungsvoll.

„Aber nichtsdestotrotz möchte ich natürlich gerne dazu beitragen, diesen mysteriösen Mordfall aufzuklären, den Mörder von Fritz Engel aufzuspüren und ihn seiner gerechten Bestrafung zuzuführen. Ich nehme den Auftrag an!"

Jetzt sich aufhellende Gesichter – besonders Bistrić strahlte wie ein Honigkuchenpferd –, freundliches Nicken, und dann donnernder Applaus.

Ich strahlte ebenfalls – vor meinem geistigen Auge erschien ein Scheck mit einer Riesenzahl.

Auch Schreiners Gesicht zeigte Freude pur.

„Meine lieben Brüder, damit ist alles geklärt. Ich beende hiermit unsere Versammlung und entlasse euch nach Hause. Ich werde jetzt mit Bruder Stijepo und Herrn Jonas noch die Details des Auftrags und das weitere Vorgehen besprechen."

Sofort setzte allgemeine Aufbruchsstimmung ein, und nach und nach verließ ein Logenbruder nach dem anderen den Clubraum, bis nur noch Schreiner, Bistrić und ich übrig waren.

Schon während die Freimaurer aufstanden und rausgingen, setzte sich Bistrić auf den Stuhl neben mich und raunte mir zu:

„Sie haben mich gerade ganz schön erschreckt, Herr Jonas!"

Ich raunte zurück:

„Wieso? Wir hatten ja wirklich nichts vereinbart in dieser Richtung!"

„Aber ich bin stillschweigend davon ausgegangen, dass einer Fortführung des Auftrags eine Selbstverständlichkeit für Sie ist."

„Tja, so kann man sich täuschen, mein lieber Bistrić. Das Leben ist voller Überraschungen."

„Es wäre sehr peinlich für mich gewesen, wenn Sie wirklich abgelehnt hätten. Ich wäre bei meinen Brüdern erst einmal unten durch gewesen."

„Jetzt regen Sie sich mal wieder ab, Bistrić. Ist ja nichts passiert, ich habe den Auftrag angenommen – und Sie sind jetzt der Held."

„Das bin ich erst, wenn Sie auch Erfolg haben und den Mörder finden."

„Das wollen wir doch sehr hoffen, Herr Jonas!"

Das kam von Schreiner, der nach dem Verschwinden des letzten Bruders die Tür des Clubraums geschlossen hatte und sich jetzt zu uns setzte.

„Und unser guter Bistrić wird Sie dabei nach Kräften unterstützen – nicht wahr, Stijepo? Du wirst Herrn Jonas als Co-Detektiv zur Seite stehen."

Bistrić und ich wetteiferten nach Schreiners Vorschlag, wer das blödeste Gesicht machen kann. Beide hatten wir den Mund offen, deshalb war das Ergebnis vermutlich unentschieden. Diese idiotische Idee des Logenvorstands hatten weder Bistrić' und schon gar nicht meine Zustimmung.

Ich fing mich als erster wieder.

„Kommt überhaupt nicht in Frage!"

„Aber Stijepo macht das sicherlich gerne."

Ich musste Klartext reden.

„Ich arbeite niemals mit Partner. Ich führe meine Ermittlungen und Observationen stets alleine durch und ein Laiendetektiv wäre für mich nur ein Klotz am Bein."

Schreiner ließ nicht locker.

„Ich meine ja nicht, dass Sie Stijepo nun ständig mit sich herumschleppen sollen. Aber er soll Sie mit seinem Fachwissen über die Freimaurerei und über unsere Loge bei Ihren Ermittlungen unterstützen. Oder sollte das Wissen bei Ihnen schon vorhanden sein?"

Ich musste eingestehen, dass ich diesbezüglich völlig blank war. Aber ich hatte ja ohnehin bereits Bistrić um Freimaurerunterricht gebeten.

„Nun, wir werden sehen. Wenn es nötig sein sollte, werde ich mich vertrauensvoll an Sie wenden, Herr Bistrić, okay?"

Bistrić nickte zögerlich, nicht so recht wissend, was er von dem Vorstoß seines Club-Chefs halten sollte.

Schreiner wandte sich wieder mir zu.

„Ich weiß, die Frage kommt sehr früh, Sie haben gerade erst den Auftrag erhalten, die Ermittlungen aufzunehmen – aber haben Sie vielleicht trotzdem schon einen Plan oder eine Idee, wie Sie vorgehen wollen, Herr Jonas?"

Meine Antwort kam ohne mit der Wimper zu zucken. Sherlock Holmes wäre vor Neid erblasst.

„Nun, ich habe mir natürlich schon Gedanken über das mögliche Motiv des Täters gemacht – und die Frage nach dem Motiv ist ja eine Schlüsselfrage in jedem Mordfall. Als Mordmotive kommen Hass auf Fritz Engel, Hass auf Sie, Herr Schreiner, oder Hass auf die Loge und die Freimaurerei allgemein in Frage. Die Frage ist, wer als Mörder in Frage kommen könnte und wen ich mir vornehmen sollte. Es könnte theoretisch ein Mitglied der Loge sein, eventuell auch ein ehemaliges. Den Hausmeister müssen wir auch weiterhin im Auge behalten. Es könnte aber auch ein Außenstehender gewesen sein, der einen Freimaurer töten wollte, egal wen."

„Wie ich bereits erklärt habe, halte ich einen Täter aus der Bruderschaft oder die Täterschaft unseres Hausmeisters für sehr unwahrscheinlich", warf Bistrić ein.

„Wieso? Ich hätte sogar für Sie ein Mordmotiv. Sie sind nur Zweiter Vorstand der Loge. Vielleicht wollen Sie Stuhlmeister an Stelle des Stuhlmeisters werden und haben versucht, mit dem Mord Herrn Schreiner zu belasten."

Ich befürchtete, mich mit dieser Bemerkung wieder in die Nesseln gesetzt zu haben, doch dieses Mal nahmen's die Jungs zum Glück mit Humor: Schreiner lachte laut auf, und auch Bistrić konnte sich trotz der Anschuldigung eines Grinsens nicht erwehren.

Nachdem er sich wieder eingekriegt hatte, fühlte sich Schreiner bemüßigt, mich über meine Fehleinschätzung aufzuklären.

„Da haben Sie völlig falsche Vorstellungen vom Ehrgeiz unserer Brüder. Die Logenämter, vor allem die der Vorstände und des Schatzmeisters, sind mit sehr viel Arbeit verbunden, nach der wirklich keiner strebt. Die Brüder haben mich lange drängen müssen, bis ich mich bereit erklärt habe, als Stuhlmeister zu kandidieren. Und bei Stijepo habe ich auch alle Überredungskünste aufwenden müssen, bis er bereit war, mich als Zweiter Vorstand zu unterstützen. Nur nach langem Zögern war er aus Verantwortungsgefühl der Loge gegenüber bereit, das Amt anzunehmen. Es gab auch keine Gegenkandidaten und die Wahl verlief einstimmig."

Ich wiegelte ab.

„Das war ja auch nur eine Idee und sollte aufzeigen, wie breit ich meine Ermittlungen führen muss. Wie sieht es denn von Ihrer Seite mit den Motiven und möglichen Tatverdächtigen aus? Haben Sie Ideen, wer als Feinde in Frage kommen könnten?"

Schreiner überlegte einen Moment.

„Unsere Loge genießt in Fürth allgemein einen guten Ruf, aber es gibt dennoch auch Gegner der Freimaurerei – Kommissar Obermeier zum Beispiel. Einige glauben leider immer noch an die Verschwörungsthesen, die auch teilweise durch Dokusendungen im Fernsehen genährt werden. Eine Schande für die öffentlich-rechtlichen Sender, dass die auch so einen Stuss senden, von den Privaten möchte ich erst gar nicht erst reden. Auch wenn Washington und mehrere US-Präsidenten Freimaurer waren, tun die so, als wären die USA ausschließlich von Freimaurern geschaffen worden. Die Straßenzüge von Washington sollen Winkelmaß und Zirkel darstellen und das Auge in der Pyramide auf der Dollarnote wird als Freimaurersymbol gedeutet. Leider erzählen auch manche Freimaurer diesen Mist. Wir haben zwar als Symbol ein Auge im Dreieck, aber die Pyramide ist kein Freimaurersymbol. Absoluter Blödsinn. Ab und zu erhalten wir über die Kontaktseite auf unserer Homepage auch Hassmails, die wir ignorieren. Die Polizei sieht sich auch erst zum Einschreiten genötigt, wenn etwas passiert ist. Etwas wirklich Greifbares, was auf einen Mord hindeuten würde, gibt es aber nicht."

Bistrić hakte ein.

„Vergiss nicht den Mini-Anschlag vor einem guten Jahr, als unsere Autos auf dem Logenparkplatz von irgendwelchen religiösen Fundamentalisten beschmiert wurden: *Satansbrut! Ihr werdet in der Hölle schmoren! Bekennt euch zu Jesus! Freimaurerei ist Sünde!* Ich habe einige Bilder von den Autos geschossen – sie müssten noch auf meinem Rechner sein. Aber da die guten Christen sich auch zur Nächstenliebe bekennen, haben sie Wasserfarbe genommen. Unser Hausmeister hat dann einfach den Gartenschlauch genommen, die Autos abgespritzt und nach einer Viertelstunde waren die Schmierereien beseitigt."

Bistrić schmunzelte nach seinen Ausführungen.

Ich sah auf die Uhr.

„Der Abend ist schon weit fortgeschritten. Wir müssen nochmal ausführlich und in Ruhe über mögliche Feinde nachdenken. Es wäre mir recht, wenn wir uns dazu morgen wieder treffen könnten."

Schreiner wiegte bedenklich den Kopf.

„Ich müsste mich dringend um meine geschäftlichen Angelegenheiten kümmern. Da ist Einiges während meiner Haftzeit liegen geblieben. Aber Sie haben doch jetzt einen Co-Detektiv, der das sicher übernehmen wird!"

Er sah Bistrić an, Zustimmung erwartend. Bistrić tat ihm den Gefallen und nickte.

„Klar, das kann ich machen. Allerdings nicht tagsüber. Ich muss dringend an einer längeren Übersetzung arbeiten. Kommen Sie doch morgen Abend um 19:00 Uhr zu mir, Herr Jonas. Meine Frau wird ein schönes Abendessen vorbereiten, und wir können ohne Zeitdruck lange miteinander reden und ich kann Ihnen auch die gewünschte Einführung in die Freimaurerei geben. Aber bitte: Kein Gastgeschenk mitbringen."

Natürlich nicht. Was hätte der denn erwartet?

14 Bistrić begrüßt seinen Gast

Jonas war pünktlich. Auf sein Cowboy-Outfit hatte er glücklicherweise sowohl gestern als auch heute verzichtet und er erschien normal gekleidet. Meine Frau, Marko und ich begrüßten ihn herzlich und baten ihn ins Esszimmer.

„Sind Sie mit dem Auto gekommen?", fragte ich ihn gleich, damit ich die richtige Getränkeauswahl treffen konnte.

„Nein, zu Fuß. Mein Führerschein ist mir wichtig und wahrscheinlich haben Sie einige gute Tropfen zu Hause", antwortete er und traf bezüglich der Tropfen den Nagel auf den Kopf.

Also: Wasser für Marko und die besseren Getränke für uns drei.

Ich füllte die Gläser für den Begrüßungstrunk.

„Herzlich willkommen und danke für Ihren Besuch."

„Oder *dobrodošli*, wie man in unserer Heimat sagt", fügte Danijela hinzu.

Jonas schaute interessiert auf die Flasche mit brauner Flüssigkeit und ohne Etikett.

„Orahovac, Walnussschnaps, hausgemacht von meinen Eltern", erklärte Danijela.

„Sind Sie nicht in Deutschland geboren?", fragte Jonas neugierig. „Sie sprechen akzentfrei Deutsch, nur Ihr Name und Ihr Beruf lassen Ihre Herkunft aus dem ehemaligen Jugoslawien vermuten."

„Wir sind kriegsbedingt nach Deutschland gekommen – aber das ist eine lange Geschichte. Wir fühlen uns hier zuhause und Marko ist auch hier geboren", klärte ich ihn auf.

„Aber im Urlaub fahren wir immer nach Kroatien – da ist es wunderschön", warf Marko ein.

„Erzählen Sie doch mal, so viel Zeit muss sein", forderte Jonas mich auf.

Also legte ich los.

„Ich bin in Dubrovnik geboren. Meine Eltern wohnten in der Altstadt und hatten eine Gaststätte, die von Touristen gerne besucht wurde. Es ging uns ziemlich gut. Da ich gerne im Restaurant mit aushalf und Geschirr abservierte, lernte ich bald etwas Deutsch, was mir manches Trinkgeld von den Gästen einbrachte. Meine Eltern sprachen relativ gut Englisch, Deutsch und Italienisch – das war fast selbstverständlich in einer Stadt, die von Touristen nur so wimmelte."

„Und ich stamme aus Cavtat, etwas südlich von Dubrovnik. Mein Vater war Fischer und belieferte Stijepos Eltern mit Fisch. Unsere Familien waren sehr gut befreundet und die gemeinsame Flucht hat uns noch enger zusammengeschweißt", ergänzte Danijela.

Ich fuhr fort.

„Nachdem Kroatien sich am 25. Juni 1991 unabhängig erklärte, wurden die kriegerischen Handlungen, die die Jugoslawische Volksarmee schon teilweise zuvor begonnen hatte, intensiver. Unsere Eltern beschlossen, mit dem Fischerbot von Danijelas Vater, das glücklicherweise groß genug war um darauf beengt zu wohnen, von Insel zu Insel fahrend die Flucht anzutreten. Ich war damals 12 Jahre alt, Danijela 10. Nach zwei Wochen legten wir in Rijeka, an und fuhren mit dem Zug nach Deutschland – mit vielen anderen Flüchtlingen. Unsere Eltern fanden in Nürnberg Arbeit, wir lebten uns gut ein und blieben hier. Nach dem Abitur studierte ich Germanistik und Slawistik und Danijela lernte Industriekauffrau. Ich machte mich als Übersetzer selbstständig, wir heirateten und ein Jahr später wurde Marko geboren."

„Wir hatten großes Glück, dass unsere Eltern rechtzeitig die Flucht angetreten haben", erklärte Danijela. „Am 1. Oktober wurde Dubrovnik eingekesselt. Telefon, Strom- und Wasserleitungen wurden von der Jugoslawischen Armee gekappt. Am Nikolaustag 1991 erfolgte der schwerste Angriff auf die Dubrovniker Altstadt. Mittlerweile erstrahlt die Stadt wieder in neuem Glanz und ist ein Touristenmagnet. Unsere Eltern kehrten 2010 nach Kroatien zurück. Sie leben beide auf der Halbinsel Pelješac und bauen Wein an. Aber entschuldigen Sie mich jetzt bitte, ich muss kurz in die Küche."

„Hilfst du mir, Marko?", fragte ich meinen Filius.

Der nickte und beeilte sich Wein- und Wassergläser zu bringen, während ich eine Karaffe Wasser auf den Tisch stellte und eine Weinflasche – ebenfalls ohne Etikett – entkorkte.

„Dingač?", fragte Jonas. Der Wein im Präsentkorb hatte ihm anscheinend geschmeckt.

„Nein, etwas leichter, aber auch aus der Rebsorte *Plavac Mali*. Hausgemacht von unseren Eltern", klärte ich ihn auf und schenkte ein.

Danijela brachte eine Platte mit dalmatinischem Pršut, gelbem Schafskäse und Oliven herein.

„Živjeli!", sagte ich und erhob das Glas.

Jonas stellte fest, dass die kroatischen Weine sehr dunkel sind.

„Deshalb nennen wir Rotwein *crno vino* – schwarzen Wein", lächelte Danijela. „Kroatien produziert erstklassige Weine, kann aber von der Menge her natürlich nicht mit anderen Ländern wie Italien oder Frankreich mithalten."

„Der Wein ist wirklich hervorragend und erinnert mich stark an den italienischen Primitivo. Allerdings muss ich zugeben, dass ich noch nie kroatische Weine getrunken habe", meinte unser Gast worauf sich meine Holde genötigt sah, ein kleines Weinseminar abzuhalten.

„Das ist auch kein Wunder, Herr Jonas. Die Rebsorte für den Primitivo, der in den USA Zinfandel genannt wird, stammt ursprünglich aus Kroatien und wird dort *Crljenak Kaštelanski* genannt. Der *Plavac Mali*, den wir heute trinken, ist eine Kreuzung aus den kroatischen Rebsorten *Dobričić* und eben jenem *Crljenak Kaštelanski*. In Kroatien wird der Wein oft mit Wasser verdünnt getrunken und wird dann *gemišt* genannt. Bei gutem Rotwein halte ich das jedoch für eine Sünde."

Jonas und ich nickten zustimmend.

Wir nahmen die Vorspeise ein. Danijela und Marko servierten danach ab.

„Das muss er von mir geerbt haben – Abservieren wie ein gelernter Kellner – so war ich auch in seinem Alter", grinste ich.

Doch es war Zeit, das Gespräch wieder auf unseren Fall zu lenken und ich hielt dem Detektiv die *Fürther Nachrichten* hin.

„Haben Sie heute schon Zeitung gelesen?"

„Nein, wieso?"

„Heute sind zwei Traueranzeigen für Fritz Engel erschienen. Eine sehr große von der Witwe in der Nürnberger Gesamtausgabe und eine dreispaltige von der Loge im Fürther Teil. In der großen Anzeige stand, dass die Trauerfeier am Mittwoch um 14 Uhr am Fürther Friedhof stattfinden wird. Hochinteressant ist auch der Kurzbericht über die Freilassung unseres Stuhlmeisters. Der dürfte unserem Kommissar Obermeier überhaupt nicht gefallen."

Ich reichte ihm die Zeitung, die er schnell bis zum Fürther Lokalteil durchblätterte.

Stuhlmeister wieder auf freiem Fuß
In der Mordsache Fritz Engel (die FN berichtete) erwies sich der Anfangsverdacht gegen Logenvorstand Gerhard S. als haltlos und er wurde gestern aus der Untersuchungshaft entlassen. Die irrtümliche Verhaftung des Stuhlmeisters war durch nicht mit aller Sorgfalt durchgeführter Polizeiarbeit begründet. Erst der Einsatz eines Privatdetektivs konnte die Unschuld des Logenvorstands beweisen. Die Polizei ermittelt im Mordfall weiter.

Dann warf er noch einen Blick auf die Traueranzeigen.

„Ich denke, die Trauerfeier ist ein Pflichttermin für mich. Kommen wir zum eigentlichen Grund unseres Treffens. Bevor wir uns aber über mögliche Tatverdächtige unterhalten, bräuchte ich dringend den Crash-Kurs in Sachen Freimaurerei, um die Hintergründe der Tat besser verstehen zu können – sofern die Freimaurerei dabei eine Rolle gespielt hat."

„Aber natürlich, mit dem größten Vergnügen! Aber die Freimaurerei ist ein großes Feld. Womit wollen wir beginnen?"

Jonas überlegte.

„Vielleicht mit der Frage, warum *Sie* in die Loge eingetreten sind."

Ich nickte.

„Dass ich Freimaurer wurde, hatte indirekt auch mit den Kriegen in Kroatien und Bosnien-Herzegowina zu tun. Ich verstehe es bis heute nicht, dass Volksgruppen, die vorher in einem Staat friedlich zusammenlebten, sich bis aufs Blut bekriegen und die schlimmsten Kriegsverbrechen begehen können. Trennung ja – aber friedlich, wie zum Beispiel die Trennung der Tschechoslowakei. In Bosnien war das ganze Problem am größten, denn da trafen drei Ethnien und drei Religionen aufeinander: Die muslimischen Bosniaken, die orthodoxen Serben und die katholischen Kroaten. Ethnische Säuberungen – das war ein riesiges Verbrechen an der Menschheit und Menschlichkeit. In Kroatien gibt es heute kaum Konflikte, denn da leben fast nur Kroaten, aber die Abneigung gegen die anderen Volksgruppen ist zum Großteil noch vorhanden. Bosnien-Herzegowina ist auf Grund des Abkommens von Dayton dagegen unterteilt in die Serbische Republik und die bosnisch-kroatische Föderation. Es werden noch viele Jahre vergehen, bis sich die Menschen wieder annähern werden. Teilweise gibt es in der Föderation sogar getrennte Schulklassen: bosnische und kroatische, um Konflikte zu vermeiden. Mit Werten wie Humanität, Toleranz und Brüderlichkeit wären die Probleme vermeidbar oder zumindest deutlich geringer gewesen. Als ich 2005 den ersten Kontakt zur Loge fand, habe ich sofort gemerkt, dass die Ideale der Freimaurer sich mit meinen decken – Ideale, die zu einer friedlichen Koexistenz der unterschiedlichsten Menschen beitragen können. 2007 ist dann meine Aufnahme in die Loge erfolgt."

„Ist das die Motivation aller Freimaurer?", wollte der Detektiv wissen.

„Im gewissen Sinne schon. Die alten Steinmetze bauten Kathedralen. Die Freimaurer bauen einen virtuellen Tempel der Humanität – die Bausteine sind die jeweiligen Logenbrüder. Tempel der Humanität – das mag zwar religiös klingen, ist es aber nicht. Der Tempelbau ist ein Symbol für eine bessere, friedlichere, gerechtere Welt – und das losgelöst von politischen oder religiösen Dogmen. Wir fragen nicht nach der Religion, das ist Privatsache jedes Einzelnen. In einer Loge können Menschen der unterschiedlichsten Ethnien oder Religionen ein friedliches Miteinander einüben. Je vielfältiger eine Loge ist, umso mehr kann man von den anderen lernen."

„In eine Loge werden ja nur Akademiker und Wohlhabende aufgenommen. Mit Ihrem Studium hatten Sie natürlich gute Voraussetzungen", warf der Detektiv ein. „Das ist auch so eine Mär. Unsere Loge hat Rechtsanwälte, Ärzte, Selbstständige, aber auch Handwerker, Künstler, einfache Angestellte. Einer unserer Grundsätze ist, dass die Gesinnung einen Menschen auszeichnet und ihn für eine Loge geeignet macht, nicht sein Besitz oder Beruf. Ein zweiter Grundsatz ist die Gleichheit aller Brüder, unabhängig von ihrer beruflichen oder finanziellen Stellung. Als Symbol hierfür haben wir die Winkelwaage oder Wasserwaage, die die gleiche Ebene anzeigt."

Der Freimaurerunterricht wurde durch Danijelas Erscheinen unterbrochen, die das Hauptgericht auf einer Platte hereinbrachte. Der Duft allein sagte mir schon, dass meine Frau mit ihren Kochkünsten sich wieder einmal selbst übertroffen hatte.

Im Schlepptau kam Marko mit einer Schüssel Gnocchi herein. Ich musste fast lachen, denn Marko spielte mal wieder den gelernten Kellner in einem Top-Restaurant – es fehlte nur der Frack und eine Serviette über das Handgelenk: Kerzengerade, steif, mit ernstem Gesicht stolzierte er und stellte die Schüssel auf den Tisch.

„Dobar tek!", sagte er und nickte uns allen würdevoll zu.

„Glaubst du, dass Herr Jonas Kroatisch kann?", fragte ich Marko. „Ich glaube das nicht."

Marko lachte über das ganze Gesicht und legte seine Kellnerrolle ab. „Dann eben guten Appetit!"

Jonas grinste.

„Das ist Pastičada", erklärte Danijela und legte uns vor. „Ein typisch dalmatinisches Gericht. Rindfleisch, gespickt mit Speck und Knoblauch, mariniert, gebraten, mit Gemüse geschmort – ziemlich aufwändig in der Zubereitung."

Es schmeckte noch besser als es roch.

„Die Gnocchi sind mit Sicherheit nicht aus dem Supermarkt", bemerkte Jonas anerkennend.

„Mit Sicherheit nicht", schmunzelte Danijela stolz.

15 Jonas macht sich schlau

Das Zeug, das Danijela Bistrić auftischte, war in der Tat sehr schmackhaft. Mal etwas anderes als die Fertiggerichte, von denen ich mich notgedrungen meist ernähren musste.

Während des Essens verzichtete ich auf Fragen, aber als wir mit dem Festmahl fertig waren, wollte ich meine Freimaurerforschungen weiter vorantreiben.

„Bistrić, wenn Sie einem Unbedarften wie mir die Freimaurerei erklären müssten, und nur fünf Sätze dafür hätten, wie würden diese fünf Sätze lauten?"

Bistrić legte die Stirn in Falten, kratzte sich am Kopf, um seine grauen Zellen zu aktivieren und dachte eine Weile nach. Dann spuckte er seine geistigen Ergüsse aus.

„1. Die Freimaurerei wurde in der Aufklärungszeit gegründet und beinhaltet aufklärerisches Gedankengut.

2. Symbole, Rituale und Brauchtum stammen aus den mittelalterlichen Dombauhütten.

3. Der Steinmetz bearbeitet einen Stein – der Freimaurer arbeitet an sich selbst, strebt sittliche Höherentwicklung an und nennt dies *Arbeit am Rauen Stein*.

4. Freimaurerische Werte sind Freiheit, Gleichheit, Brüderlichkeit, Humanität, Toleranz und Gerechtigkeit.

5. Symbole und Rituale erinnern den Freimaurer an seine Aufgabe, diese Werte im Alltag zu leben.

Zufrieden, Herr Jonas?"

Ich nickte.

„Sehr schön. Das klingt, als wären die Freimaurer idealistischer als Pfadfinder und heiliger als Mönche. Eigentlich müssten Sie alle mit einem Nimbus herumlaufen."

Bistrić schüttelte lachend den Kopf.

„Nein, Heilige sind wir sicher nicht. Wir sind ganz normale Menschen mit Unzulänglichkeiten, Fehlern und Leidenschaften. Wir sind uns dessen aber bewusst und versuchen, diese Fehler zu beseitigen. Manchmal gelingt es – oft nicht. Aber ich denke, wenn wir in unserem Leben uns auch nur einen Schritt positiv weiterentwickelt haben, ist es besser, als wenn wir stehen geblieben wären. Es gibt auch nur einen Menschen, der meine Entwicklung beurteilen kann und darf: Ich selbst – nicht etwa der Stuhlmeister oder ein anderer Bruder."

„Und wenn er mal vergisst, nach den freimaurerischen Idealen zu leben, bin ja ich auch noch da, um ihn daran zu erinnern. Stimmt's Stijepo?", warf seine Frau schmunzelnd ein.

„Stimmt!", bestätigte lächelnd der folgsame Ehemann.

Ich wollte wieder mehr Ernst in das Gespräch bringen.

„Aber warum gibt es dann so viele Gerüchte über die Freimaurerei? Warum wird sie immer wieder als Geheimbund bezeichnet, der möglicherweise sogar die Weltherrschaft anstrebt?"

Bistrić holte tief Luft.

„Da muss ich weit ausholen. Die Freimaurerei, wie wir sie heute kennen, wurde am 24. Juni 1717 durch den Zusammenschluss von vier Logen zu einer Großloge in London gegründet. Sowohl in den mittelalterlichen Dombauhütten als auch in der Entstehungszeit der Freimaurerei, im Zeitalter der Aufklärung, wurde Diskretion als Wert sehr geschätzt. Die Steinmetzbruderschaften hüteten eifrig ihre Berufsgeheimnisse, wie heute auch Firmen ihr Knowhow schützen, und die aufklärerischen Gedanken, die später in den Logen diskutiert wurden, sprach man besser nicht offen aus. Wer damals ein Königtum von Gottes Gnaden oder die Privilegien von Klerus und Adel anzweifelte, die Gleichheit aller Menschen forderte und auch zur Toleranz gegenüber anderer Religionen aufrief, hätte zumindest mit Kerker rechnen müssen. Eine Loge ist eine Bruderschaft und als Basis für brüderliches Vertrauen ist eben auch eine gewisse Diskretion erforderlich. Das Wort *geheim* hatte vor 300 Jahren auch eine etwas andere Bedeutung als heute – mehr im Sinne von vertraut oder privat.

Die ursprünglichen Forderungen der Aufklärungszeit sind heute in demokratischen Staaten erfüllt. Heute geht es in den Logen eher um das kritische Hinterfragen des Zeitgeistes, von Fake News und alternativen Fakten, und natürlich auch weiterhin um das Streben nach einer humaneren Welt. Dies soll jedoch nicht weltweit durch die gesamte Freimaurerei erfolgen, sondern jeder einzelne Bruder soll dafür sorgen, dass sein direktes Umfeld ein klein wenig menschlicher wird.

Das Gedankengut der Freimaurer war auch nicht mit der Ideologie der Nazis vereinbar. 1933/34 wurden die Logen durch das NS-Regime aufgelöst. Um die Logen zu diffamieren, wurden Hetzschriften verfasst, in denen die schlimmsten Verschwörungen den Freimaurern unterstellt wurden. Aus solchen Quellen scheinen auch Obermeiers Vorurteile entsprungen zu sein. Ich frage Sie: Wie kann ein Bund, der den Grundsatz hat, sich nicht zu tages- oder parteipolitischen Fragen zu äußern, die Weltherrschaft anstreben? Das entbehrt jeder Logik und zeigt, dass derjenige, der solche Thesen aufwirft, nichts von unseren Werten und Regeln verstanden hat.

Leider haben es die Logen versäumt, den Verschwörungsmythen öffentlich entgegen zu treten. In den letzten Jahren öffnen sich jedoch immer mehr Logen und betreiben mehr oder weniger Öffentlichkeitsarbeit." Inwieweit das stimmte, konnte ich nicht beurteilen. Zumindest traf es auf die Fürther Loge zu, die seit vielen Jahren Logenhausführungen anbot. „Ist ja logisch, denn ohne Öffentlichkeitsarbeit gehen Ihnen die Mitglieder aus. Viele Vereine beklagen den Schwund ihrer Mitglieder. In den Logen wird das nicht viel anders sein und Sie müssen wahrscheinlich kräftig die Werbetrommel rühren, damit sie nicht aussterben. Letztendlich bedeuten höhere Mitgliedszahlen auch größere Einnahmen durch die Beiträge, und die dürften bei den Freimaurern wahrscheinlich nicht ohne sein."

Bistrić lachte.

„Sie haben anscheinend immer noch falsche Vorstellungen von unserem Freimaurerbund. Wie ich ihnen erklärt habe, setzen sich unsere Mitglieder eben nicht nur aus *Reichen* zusammen. Unser Jahresbeitrag beläuft sich auf 350 €. Ich denke, das müsste erschwinglich sein. Eine Haftpflichtversicherung für ein Auto kostet meist mehr. Und Werbemaßnahmen führen wir mit Sicherheit nicht durch. Wir sind ein Bruderbund und das Wichtigste ist, dass der neue Bruder in der Loge gut integriert wird. Deshalb möchten wir auch nicht mehr als fünf neue Brüder pro Jahr aufnehmen. Das reicht aus, um den Mitgliederstand stabil zu halten, und es ist gewährleistet, dass der neue Bruder relativ schnell alle anderen kennenlernt. Der Zweck unserer Öffentlichkeitsarbeit hat nur zum Ziel, über das Wesen unseres Bundes aufzuklären und Verschwörungsthesen entgegen zu treten."

Ich nickte.

„Dass es Verschwörungsthesen gibt, liegt wahrscheinlich an den geheimnisumwitterten Ritualen der Freimaurer. Ich habe mal irgendwo von einem Freimaurer-Ritual gelesen, bei dem aus einem Totenschädel Wein getrunken wird."

Bistrić schüttelte lachend den Kopf.

„Bei sowas muss ich herzlich lachen, wie wahrscheinlich jeder Freimaurer. In unseren Ritualen geschieht nichts, was der Würde eines Menschen widerspricht oder gar Schmerzen verursacht. Allgemein gesagt dienen Rituale dazu, ein Zusammengehörigkeitsgefühl zu stärken und Emotionen im Menschen zu wecken. In vielen Vereinigungen, oder in Familien werden gewissermaßen auch Rituale gepflegt. Rituale sind etwas Vertrautes, etwas Intimes, was man nicht gerne nach außen trägt.

In größeren Bibliotheken finden Sie sicher auch Ritualbücher der Freimaurer. Es würde Sie sehr langweilen, wenn Sie ein Ritual lesen, denn ein Ritual muss man erleben. Nur dann werden Emotionen geweckt, die auch Auswirkungen auf Ihr Verhalten haben können. Nehmen wir das kirchliche Trauungszeremoniell als Beispiel. Wenn Sie es lesen: Langweilig. Wenn Sie es selbst vor dem Traualtar erleben, wird es Sie emotional stark berühren und vielleicht dazu beitragen, dass Sie Ihrem Ehepartner lebenslang die Treue halten.

Genau so wirkt ein Freimaurerritual: Es weckt Gefühle. Gefühle, die man nicht mit Worten ausdrücken kann. Jeder Logenbruder wird sich an seine Aufnahme in den Bund erinnern, als er das erste Mal *mein Bruder* genannt wurde, und er wird bei jeder Aufnahme eines anderen Bruders aufs Neue daran erinnert. Das ist es, was man auch unter dem freimaurerischen Geheimnis versteht: Das Erlebnis, das Gefühl bei der Aufnahme, das man nicht in Worten wiedergeben kann. Geheime Kenntnisse werden in der Freimaurerei nicht vermittelt – das Ritual regt nur zum Nachdenken und zum Handeln nach unseren Werten an."

Bistrić Augen leuchteten, als würde er soeben seine Aufnahme noch einmal erleben. Diese Ritual-Sache löste anscheinend wirklich eine starke Bindung an den Freimaurerbund aus.

„Sie sagen, es werden keine geheimen Kenntnisse vermittelt, aber es gibt doch geheime Erkennungszeichen. Ich habe gehört, dass Freimaurer sich durch einen geheimen Händedruck erkennen."

Bistrić machte eine wegwerfende Handbewegung.

„Mit geheimen Kenntnissen meinte ich geheimes Wissen, wie es Esoteriker glauben zu besitzen. Es ist richtig: Es gibt Erkennungszeichen, mit denen ich mich in jeder Loge auf der Welt als Freimaurer ausweisen kann und auf brüderliche Unterstützung hoffen darf. Auch dieses Brauchtum geht auf die mittelalterlichen Dombauhütten zurück. War ein Geselle auf Wanderschaft und klopfte an einer neuen Bauhütte an, wollte man sicherstellen, dass er wirklich ein Steinmetz aus dem Kathedralbau war. Hierzu gab es Erkennungszeichen, unter anderem der von Ihnen genannte Handschenk. Der allein hätte jedoch nicht ausgereicht, sondern der Wandergeselle musste auch das Brauchtum der Bauhütten kennen und einem rituellen Wechselgespräch standhalten. Das gibt es auch heute noch bei den Handwerkern die auf der Walz sind: Sie stellen sich beim Vorsprechen um Arbeit mit einem bestimmten Spruch vor. Auch in den Logen reicht der Händedruck nicht aus und ein unbekannter Bruder, der an einer rituellen Arbeit teilnehmen will, wird rituell geprüft."

Irgendwie hatte ich ein bisschen das Gefühl, dass der gute Bistrić alles ein bisschen verharmloste. Ich beschloss, stärkere Geschütze aufzufahren.

„Im Internet habe ich über Freimaurer auch schon die verrücktesten Beiträge gelesen. Naziparolen, Freimaurer und das Weltjudentum, Freimaurer als Satanisten und so weiter. Wie entstanden denn die?"

„Heute kann man im Internet jeden hirnverbrannten Mist schreiben, aber auch früher hat man schon unwahre Behauptungen in Buchform publizieren können. Auf zwei Anti-Freimaurer möchte ich näher eingehen. Der eine war der Atheist, Kirchen- und Papstkritiker Marie Joseph Gabriel Antoine Jogand-Pagès. Als Autor legte er sich das Pseudonym Leo Taxil zu. 1881 wurde er in der *Loge Le Temple de l'honneur française* aufgenommen, wurde aber bereits als Lehrling wegen *unsauberen Geschäftsverhaltens* wieder ausgeschlossen. Vermutlich entstand dadurch sein Plan, sich sowohl an der Kirche als auch an der Freimaurerei zu rächen.

Kurz darauf erschien sein Enthüllungsbuch *Die Dreipunktebrüder,* in dem er teilweise sachlich Richtiges mit den verrücktesten Unwahrheiten verfälschte, unter anderem, dass Freimaurer Luzifer anbeten. Auf Grund des erfolgreichen Verkaufs des Buches schwang er seine Feder, um weitere Lügen zu verbreiten: Satanische Rituale, sexuelle Orgien, sowie ein Text der Teufelstochter *Diana Vaughan.* Er übernahm den gefälschten Vorwurf gegen die Tempelritter auch für die Freimaurer und behauptete, dass auch in den Logen der teuflische Baphomet angebetet werde. Taxil wurde durch den Verkauf seiner Schriften reich.

1897 ließ er selbst den Schwindel auffliegen: Er erklärte, dass es sowohl Diana Vaughan als auch die satanistischen Bünde nie gegeben habe. Er habe seine Lügengeschichten geschrieben, um den Aberglauben und Fanatismus der Geistlichkeit sowie die Leichtgläubigkeit der Menschen aufzuzeigen. Doch seine Lügen sind in den Köpfen vieler Menschen hängen geblieben. In Deutschland sorgte General Erich Ludendorff für die Diffamierung der Freimaurer. Er war im 1. Weltkrieg Hindenburgs Stellvertreter, Mitbegründer des Tannenbergbundes und einer der Väter der sogenannten Dolchstoßlegende.

Sein Hauptwerk war sein Buch *Vernichtung der Freimaurerei durch Enthüllung ihrer Geheimnisse*, in dem ebenfalls sachlich Richtiges mit Unwahrheiten vermischt ist. Ludendorff wollte hierin den Satz beweisen: *Das Geheimnis der Freimaurerei ist überall der Jude.* Er stellte eine Theorie vom *künstlichen Juden* auf, zu dem jeder wird, der sich einer Freimaurerloge anschließt. ‚Die deutschen eingeweihten Freimaurer sind in jüdischen Banden und für immer für Deutschland verloren.‘, schrieb er. Seine Frau Mathilde griff in den Kampf gegen die Freimaurer ebenfalls ein und erfand hierfür auch die tollsten Geschichten. Der Grund der Feindschaft Ludendorffs gegen die Freimaurer lag möglicherweise darin, dass sein Gesuch um Aufnahme in eine Münchener Loge abgewiesen wurde und er sich durch seine antimaurerischen Pamphlete an dieser rächen wollte.

Hetzschriften gegen die Freimaurerei wurden auch von den Nazis verfasst. Das bekannteste Werk war *Enthüllte Weltfreimaurerei*, ein Sonderdruck des NSDAP-Organs *Der Aufbau*. Gleich zu Beginn wird die Behauptung aufgestellt, dass eine *geheime jüdische Regierung* unter anderem die kommunistische Internationale, den Völkerbund, die Rüstungsindustrie und das Weltfreimaurertum beherrsche.

Welch kranke Hirne hat es in der Menschheitsgeschichte doch gegeben! Leider sind diese idiotischen Thesen durch nichts auszurotten."

„Sie kennen sich ja hervorragend im geschichtlichen Hintergrund der Freimaurer aus."

„Das war Bruder Engels Verdienst. Mit ihm hatten wir einen hervorragenden Lehrmeister. Die genannten Schriften haben wir übrigens auch in unserer Logenbibliothek. Und es dürften sich auch noch einige andere interessante Bücher in seinem freimaurerischen Antiquariat befinden."

Bistrić hielt inne, denn sein Sohn Marko kam herein. Er wollte – oder musste – jetzt ins Bett gehen und sagte seinem Vater gute Nacht.

Und höflicherweise auch mir.

Danach servierte Danijela Bistrić auf einem Tablett den Nachtisch, der an eine Creme Caramel erinnerte. Sie erklärte:

„Rožata – eine Spezialität aus Dubrovnik und Umgebung. Das Geheimnis an diesem Rezept sind einige Tropfen Rosenwasser. Daher kommt auch der Name: Rožata leitet sich von ruža – Rose ab."

Nicht nur die Steinmetze und die Freimaurer hatten ein Geheimnis, sondern auch die Köche.

Nach dem Genuss der Rožata dachte ich mir, dass Bistrić gar nicht so unrecht gehabt hatte mit seinen Behauptungen über die Theorie und Praxis von Ritualen, denn beim Essen verhielt es sich im Prinzip genauso: Das entsprechende Rezept zu lesen wäre langweilig gewesen – der Genuss der Nachspeise musste erlebt werden. Und der Geschmack ließ sich schwerlich in Worten wiedergeben – ein Geheimnis eben.

Das Angebot eines türkischen Kaffees lehnte ich dankend ab, da ich um meine Nachtruhe fürchtete – stattdessen ließ ich mir mein Weinglas nochmals füllen.

Bistrić sah mich fragend an.

„Was interessiert Sie noch? Was möchten Sie sonst noch wissen, Herr Jonas?"

Ich nahm einen Schluck von dem wirklich edlen Getränk.

„Herr Schreiner hat erwähnt, dass auch manche Freimaurer glauben, das Auge auf der Dollarnote ist ein Freimaurersymbol. Auch auf Ihrem Logenhaus ist das Symbol angebracht. Welche Bedeutung hat das Auge in der Freimaurerei?"

„Die Verbindung der Dollarnote zur Freimaurerei gehört eindeutig in das Kapitel Verschwörungsthesen, das wurde auch von ernsthaften Forschern bestätigt. Sie wissen, dass wir keine Stellung zu religiösen Fragen beziehen. Wir haben aber zwei transzendente Symbole, die jedoch nicht näher definiert sind und in die jeder Bruder seine persönliche Überzeugung legen kann. Zum einen der *Große Baumeister der Welt*, als Symbol für ein ordnendes oder schöpfendes Prinzip, zum anderen den *Ewigen Osten* für den nachtodlichen Bereich.

Das Auge im Dreieck wird von vielen Freimaurern als Hinweis auf den *Großen Baumeister* verstanden. Das ist zulässig, denn die Freimaurerei kennt auch bei der Symboldeutung keine Dogmen. Doch im Zeitalter der Aufklärung erhielt das Auge im Dreieck eine weitere Bedeutung: Als Auge der Erkenntnis. Das passt meines Erachtens wesentlich besser zum Gedankengut der Freimaurerei."

„Eine Frage habe ich noch, Bistrić: Wie wird man eigentlich Freimaurer?"

„Man wird Freimaurer, indem man zunächst zu einer Loge Kontakt aufnimmt und die Gästeabende besucht, um sich gegenseitig kennenzulernen. Etwa nach einem Jahr kann man den Aufnahmeantrag stellen, und wenn die Bruderschaft dem zustimmt, wird man in einer rituellen Arbeit aufgenommen. Mit der Aufnahme in die Loge erhält man zunächst den Grad des Lehrlings. Der Lehrling soll sich mit der Selbsterkenntnis und der Arbeit an sich selbst beschäftigen. Wenn er einen Vortrag gehalten hat, wird er nach etwa einem Jahr zum Gesellen befördert. Als Geselle erhält er die zusätzliche Aufgabe, Erfahrungen zu sammeln und sich in der Gemeinschaft zu bewähren. Wenn der Geselle wiederum einen Vortrag gehalten hat und mindestens drei andere Logen zu rituellen Arbeiten besucht hat, was man *Wanderschaft* nennt, wird er nach einem weiteren Jahr zum Meister erhoben, der sein Leben weise planen soll. Da in der Regel nach etwa zwei Jahren der Meistergrad erreicht wird, befinden sich die meisten Brüder im Meistergrad. Für jeden Grad gibt es ein eigenes Ritual, welches auf die Aufgaben des Grades hinweist. Gesellen- und Meisterritual kommen nur bei Beförderung zum Gesellen bzw. bei der Erhebung zum Meister zur Anwendung. Standardritual ist das Lehrlingsritual, da auch der älteste Meister zeitlebens ein Lehrling bleibt. Aus den Meistern wählt die Loge ihre *Beamten*, wie Meister vom Stuhl, den Vertreter des Meisters, die beiden Aufseher, den Zeremonienmeister, den Redner, den Sekretär und den Schatzmeister."

„Redner?"

„Die Aufgabe des Redners ist es, das geistige Leben der Loge zu fördern. Er stimmt mit den Brüdern den Arbeitsplan der Loge ab, in dem die Vorträge und die rituellen Arbeiten aufgelistet sind. Im Rahmen der rituellen Arbeit hält er einen Kurzvortrag, der im Gegensatz zu den Vorträgen im Clubraum nicht diskutiert wird. Die Brüder sollen dadurch lernen, über das Gehörte nur nachzudenken. Man muss nicht alles diskutieren oder zerreden. Der Kurzvortrag wird übrigens *Zeichnung* genannt. Eine Zeichnung ist ein Plan und vielleicht kann die Zeichnung des Redners den Brüdern helfen, ihr Leben sinnvoll zu planen."

Ich trank mein Weinglas aus. Bistrić als perfekter Gastgeber schenkte sofort nach.

„Dann weiß ich alles, was ich zur Freimaurerei wissen wollte. Jetzt müssen wir uns noch über die möglichen Tatverdächtigen unterhalten."

16 Bistrić Verdächtigenliste

Ich nickte.

„Ja, unterhalten wir uns über mögliche Tatverdächtige."

Jonas zwinkerte mir zu.

„Immerhin haben wir ja schon den Stuhlmeister und Sie als Mörder ausgeschlossen, Bistrić! Bleiben also nur noch alle anderen Logenbruder übrig."

Er wollte mich offenkundig ärgern, der Herr Jonas! Aber ich ging nicht auf seine kleine Provokation ein und ließ diese Aussage unkommentiert. Was den Erfolg hatte, dass der Privatdetektiv seine Bemerkung gleich revidierte.

„Also gut, ich will mal der Einschätzung von Schreiner und Ihnen glauben, dass es unwahrscheinlich ist, dass ein aktuelles Logenmitglied den Mord begangen hat. Aber es gibt doch sicher Logenmitglieder, die ausgetreten sind. Vielleicht sollten wir uns zunächst mit diesen Personen beschäftigen. Wen gäbe es denn da?"

Auch wenn ich mir sicher war, dass Ermittlungen im Bruderkreis überflüssig waren, das Augenmerk auf die ausgetretenen Brüder zu richten, erschien mir richtig. Austritte aus unserer Loge waren selten. In den letzten

Jahren hatten nur zwei Brüder die Loge verlassen, aber in beiden Fällen war Bruder Fritz Engel mit involviert. Also begann ich, Jonas über unsere Ausgetretenen ins Bild zu setzen.

„Einer der Ausgetretenen ist Jürgen Stahl. Er war schon immer ein gläubiger Katholik, der Nächstenliebe und Brüderlichkeit praktizierte. Was ihn in den letzten Jahren jedoch immer mehr in Gewissensnöte brachte, war die Unvereinbarkeitserklärung der Deutschen Bischofskonferenz von 1980, in der die Unvereinbarkeit von katholischem Glauben und der Freimaurerei festgestellt wurde. Ein Katholik der Freimaurer ist, befindet sich im Status der schweren Sünde und darf die Eucharistie nicht empfangen. Bruder Stahl hielt unserem Bund weiterhin die Treue, man spürte jedoch, dass dies ihn sehr belastete. Er kam immer seltener in die Loge und überlegte, sie zu verlassen. Mit Bruder Engel und einigen anderen Brüdern hat er sich öfter über seinen geplanten Schritt unterhalten. Während die meisten Brüder versuchten, ihn zum Verbleib in der Loge zu bewegen, riet Bruder Engel ihm zum Austritt mit den wenig einfühlsamen Worten: ,Wenn du dich den Dogmen deiner Kirche derart stark unterwirfst, bist du kein freier Mann mit freien Gedanken mehr und solltest unseren Bund verlassen.‘ Wieder ein Beweis für Bruder Engels Intoleranz und seine Fähigkeit, Menschen vor den Kopf zu stoßen. Diese Aussage hat ihm Bruder Jürgen Stahl sehr übel genommen, denn er sah sich auch weiterhin als freier Mann, der sich jedoch freiwillig den Regeln seiner Kirche unterwarf. Nach freimaurerischem Verständnis ist, wie bereits erwähnt, Religionszugehörigkeit und Religionsausübung Privatsache jedes einzelnen Bruders. Jürgen Stahl hat seit seinem Austritt keinen Kontakt mehr zur Loge.“

„Das heißt, in der Loge gibt es keine Katholiken?", wollte Jonas wissen.

„Doch, einer davon bin ich", erklärte ich. „Das Verbot der Bischofskonferenz ist mir und den anderen katholischen Brüdern jedoch gleichgültig, und wir haben keine Gewissensbisse – bis auf Bruder Jürgen eben."

„Okay, diesen Jürgen Stahl nehmen wir mal auf die Verdächtigenliste, er hätte zumindest ein Motiv. Sie haben noch von einem zweiten Ausgetretenen gesprochen. Um wen handelte es sich dabei?"

„Es handelt sich um Wolfgang Ollinger. Er war nicht einmal ein Jahr in der Loge und trat kurz nach seinem Vortrag als Lehrling aus. Mit Bruder Wolfgang Ollinger glaubten wir, einen ausgezeichneten Bruder gewonnen zu haben. Er war intelligent, kritisch, philosophisch interessiert und hatte eine sehr gute Rhetorik. Während unserer Clubabende, an denen teilweise auch Gäste teilnehmen können, diskutieren wir vorwiegend Themen der Zeit, wie Menschenrechte, Naturbewahrung, Digitalisierung, Flüchtlingsproblematik und so weiter. Mit kontroversen Diskussionen wollen wir Gesprächskultur und Toleranz einüben und natürlich auch unseren geistigen Horizont erweitern. Parteipolitik hat jedoch in den Logen keinen Platz. Hierauf weisen wir auch jeden Aufnahmewilligen hin, bevor er seinen Aufnahmeantrag stellt. Nach der politischen Gesinnung fragen wir, unseren Regeln entsprechend, jedoch genau so wenig wie nach der Religionszugehörigkeit. Die Freimaurerei kennt wirklich keine Dogmen – weder politisch noch religiös. Sein Lehrlingsvortrag sorgte für einen Eklat in der Loge. Er hatte eine äußerst rechts gerichtete Gesinnung und plante eine Partei *Fränkische Patrioten* ins Leben zu rufen, mit dem Ziel, ein eigenes Bundesland Franken zu gründen. In seinem Vortrag spulte er sein rechtsradikales Parteiprogramm ab

und hoffte, Logenbrüder als Parteimitglieder zu gewinnen. Eine absolute Missachtung unserer Regeln. Alle
Brüder waren geschockt und Bruder Engel verließ mit
einigen Brüdern den Clubraum. Wolfgang Ollinger bezeichnete Bruder Engel als *Vaterlandsverräter und Fahnenflüchtigen*, da er vorzeitig aus der Bundeswehr ausgetreten war. Bruder Engel beantragte daraufhin seinen
Ausschluss. Dazu kam es aber nicht, da Wolfgang
Ollinger von sich aus seinen Austritt erklärte. Die *Fränkischen Patrioten* haben anscheinend regen Zulauf und
rufen ab und zu zu Demonstrationen auf. Außerdem betreibt Ollinger im Internet ein Forum *Zahnloser Tiger*, in
dem er über die Freimaurerei als *nichtsnutzigen Bund*
herzieht. Das Forum wäre auch eine gute Quelle für die
Suche nach Tatverdächtigen."

Jonas nickte.

„Gut, Ollinger ist Verdächtiger Nummer zwei und auch
das Forum notiere ich mir. Sonst noch irgendwelche
Ideen, was Verdächtige betrifft?"

„Mir fällt noch ein Feindbild von Bruder Engel ein: Unsere Frauenloge *Zur Winkelwaage*. Bei der Abstimmung,
ob wir den Schwestern Logenräume vermieten wollen,
war er, wie zu erwarten war, strikt dagegen. Auch die
Vereinbarung mit der Frauenloge, die freimaurerischen
Arbeiten – Clubabende und rituelle Arbeiten – getrennt
durchzuführen und uns nicht gegenseitig zu besuchen,
brachte ihn nicht von seiner Haltung ab. Gut, bei kultu-
rellen Veranstaltungen oder unserem Sommerfest beteili-
gen sich die Schwestern schon und bringen sich aktiv
ein. Aber davon bleibt das Logenleben unberührt. Bruder
Fritz Engel hatte auch mehrmals der Frauenloge Mails
gesandt, in der er seine ablehnende Haltung zum Ausdruck brachte. Die Schwestern wussten aber sehr wohl,
dass er mit dieser Meinung alleine dastand. Den Mord

durch eine Schwester der Loge *Zur Winkelwaage* halte ich genauso für ausgeschlossen, wie den Mord durch einen Bruder. Die Frauenloge hat schließlich die gleichen Ideale wie wir und arbeitet nach dem gleichen Ritual – nur dass sie sich eben *Schwestern* nennen."

Jonas sah mich finster an.

„Bistrić, Ihre positive Voreingenommenheit gegenüber ihren Brüdern und Schwestern geht mir langsam aber sicher auf den Wecker! Absolut unprofessionell für einen Privatdetektiv oder Co-Detektiv. Die Frauenloge gehört genauso auf die Verdächtigen-Liste wie der Hausmeister, den Sie auch für unschuldig halten. Ich werde mir alle Verdächtigen gehörig zur Brust nehmen."

„Um Gottes Willen!", dachte ich. „Das ist keine gute Idee." Meines Erachtens würde der derbe Jonas nicht das nötige Einfühlungsvermögen für ein Gespräch mit dem sensiblen Hans Glosser und den ebenso feinfühligen Damen mitbringen.

„Nein, die Verhöre mit dem Hausmeister und der Frauenloge übernehme ich. Sie können sich sicher sein, dass ich unvoreingenommen und knallhart ermitteln werde."

Jonas lachte lauthals.

„Bistrić, der knallharte Ermittler! Der beste Witz, den ich je gehört habe. Aber zumindest scheint Sie das Ermitteln ja doch irgendwie zu reizen. Wenn Ihnen der Übersetzerjob auf den Geist gehen sollte, könnten Sie ja Privatdetektiv werden."

Ha, ha, blöder Witz!

„Hatten Sie auch Aufnahmeanträge, die von den Brüdern abgelehnt wurden?"

Jonas war trotz seiner sarkastischen Äußerungen ein wirklich kluger Kopf. Ich hätte sonst noch einen wichtigen Tatverdächtigen vergessen, auf den er mich mit seiner Frage brachte.

„Im Regelfall nicht. Die meisten Interessenten erkennen durch unsere Gespräche mit ihnen, ob sie in die Loge passen und ob sie sich mit dem freimaurerischen Gedankengut identifizieren können. Aber letztes Jahr hatten wir einige Male einen wirren Esoteriker bei uns zu Gast, der sofort seinen Aufnahmeantrag stellen wollte, um sein *esoterisches Wissen* zu erweitern. Allen Brüdern war klar, dass dieser Mann nicht für die Loge geeignet war. Bruder Engel brachte ihm die Ablehnung auf die ihm eigene unsensible Weise dar: ‚Wir sind Männer mit Herz und Verstand und haben keinen Platz für esoterische Spinner wie Sie! Ich möchte Sie nicht mehr bei uns sehen!‘ Daraufhin erhob der Esoteriker beide Hände, sprach eine Art Gebet, in dem er Fluch und Tod auf unsere Loge beschwor, und verließ die Loge. Den müssen wir unbedingt als tatverdächtig ansehen. Wie hieß der doch gleich? Ach ja: Alexander Krause."

Jonas notierte sich den Namen.

Wir legten noch einmal genau fest, wer sich welchen Tatverdächtigen vornehmen sollte. Auch die Verhöre der beiden ausgetretenen Logenbrüder wollte ich übernehmen, da ich sie bereits kannte. Jonas erhob zwar zunächst lautstark Einspruch, weil ich angeblich ein Gutmensch sei und nichts von knallharten Verhörmethoden verstünde, gab aber nach längerer Diskussion schließlich doch nach.

Außerdem wollte er baldmöglichst die Witwe Engel kennenlernen.

„Die kenne ich auch noch nicht persönlich. Ich habe zwar am Tag nach dem Mord mit Frau Engel telefoniert und ihr kondoliert, aber das war mein erstes Gespräch mit ihr. Sie war noch nie in der Loge, obwohl sie sich schon dafür interessiert hätte. Wir werden sie künftig auch zu unseren öffentlichen Veranstaltungen einladen und damit die vermissten Kontakte nachholen. *Eine Frau hat im Logenhaus nichts zu suchen* war eines der persönlichen Dogmen unseres Bruders Fritz. Er lebte, was die Freimaurerei anging, eben teilweise noch im 18. Jahrhundert. Thomas Kluge und Gernot Harmann, die beiden Aufseher, besuchen morgen um 16 Uhr Erna Engel. Wenn Sie wollen, können Sie sich ihnen anschließen. Die Witwe wird sicher erfreut sein, wenn sie sieht, wie sich die Loge um die Aufklärung des Mordes bemüht."

Ich schrieb ihm die Adresse und die Telefonnummer von Erna Engel auf.

Dann bedankte sich der Detektiv für unsere Gastfreundschaft, lobte Danijelas Kochkünste und verabschiedete sich.

Als er gegangen war, beschlossen Danijela und ich, noch ein Glas zu trinken, da die dritte Flasche *crno vino* noch halb voll war.

„Und? Was hältst du von Jonas?", fragte ich Danijela.

„Ich mag ihn. Er ist ein heller Kopf und versteht auch zu provozieren. Hoffentlich hat ihm das Essen geschmeckt."

„Ich mag ihn auch – trotz oder gerade wegen seines Lästermauls. Aber wenn ihm dein Essen nicht geschmeckt hat, ist er ein Banause erster Klasse. Für deine Pastičada hast du mindestens einen Michelin-Stern verdient."

Wir prosteten uns zu.

Jetzt musste ich etwas über Jonas lästern:

„Einen Minuspunkt hat er sich aber mit seinem blöden Vorschlag eingehandelt, ich könnte auch Privatdetektiv werden – da würde ich eher einen Kriminalroman schreiben."

Lachen – Prost!

„Gute Idee: Du als Dr. Watson und er als Sherlock Holmes."

Kichern – Prost!

„Mal sehen, ob mir das Ermitteln Spaß macht."

Lachen – kein Prost, denn unsere Gläser waren leer, die Flasche auch.

Doch dann traf mich beinhart die Erkenntnis: Hatte ich mich zu weit aus dem Fenster gelehnt mit meinem voreiligen Vorschlag, Befragungen von Verdächtigen durchzuführen? So etwas hatte ich schließlich noch nie gemacht. Und genauer gesagt, hatte ich Bammel davor.

Ich verbrachte deshalb eine unruhige Nacht und fand nur wenig Schlaf.

17 Jonas revidiert

Auf dem Fußmarsch nach Hause ließ ich den Abend bei Familie Bistrić noch einmal in meinem Kopf Revue passieren.

Fazit Eins: Ich hatte mir zum ersten Mal seit langer Zeit mal wieder so richtig den Bauch vollschlagen können, und die kroatische Küche war sehr schmackhaft. Beeindruckt hatte mich auch die Gastfreundschaft der Familie und ihr harmonisches Miteinander. Die beiden sind mir sympathisch geworden und auch ihr Sohn war ganz witzig. Dann kam mir der lustige Gedanke, die drei Bistrićs zu einem Gegenbesuch einzuladen. Ein Abendessen mit Tiefkühlpizza zu 1,99 € oder Lasagne, die Spuren von Pferdefleisch enthalten kann. Alternativ kämen Ravioli aus der Dose infrage. Das wäre ein kulinarischer Kulturschock! Ich weiß zwar gutes Essen zu schätzen und kann auch einigermaßen gut kochen, aber mein Geldbeutel ließ zurzeit keine andere Nahrung zu. Vielleicht revanchiere ich mich nach Aufklärung des Mordes – wenn mein Kontostand nach oben geschnellt ist – mit einer Einladung der Familie Bistrić in ein Restaurant. Fazit Zwei: Ich hatte viel erfahren über die Freimaurerei. Wahrscheinlich alles, was auch nur ansatzweise wissenswert war. Bistrić schien ein immenses Fachwissen zu haben – und er hatte es durchaus auch genossen, *alles* rauszuhauen, was er wusste. Immerhin hatten seine Wissensergüsse dazu geführt, dass ich meine Ansichten über die Freimaurer gründlich revidieren musste. Ich hatte sie in einer Ecke mit Sektierern und Weltverschwörern angesiedelt, dabei haben sie in Wirklichkeit edle Ziele. Nach der Offenheit, die Bistrić gezeigt hatte, konnte ich die Freimaurer nicht mehr mit gutem Gewissen als *Geheimbund* bezeichnen. Fasziniert hat mich der Gedanke, dass in den Logen das tolerante Miteinander der unterschiedlichsten Menschen praktiziert wird. Es wäre wirklich wünschenswert, wenn diese Toleranz in unserer Gesellschaft weiter verbreitet wäre.

Fazit drei nagte etwas an meinem Ego. Wir hatten zwar eine schöne Verdächtigenliste erstellt, aber dieser Bistrić hatte mir doch einige Verhöre abgeschwatzt, die ich lieber selbst geführt hätte. Damit war er ein echter Co-Detektiv geworden, was ich eigentlich vermeiden wollte. Aber vielleicht war es auch ganz vorteilhaft, wenn er die Befragungen des Hausmeisters, der Frauenloge und der Ausgetretenen durchführt. Da Bistrić die Personen kennt, findet er leichter Zugang zu ihnen. Sollte er keine brauchbaren Ergebnisse zustande bringen – was ich stark befürchtete – konnte ich mich immer noch einschalten und die Betreffenden gehörig zur Brust nehmen. Für mich blieben nur das Durchleuchten des Esoterikers Alexander Krause, dessen Aufnahme von der Loge abgelehnt worden war, und das Durchforsten des Ollinger-Forums *Zahnloser Tiger* übrig.

Fazit vier: Die Verdächtigenliste erweiterte ich für mich selbst dennoch um die Logenbrüder, auch wenn denen bei der Ermittlungsarbeit nicht die oberste Priorität zukam. Als Außenstehender konnte ich aus den Bemerkungen, die die Logenbrüder über den ermordeten Fritz Engel gemacht hatten, zwischen den Zeilen lesen, dass Engel doch ein ausgemachter Kotzbrocken war, der sich offenbar immer wieder mit vielen Mitgliedern seiner Loge angelegt hatte. Genauer gesagt mit allen, die nicht seiner strengen Vorstellung von seiner *reinen Lehre* entsprachen – und dieser Vorstellung entsprach offenbar niemand, außer ihm selbst.

Als ich zu Hause ankam, beschloss ich, gleich zu Bett zu gehen, denn der Abend war schon weit fortgeschritten. Ich hoffte nur, dass ich nicht von Satanskulten, Nazis, Verschwörungstheorien oder Okkultisten träumen würde.

18 Bistrić verhört Glosser

Da hatte ich mir etwas Schönes eingebrockt, mit meinem Vorschlag, den Hausmeister zu verhören. Ich war damit wirklich zu einem Co-Detektiv mutiert, was überhaupt nicht zu mir passte und mir eigentlich auch gar nicht gefiel.

Aber Hans Glosser war sehr sensibel, da war es besser, dass ich das Verhör führte. Die kleinste Kritik nahm er sich jahrelang zu Herzen.

Meine Loge *Brudertreue im Kleeblatt* zeichnete jedes Jahr eine Person aus Stadt oder Landkreis Fürth mit einem humanitären Preis aus, der auch mit einem ansehnlichen Preisgeld verbunden war. Die Verleihung fand stets im Tempel statt. Im Gegensatz zur Einrichtung für die rituellen Arbeiten, bei der die Stühle für die Brüder auf beiden Längsseiten mit Blickrichtung zur Tempelmitte aufgestellt sind, war der Tempel bei der Preisverleihung parlamentarisch bestuhlt mit Blickrichtung zum Meisterplatz, da die Ehrung durch den Stuhlmeister stattfand.

Unser gewissenhafter Hausmeister hatte dies jedoch einmal vergessen und die Stühle mit Blickrichtung zur Bühne, wie bei Konzerten, aufgestellt. Wir baten ihn, die Stühle umzudrehen, und einige Brüder halfen mit, so dass in wenigen Minuten die Stühle richtig standen. Für Hans Glosser war das ein halber Weltuntergang. Mehrere Wochen lang entschuldigte er sich für den kleinen Fehler, bis wir ihm mehrmals deutlich erklärten, dass wir ihm nie böse waren und dass Fehler menschlich seien.

Glücklicherweise kam er mit unserem Bruder Fritz Engel gut aus. Mit seiner schroffen Art hätte ihn unser Zeremonienmeister wahrscheinlich sonst reif für die Psychiatrie gemacht.

Und diesen Mann sollte ich nun verhören.

Als Gesprächstermin hatte ich mit ihm um 11 Uhr im kleinen Clubraum vereinbart.

Mir war ein Trick eingefallen, um das Verhör in eine sanfte Umhüllung zu verpacken.

Glosser war nicht allein. Sein Patenkind Christa Tal war mit anwesend. Das passte mir gar nicht. Einige Logenbrüder und ich kannten Christa, doch eine herzliche Bindung zu ihr kam nie auf.

Das beruhte jedoch auf Gegenseitigkeit: Christa hielt die Freimaurerei für einen Altherrenbund, der ausschließlich aus hassenswerten Machos bestand. Sie war eine absolute Emanze, die nur mit gleichgesinnten Frauen auskam. Mit ihrer langjährigen Freundin Luna hatte sie vor kurzem eine gleichgeschlechtliche Ehe geschlossen. Der einzige Mann, mit dem sie herzlich verbunden war, war ihr Patenonkel, unser Hausmeister Hans

Glosser, der sie ebenfalls abgöttisch liebte, auch wenn er mit ihrem lesbisch-emanzipatorischen Lebenswandel überhaupt nicht einverstanden war. Sie half des Öfteren ihrem Onkel beim Kochen für die Logenbrüder. Bestimmt nicht aus Liebe zur Loge, sondern eher aus Anhänglichkeit zu ihrem Onkel oder zu seinen Scheinchen, die er ihr für die Hilfe in der Küche zusteckte.

Ich begrüßte Christa Tal dennoch höflich und auch sie wahrte einigermaßen die Umgangsformen, sah mich aber unfreundlich mit funkelnden Augen an.

„Ich bin da, um meinen Onkel zu unterstützen. Er ist wegen des Mordes vollkommen mit den Nerven fertig. Dabei hat es mit diesem Obermacho mit Sicherheit nicht den Falschen erwischt", begründete sie ihre Anwesenheit.

„Wie meinen Sie das?"

„Der Engel, war doch der Schlimmste in eurem Verein. Als ich vor einigen Wochen wieder mal ins Logenhaus kam, um meinem Onkel beim Kochen zu helfen, kam auch er die Treppe hoch, stürmte sofort auf mich los und wollte mich rausschmeißen, weil in diesem heiligen Haus eine Frau nichts zu suchen hat. In welchem Jahrhundert lebte der eigentlich? Von Emanzipation hat er anscheinend noch nichts gehört. Ich habe dem Kerl den Stinkefinger gezeigt und hätte ihm am liebsten in die Eier getreten, aber mein gutmütiger Onkel hat ihn beschwichtigt. Und um so einen trauert er auch noch."

„Ich will ja Ihrem Onkel auch helfen", erwiderte ich und wandte mich dann an unseren Hausmeister.

„Herr Glosser, ich möchte Sie auf etwas vorbereiten, was eventuell unangenehm für Sie werden könnte", eröffnete ich das Gespräch, worauf Hans Glossers Augen sich entsetzt weiteten.

„Wir kennen Sie, Sie sind jahrelang bei uns beschäftigt. Sie erledigen Ihre Arbeit sehr zuverlässig und mit viel Motivation. Das Verhältnis zwischen Ihnen und den Logenbrüdern ist so freundschaftlich, als wären Sie Mitglied der Loge."

Glossers Gesichtszüge entspannten sich – er lächelte sogar und nickte.

„Glücklicherweise hat sich die Unschuld unseres Stuhlmeisters erwiesen und er wurde aus der U-Haft entlassen."

Glosser strahlte und nickte wieder.

„Das Problem ist, dass die Polizei nun nach einem Tatverdächtigen suchen wird und vermutlich auch Sie in den Kreis der Tatverdächtigen einbeziehen wird."

Entsetzter Gesichtsausdruck – aufgerissene Augen.

„Das ist natürlich absoluter Blödsinn. Keiner unserer Brüder, auch Herr Schreiner und ich, würden Sie je mit dem Mord an Herrn Engel in Verbindung bringen – wir sind von Ihrer Unschuld absolut überzeugt. Aber wir haben ja am Beispiel von Herrn Schreiner gesehen, wie unüberlegt und vorschnell die Polizei handeln kann."

Glosser rutschte auf seinem Stuhl unruhig hin und her.

„Ich habe wirklich nichts mit dem Mord zu tun. Das müssen Sie mir glauben, Herr Bistrić."

„Natürlich! Ich möchte Sie auf ein Verhör durch die Polizei vorbereiten und mit Ihnen ein Rollenspiel durchführen. Ich, als böser Polizist, der Sie hinter Gitter sehen möchte und Sie, der seine Unschuld glaubhaft beteuert. Wäre Ihnen das recht?"

„Wenn Sie glauben, dass die Polizei mich verhören wird, wäre das sicher gut. Danke, Herr Bistrić, dass Sie mich darauf vorbereiten wollen. Spielen Sie ruhig den bösen Polizisten."

Er war einverstanden, aber er tat mir jetzt schon leid. Er war sehr nervös. Ein Verhör bei der Polizei würde er sicher nicht durchstehen. Ich wollte mit ihm den worst case durchspielen, und die typischen Verhörfragen stellen, wie ich sie aus Fernsehkrimis kannte. Christa Tal stand neben ihm und verfolgte mit finsterem Gesicht das Verhör.

„Beginn der Vernehmung des Tatverdächtigen im Mordfall Engel, Herrn Hans Glosser um 11:15 Uhr", begann ich, um dem Verhör einen möglichst realistischen Charakter zu geben. Ein Aufzeichnungsgerät hatte ich jedoch leider nicht.

„Herr Glosser, die Unschuld von Herrn Gerhard Schreiner, den Sie mit Ihrer Aussage schwer belastet haben, ist eindeutig bewiesen. Also kommen nur Sie als Täter in Frage. Sie waren mit Herrn Engel alleine im Logenhaus, es waren keine weiteren Zeugen vorhanden. Es war ein Leichtes für Sie, den Mord zu begehen."

Glosser richtete sich etwas auf, seine Augen waren vor Angst wieder weit aufgerissen.

„Aber warum hätte ich das tun sollen? Ich kam mit Herrn Engel sehr gut aus. Er war ein netter, intelligenter Mann, mit dem man sich auch gut unterhalten konnte. Freimaurer durch und durch. Er konnte es nur nicht leiden, wenn jemand den Tempel betrat, solange er ihn für die rituelle Arbeit herrichtete. Und an diese Anordnung habe ich mich stets gehalten. Deshalb gab es keine Probleme mit ihm."

„Aber an diesem Montag haben Sie den Tempel betreten und Sie haben versucht, Spuren zu verwischen, indem Sie den Toten umgedreht haben und Ihre Fingerabdrücke und DNA hinterlassen haben. Das weiß doch Jeder, dass man an einem Tatort nichts verändern darf."

„Ich musste ihn betreten, es war ein Notfall. Ich habe erst Herrn Engels laute Stimme gehört und dann einen kurzen Schrei. Ich war in der Küche, die neben dem Tempel liegt, habe mir kurz die Hände gewaschen und bin gleich in den Tempel gerannt. Das habe ich doch bereits letzte Woche erklärt, als Herr Obermeier uns im Logenhaus verhört hat. Etwas anders kann ich heute auch nicht sagen."

Der Hausmeister war den Tränen nahe.

„Sie haben Ihren Text gut auswendig gelernt!", provozierte ich nun. „Sie hatten die Gelegenheit zur Tat, nur Ihr Motiv ist mir noch unklar. Vielleicht haben Sie den Mord auch begangen, um ihn Herrn Schreiner in die Schuhe zu schieben, was Ihnen auch fast gelungen wäre. Aus der Nummer kommen Sie nicht mehr so schnell heraus."

Zur Unterstreichung meiner Worte schlug ich mit der flachen Hand kräftig auf den Tisch, dass es nur so knallte.

Jetzt war es soweit, Glosser schluchzte: „Nein, nein, nein!"

Mir tat er unendlich leid. Ich versuchte es auf eine etwas sanftere Tour – Marke *Good Cop*.

„Herr Glosser, ein Geständnis würde sich sehr günstig auf das Strafmaß auswirken. Vielleicht lief die Sache auch so ab: Sie sind versehentlich in den Tempel gegangen, Herr Engel hat sie angeschrien, Sie hat die Wut ergriffen, da Sie seine cholerische Art schon oft erleben mussten, haben den Spitzhammer ergriffen und ihn erschlagen. Das wäre dann eine Affekthandlung und kein Mord – lebenslänglich scheidet damit aus."

Glosser schluchzte weiter – einer Antwort unfähig – fertig mit den Nerven. Ob der nervliche Zusammenbruch ausreichen würde, die Polizei von seiner Unschuld zu überzeugen?

„Jetzt reichts aber!", brüllte Christa Tal mich an und schraubte ihre weit aufgerissenen Kugelaugen bedrohlich heraus. „Das scheint Ihnen wohl Spaß zu machen? Verhörmethoden wie bei den Nazis oder bei der Stasi!"

„Frau Tal, ich bin überzeugt, dass die Polizei ihn in ähnlicher Weise verhören wird. Ich will mit ihm eine harte Verhörsituation durchspielen. Vielleicht fällt ihm doch etwas ein, was er zu seiner Entlastung vorbringen könnte."

„Das könnte er, er will aber nicht. Mensch, Onkel Hans, mach doch endlich deinen Mund auf!"

Sie sah ihn ernsthaft besorgt an, doch Hans Glosser schüttelte weinend energisch den Kopf. Nach und nach gelang es mir, unseren Hausmeister wieder zu beruhigen.

„Herr Glosser, das war doch nur ein Spiel. Niemand traut Ihnen den Mord zu."

Langsam kam er wieder zu sich.

Ich hörte Schritte auf der Treppe und sah vor die Tür des kleinen Clubraums, in dem ich das Verhör durchgeführt hatte.

Meine Befürchtungen wurden wahr.

Zwei Polizisten kamen und meldeten: „Wir haben den Auftrag, Herrn Hans Glosser aufs Kommissariat zum Verhör zu bringen."

Glosser wirkte wie erstarrt – sein Patenkind ebenso.

„Wird schon werden!", tröstete ich ihn. „Machen Sie keine Aussagen, bevor Herr Feiler bei Ihnen eintrifft. Ich rufe ihn gleich an."

„Damit habe ich schon gerechnet – ich bin schon unterwegs", sagte Robert Feiler am Telefon.

19 Jonas recherchiert im Forum

Ich war zeitig aufgestanden und beschloss, am Vormittag im Internet das Diskussionsforum *Zahnloser Tiger* von Wolfgang Ollinger zu durchforsten. Am Nachmittag wollte ich mit den Aufsehern die Witwe Engel besuchen.

Wolfgang Ollinger hatte das Forum mit einem Post eröffnet, in dem er die Freimaurerei als Spielwiese von Gutmenschen lächerlich machte und den Bund als *zahnlosen Tiger* bezeichnete. *Freimaurer sind Spinner und in unserem Staat absolut überflüssig* lautete das Fazit seines Posts.

Dann brach der Shitstorm gegen die Freimaurerei los.

Wodans Jünger schrieb, dass die Freimaurerei eine dem Weltjudentum hörige Organisation sei, mit dem Ziel, dem Judentum die Weltherrschaft zu sichern. Vor meinem geistigen Auge erschien ein Glatzkopf mit Tarnanzug und Springerstiefeln, der vermutlich den Intelligenzquotienten einer Waldmaus hatte.

Deus vult postete, dass der eigentliche Freimaurergott Luzifer heiße und das Ziel der Freimaurerei die Herrschaft des Höllenfürsten sei. Jeder Christ sei deshalb aufgerufen, die Freimaurerei aktiv zu bekämpfen. Die Freimaurerei sei kein zahnloser Tiger, sondern eine Ausgeburt Satans.

Wahrheitssucher war der Meinung, dass die Politik von Freimaurern unterwandert sei und auch Angela Merkel diesen Weltverschwörern angehöre. In der allseits bekannten Merkel-Raute erkenne er Winkel und Zirkel der Freimaurer.

Ritualkennerin wusste, dass Freimaurer einmal im Jahr kugeln, und wer die schwarze Kugel zog, musste sich erschießen.

Der Kommissar war der Meinung dass Freimaurer wie Pech und Schwefel zusammenhalten und jedem Freimaurer dreimal in Notlagen geholfen werde – das vierte Mal muss er sich erschießen. Ich hatte den Verdacht, dass sich Obermeier hinter diesem Nickname verbergen könnte und ich ließ mich zu einem Stoßgebet hinreißen. „Oh Herr, schmeiß' Hirn vom Himmel!"

Ich überlegte, ob ich eine Petition beim Bundestag einreichen sollte, dass das Posten im Internet nur für Personen mit einem IQ von mehr als 50 erlaubt wird.

Das Forum erhielt aber auch einige Einträge, die vermutlich von Logenbrüdern stammten und die hirnlosen Behauptungen zurückwiesen.

Letzten Mittwoch, als über den Tod von Fritz Engel in der Zeitung berichtet wurde, waren wieder mehrere Posts von Neonazis zu lesen.

Wodans Jünger schrieb: „Gott sei Dank, jetzt bringen sich die Weltverschwörer gegenseitig um. Die Welt wird erst wieder lebenswert, wann alle Juden, Kommunisten und Freimaurer vernichtet sind."

Arier88 antwortete: „Da hat es auch den richtigen Vaterlandsverräter erwischt. Habt ihr gewusst, dass der Engel Offizier war, seinen Fahneneid gebrochen hat und desertiert ist? Als Buchhändler ist er dann in Fürth untergetaucht. So einer verdient den Tod. Schade, dass es keiner von uns getan hat."

Wodans Jünger wollte wissen, wer *uns* ist. Er suche schon länger aktive Gleichgesinnte. Als Antwort kam: „Deutsche Treue 20.04."

Dann folgten ein paar Einträge, die die Neonazis als das entlarvten, was sie in Wirklichkeit sind: Volksverhetzer und Feinde der Demokratie. Ein Poster forderte, dass die rechtsradikalen Einträge aus dem Forum gelöscht werden.

Arier88 hatte gestern Morgen anscheinend die Zeitung gelesen: „Schade, der Freimaurerboss hat den Deserteur doch nicht umgebracht. Mir bleibt jetzt wieder die Hoffnung, dass doch ein treuer Kamerad die Heldentat vollbracht hat."

Der letzte Eintrag vor fünf Minuten stammte wieder von *Deus vult*: „Lasst uns die Freimaurerbrut bekämpfen, wo immer es geht und sie zur Hölle schicken. Ich werde erst dann wieder ruhig schlafen, wenn es in Fürth keine Freimaurer mehr gibt. Jesus, gib uns Kraft!"

Das Forum *Zahnloser Tiger* präsentierte mir Verdächtige en gros.

Sollte der bigotte Typ noch online sein? Das wäre meine Chance für eine schnelle Kontaktaufnahme. Ich richtete mir schnell eine neue Mailadresse *Fürther_Christ* ein, meldete mich im Forum *Zahnloser Tiger* ebenfalls als *Fürther_Christ* an und tätigte einen Eintrag: „Hallo, Deus vult! Super Idee. Nimm mit mir so schnell wie möglich Kontakt auf – wir sollten uns treffen."

Deus vult war tatsächlich noch im Forum online. Nach wenigen Minuten erschien die Nachricht: „11 Uhr auf der Terrasse des Cafés im Fürther Stadtpark. Ich trage ein schwarzes Hemd und ein großes silbernes Kreuz."

Super! In einer guten Stunde würde ich ihn kennenlernen. Mal sehen, wie gewaltbereit dieser verpeilte Typ war und welches Alibi er für den Zeitpunkt des Mordes hatte. Jetzt musste das richtige Outfit für den Treff her.

Mein Kleiderschrank war wie der einer High-Society-Lady gerammelt voll. Verkleiden, mein Aussehen, Stimme und Dialekt verändern, hatte mir bei meinen bisherigen Fällen schon viele Erfolge beschert. Zweimal musste ich mich sogar in eine Frau verwandeln. Nicht umsonst hatte ich meine Einmann-Detektei *Chamäleon* genannt. Neben Unmengen an Klamotten besaß ich fünf Perücken, davon zwei für Frauen. Das Verkleiden ging mir zwar jedes Mal tierisch auf den Wecker, aber der Zweck heiligt die Mittel. Öfter hatte ich Verdächtige sogar mehrmals aufgesucht und bin dabei in verschiedene Rollen geschlüpft, ohne dass es die Zielpersonen bemerkt hatten.

Zuerst fiel mir meine Mönchskutte in die Hand, die ich einmal bei einem Einsatz in einem Kloster geklaut hatte. Aber das wäre doch etwas zu dick aufgetragen. Wenn der Knabe ein schwarzes Hemd trug, wäre vielleicht ein Outfit ganz in Schwarz von Vorteil. Dazu mein kleines silbernes Kreuz, das ich zu meiner Erstkommunion geschenkt bekommen hatte.

Als Perücke wählte ich die weißblonde und beschloss, auch meine Brauen und Wimpern zu färben. Dazu schminkte ich mich sehr blass. Als ich mich nach der Verwandlung im Spiegel betrachtete, stellte ich fest, dass ich eine frappierende Ähnlichkeit mit Silas, dem Albino im Film *Sakrileg* hatte. Das passte: Silas war im Film ein fanatisches Mitglied von Opus Dei.

So gestylt machte ich mich zu Fuß auf in den Fürther Stadtpark.

20 Bistrić sieht sich bestätigt.

Am frühen Nachmittag klingelte mein Telefon – ah, Robert Feiler. Ich war gespannt, was er über Glossers Verhör zu berichten hatte.

„Unser Hausmeister hat sich glücklicherweise an deinen Rat gehalten, die Aussage zu verweigern, bis ich anwesend war. Es hat ihm richtig gut getan, dass er nicht alleine Obermeier gegenüber sitzen musste. Der hat mal wieder den harten Hund gespielt. Objektiv gesehen, ist Glosser tatsächlich in einer schwierigen Situation: keine Zeugen, die bestätigen können, dass es sich wirklich so abgespielt hat, wie er geschildert hat. Theoretisch hätte er die Tat begehen können.

Ich habe Obermeier sofort klar gemacht, dass ich außer Mutmaßungen, *hätte und könnte* nichts Greifbares und Beweisbares gehört habe. Er hat voll darauf gesetzt, Hans Glosser einzuschüchtern und ein Geständnis zu erzwingen. Glosser wäre wahrscheinlich auch zusammengebrochen, wenn ich nicht dabei gewesen wäre, aber er hat sich leidlich gehalten, auch wenn er geheult hat. Der Kriminalrat, der das Verhör von außen durch die Scheibe beobachtet hatte, kam dann irgendwann mal dazu und hat den gütigen Typ gespielt: Wenn Glosser die Tat aus Affekt begangen hätte, gäbe es zumindest kein Lebenslänglich. Obermeier und sein Chef haben sich schließlich vor der Tür kurz beraten und kamen zum Schluss, dass unser Hausmeister vorläufig festgenommen wird.

Was hast du eigentlich mit Hans Glosser gemacht. Er hat, als die Polizisten vor der Tür waren, ein paarmal gemurmelt: ‚Genau wie bei Bistrić'?"

Ich klärte unseren Bruder Rechtsanwalt über die Vereinbarung mit Jonas auf, dass ich den Hausmeister vernehmen sollte und dass ich die Vernehmung in ein Rollenspiel verpackt hatte. Auch meine Idee, ihn zu einem Geständnis einer Affekttat zu überreden, schilderte ich ihm.

„Dann ist das Verhör der Polizei anscheinend ähnlich gelaufen wie das, das du mit ihm geführt hast. Der Versuch, ein Geständnis zu bekommen war nahezu mit deiner Schilderung identisch. Respekt! Wenn dir deine Übersetzerei keine Spaß mehr macht, kannst du ja Kriminaler werden."

„Mit Sicherheit nicht! Eher schreibe ich Kriminalromane."

„Übrigens habe ich mit Obermeier noch ein Telefonat geführt und ihn gefragt, ob es wirklich nötig war, unseren Hausmeister so fertig zu machen und ihn vorläufig festzunehmen. Er erklärte mir, dass er von seinem Boss wegen des Zeitungsartikels gewaltig unter Druck gesetzt wurde und er wusste, dass er das Verhör beobachten würde. Der Kriminalrat war jedoch mit seiner Verhörmethode zufrieden."

„Auf jeden Fall herzlichen Dank für deine Hilfe."

Dass Obermeier unserem Hausmeister anscheinend ähnliche Fragen gestellt hatte wie ich, und auch sein Chef meine Good-Cop-Methode angewandt hatte, erfüllte mich mit etwas Stolz. Ich sah mich mit meiner Verhörmethode bestätigt. Sollte das Ermitteln etwa eine verborgene Begabung in mir sein? Doch mein Stolz wurde stark gedämpft, als ich mir bewusst machte, welcher Polizist das Verhör vorwiegend geführt hatte: Obermeier. Mit diesem Intelligenzbolzen wollte ich lieber so wenig wie möglich gemeinsam haben.

Meine Gedanken wandten sich wieder unserem des Mordes verdächtigten Hausmeister zu. Der arme Glosser in der Zelle – das steht der nicht lange durch. Ich musste Christa Tal anrufen, die sich vermutlich noch in der Hausmeisterwohnung im Logenhaus befand.

Ich hatte Glück – sie befand sich noch dort und war sofort zu einem Treffen bereit, als sie erfahren hatte, dass ihr Patenonkel festgenommen worden war. Ihre Stimme klang nicht mehr aggressiv, sondern eher besorgt.

Als Christa Tal mir die Tür zur Hausmeisterwohnung öffnete, hätte ich sie fast nicht wieder erkannt. Sie war wie fast immer in eng anliegende schwarze Hosen und Jacke gehüllt, die ihre dünne Figur nicht gerade vorteilhaft unterstrichen. Ihre Erscheinung wirkte durch ihre schwarze Buzz-Cut-Frisur normalerweise unnahbar und ablehnend, doch jetzt waren ihr Sorgen und der Ruf nach Hilfe sofort anzusehen. Hatte die toughe Emanze etwa sogar geweint?

„Ich bin froh, dass Sie zu mir gekommen sind, Herr Bistrić. Sie müssen Onkel Hans helfen. Der dreht in der Zelle doch durch oder bringt sich um."

„Genau deswegen bin ich hier und ich glaube, Sie können mir und ihm helfen. Sie haben heute Vormittag gesagt, dass Ihr Patenonkel sehr wohl etwas ihn Entlastendes aussagen könnte, aber er nicht will. Sein energisches Kopfschütteln hat das auch bestätigt. Warum will er nicht?"

„Weil er dann mich belasten und ich wahrscheinlich in den Knast gehen würde."

Glossers Personenbeschreibung auf den vermeintlichen Freimaurer, den er nach dem Mord die Treppe herunterrennen sah, könnte zumindest theoretisch auch auf Christa Tal zutreffen.

„Das heißt, Sie haben Fritz Engel umgebracht?"

„Nein! Aber ich wäre noch verdächtiger als er. Er hatte zu dem Obermacho Engel einen guten Draht, aber ich habe ihn gehasst. Meine erste und einzige Begegnung mit Engel hat sicher schon in der Loge die Runde gemacht. Ich hätte also ein Motiv und ich bin auch über den Tod von Engel eher froh als bestürzt. So ein konservativer Sack!"

„Also ich habe noch nichts von Ihrem Konflikt mit Engel gehört, aber es kann sein, dass Fritz darüber mit anderen Logenbrüdern gesprochen hat. Wir alle waren mit seiner ablehnenden Haltung bezüglich der Frauen und der Öffentlichkeitsarbeit unserer Loge nicht einverstanden. Aber Fritz Engel hatte auch viele gute Seiten und unsere Werte forderten uns alle auf, seine Einstellungen zu tolerieren, auch wenn wir sie nicht teilten. Wir haben ihm die gleiche Wertschätzung wie jedem anderen Bruder entgegen gebracht, auch wenn seine Toleranz nur sehr gering ausgeprägt war.

Aber Ihr Motiv würde doch nie ausreichen, Sie zu verhaften – höchstens Sie zu verhören. Sie waren doch an diesem Abend nicht im Logenhaus. Haben Sie jemanden, der Ihr Alibi bestätigen könnte?"

„Das ist es ja, was Onkel Hans unbedingt verschweigen will. Ich war im Logenhaus. Wir haben gemeinsam einen großen Topf Gulaschsuppe zubereitet und waren in der Küche, als wir den Streit und den Schrei von Engel hörten. Als Onkel Hans die Leiche gefunden hatte, bat er mich, das Logenhaus sofort zu verlassen. Er wollte, dass ich auf keinen Fall mit dem Mord in Verbindung gebracht würde."

Jetzt war ich baff. Mit der Aussage von seinem Patenkind wäre Glosser sofort wieder auf freiem Fuß, aber ihr würden Verhör und U-Haft drohen. Die Erklärung ihres Onkels, dass sie mit ihm in der Küche war, würde Obermeier wohl kaum Glauben schenken. Der gute Glosser! Bevor Christa Tal durch die Mühlen der Polizei gedreht würde, nahm er lieber selbst die Inhaftierung in Kauf.

Mein Gesichtsausdruck schien momentan nicht gerade der intelligenteste zu sein.

„Sie schauen ziemlich geschockt, Herr Bistrić", meinte Christa Tal, die nach ihrer Erklärung wieder wesentlich lockerer wirkte. „Ich habe mir überlegt, jetzt zur Polizei zu gehen und meine Aussage zu machen, damit Onkel Hans wieder frei kommt."

„Dann müssen Sie damit rechnen, dass Sie sofort festgenommen und in U-Haft überführt werden. Wollen Sie das wirklich tun?"

„Ja! Ein paar Tage oder Wochen Haft schocken mich nicht. Das wäre eine ganz neue Erfahrung und ich könnte ein paar Bullen ärgern. Ich hoffe nur, dass ich nicht zu Lebenslänglich verurteilt werde."

Wahnsinn, diese Einstellung. Ich bewunderte ihre Tapferkeit und sie wurde mir langsam sympathisch. Irgendwie erinnerte mich ihre Haltung an Bruder Engels Geradlinigkeit und Mut.

„Zu Lebenslänglich wird es hoffentlich nicht kommen. Die Loge hat einen tüchtigen Privatdetektiv engagiert, der im Gegensatz zur Polizei den Mörder sicher gefunden haben wird, bevor die Gerichtsverhandlung beginnt."

Das hoffte ich zumindest.

„Dann rufe ich mal meine Frau an und sage ihr, dass sie einige Zeit auf mich verzichten muss. Und dann ab zur Polizei."

„Sie scheinen Ihren Onkel sehr zu lieben."

„Er ist der wichtigste Mensch für mich. Meine Kindheit war nicht schön. Mein Vater war Alkoholiker und gewalttätig. Meine Mutter und ich hatten nicht viel zu lachen. Wenn wir Onkel Hans nicht gehabt hätten, hätte sich meine Mutter wahrscheinlich umgebracht und ich mich auch."

Das erklärte Einiges. Wir gingen gemeinsam aus der Hausmeisterwohnung. Sie ging zur Polizei. Ich wartete im Foyer des Logenhauses auf unseren Hausmeister. Eine gute Stunde später war er da. Glücklich über seine Freilassung, aber entsetzt über das Opfer, das sein Patenkind für ihn gebracht hatte und das nun in der Zelle saß.

„Nur Mut, Herr Glosser!", sprach ich ihm gut zu. „Christa hat das gern für Sie getan und fürchtet die U-Haft nicht. Ich bin sicher, Herr Jonas findet den Mörder bald."

Dabei war ich mir gar nicht so sicher.

114

21 Jonas, der Bruder in Christo

Der Treffpunkt im Stadtpark, den mir *Deus vult* als genannt hatte, heißt heutzutage offiziell *Stadtparkcafé*. Es war 1951 anlässlich der Fürther Gartenschau von der Bayerischen Milchversorgung erbaut worden und hieß damals *Milchgaststätte*.

Den Stadtpark betrat ich bei der Auferstehungskirche und steuerte direkt auf mein Ziel zu. Auf der Terrasse des Cafés saßen am späten Vormittag nur ein paar Rentner und einige junge Mütter mit ihren Kindern in der Sonne. Meinen Gesprächspartner mit schwarzem Hemd erkannte ich sofort. Sein Kreuz, das er an einer silbernen Kette trug, hatte eine Größe, wie es eines Bischofs würdig gewesen wäre. Ich begrüßte ihn.

„Ich grüße dich im Namen unseres Herrn Jesus, ich bin Fürther Christ".

Deus vult erhob sich, umarmte mich und sagte „Mein Bruder in Christo".

Er war geschätzt Mitte 30, trug schwarzes kurzes Haar, wirkte asketisch und hatte einen vergeistigten Blick in die Ferne.

„Ca. 1,75 m groß und sehr schlank – habe ich bereits den Richtigen?" dachte ich.

„Ich bin froh, dass ich endlich einen Mitstreiter gefunden habe, der mir hilft, die Satanisten zu bekämpfen, Gott will es!" eröffnete der Asket das Gespräch mit leiser, langsamer versonnener Stimme. „Alleine kann ich da wenig ausrichten. Ich habe ja bereits mehrmals im Forum zum Kampf gegen diese Brut aufgerufen aber es hat sich noch niemand gemeldet."

„Ich hätte schon gedacht, dass du noch ein paar Leute mit den gleichen Interessen kennst. Je mehr, desto besser. Zu dritt oder viert sollten wir schon sein, wenn wir eine Aktion planen."

„Gläubige Katholiken kenne ich genug. Unser Kreis heißt *Clemens XII.* in Erinnerung an den Papst, der 1738 in seiner Bulle *In eminenti apostolatus specula* den ersten Bann gegen die Freimaurer aussprach. Er sah in Verbreitung dieser Sekte ein Verbrechen wider die Natur. Die Freimaurer halten sich vor der Öffentlichkeit versteckt und hassen das Licht. Dies ist auch der Grund, warum diese Gesellschaften in mehreren Staaten verboten und verbannt worden sind. Ein weiterer Grund war, dass die Logen Männer aller Sekten und Religionen aufnehmen. Wer zu Freimaurern Kontakt hielt oder Freimaurer war, wurde exkommuniziert. Die Strafen wurden 1751 von Papst Benedikt XIV. in der Bulle *Providas romanorum* noch verschärft. Insgesamt gab es 20 Verlautbarungen des Heiligen Stuhls, welche die Freimaurerei verdammten. Das II. Vatikanische Konzil, das die Toleranz gegen Andersgläubige zum Ergebnis hatte, sorgte für die Aufhebung der Exkommunikation. Die Deutsche Bischofskonferenz erklärte einige Jahre später, dass Freimaurer sich nur noch im Status der schweren Sünde befinden. Für mich ist dadurch die Kirche zu einem zahnlosen Tiger geworden, während die Freimaurer weiterhin Luzifer anbeten. Unser Kreis *Clemens XII.* hält an den alten Regeln fest und will die Freimaurerei zumindest in Fürth auslöschen. Die anderen Mitglieder des Kreises sind aber leider auch zahnlose Tiger. Über einen unserer Mitstreiter, unseren Bruder Jürgen, wird sogar gemunkelt, dass er selbst einmal Mitglied dieser Sekte war. Die einzige Aktion, die der Kreis zu Wege brachte, war das Beschmieren von Autos am Logenparkplatz – und das auch noch mit Wasserfarbe, damit kein dauerhafter Schaden angerichtet wird. Die Ketzer haben darüber sicher nur gelacht."

„Und du? Würdest du vor Gewalt zurückschrecken? Hättest du Bedenken beim Kampf gegen die Höllenbrut?" „Die Kreuzzüge waren ein Kampf gegen die Ungläubigen und im Auftrag Gottes. *Deus vult – Gott will es!* Und Papst Clemens XII. hat quasi zum Kreuzzug gegen die Freimaurer aufgerufen. *Deus vult!* Alles was wir tun, tun wir im Auftrag Gottes und sollten wir zu Schaden kommen, dürfen wir uns der Vergebung aller Sünden sicher sein, wie es auch den Kreuzfahrern zugesichert worden war."

Seine Augen glänzten wie im Fieberwahn. Ich war versucht in der Psychiatrie anzurufen und um ein paar kräftige Leute mit Zwangsjacke zu bitten. Ich bestätigte aber stattdessen den Fanatiker in seiner Meinung:

„Ich sehe das genauso. Warst du schon einmal im Logenhaus? Lass uns hineingehen und etwas anstellen. Wenn wir einen Freimaurer treffen, machen wir ihn kalt."

„Das muss aber gut geplant werden. Ich war einmal bei den Stadtverführungen im Logenhaus. Die Satanisten haben den Leuten die Hucke vollgelogen und nichts über ihre wahren Ziele, die Herrschaft Luzifers, verlauten lassen. Ich habe mich absolut unwohl gefühlt. Das Haus, diese Synagoge Satans, ist sicher voll von Dämonen. Ich bin so schnell wie möglich geflüchtet, bin in die Kirche *Unsere liebe Frau* gerannt, habe mich mit Weihwasser besprengt, Haare und Kopf komplett mit Weihwasser gewaschen, damit die Dämonen ausfahren, und dann fünf Rosenkränze gebetet."

Meine Vermutung war nun Gewissheit geworden: Ein Irrer saß mir gegenüber. Er tat mir schließlich seinen Plan kund wie es möglich wäre, unbeschadet ins Logenhaus zu gelangen.

„Wenn wir ins Logenhaus eindringen, müssen wir uns erst schützen. Ich stelle mir das so vor: Wir besprengen den Weg, den wir gehen, mit Weihwasser und auf die Treppenstufen legen wir kleine Holzkreuze. Das hindert die Dämonen an der Flucht und sie können nicht die Umgebung bevölkern. Und wir müssen die ganze Zeit Gebete sprechen. Was wir dann machen können, weiß ich noch nicht. Vielleicht fällt dir etwas ein. Den Satanstempel im Logenhaus betrete ich auf keinen Fall, weil ich mir nicht sicher bin, ob da unser Schutz ausreicht."

„Das klingt ja ganz schön kompliziert. Momentan fällt mir auch nichts ein. Aber wir können uns ja jederzeit wieder treffen. Wie heißt du eigentlich wirklich?"

„Bei dem, was wir vorhaben, ist es besser, wir bleiben anonym. Wenn du eine Idee hast, schreib einfach ‚Idee gefunden' ins Forum. Ich nenne dir dann den Zeitpunkt wann wir uns wieder hier treffen. Gott behüte deine Wege und schütze dich, mein Bruder in Christo!"

„Dich schütze er auch!", sagte ich.

„... und heile deinen Schwachsinn!", sagte ich nicht.

Erneute Umarmung.

Ich ging nach Hause, verpasste meinen Wimpern und Brauen wieder ihre natürliche Farbe und dachte darüber nach, welch großen Tiergarten der liebe Gott doch hat. Eines war mir aber klar: Deus vult konnte den Mord nicht begangen haben, dazu hatte er zu viel Angst vorm Logenhaus und die Autoschmierereien waren nur ein schwacher Versuch des Clemens-Kreises, die Freimaurer einzuschüchtern.

22 Bistrić trifft Fränkische Patrioten

Wer hasste Fritz Engel? Ganz klar: Unser ehemaliger Bruder, Wolfgang Ollinger. Schade, dass wir in der Zeit, als er zu Gast in der Loge war, nicht seine politische Gesinnung erkannt hatten. Aber es ist schließlich alter Brauch in der Freimaurerei, einen beitrittswilligen Kandidaten nicht nach Religion und Politik zu fragen. *Sie sollen also gute und redliche Männer sein, von Ehre und Anstand, ohne Rücksicht auf ihr Bekenntnis oder darauf, welche Überzeugungen sie sonst vertreten mögen* steht in den *Alten Pflichten* von 1723, unserem freimaurerischen Grundgesetz. Wolfgang Ollinger war intelligent, hatte rhetorisches Talent und war diskussionsfreudig. Wir freuten uns deshalb, als er seinen Aufnahmeantrag stellte. Das Entsetzen kam erst nach seiner Aufnahme – wir hatten einen vollkommenen Fehlgriff getan.

Wir haben ihn zwar vor seiner Aufnahme mehrmals darauf hingewiesen, dass Parteipolitik und Religion vor der Logentür bleiben, obwohl wir uns bei unseren Vortragsabenden sehr wohl den Themen der Zeit stellen. Doch auf diesem Ohr war er anscheinend taub. Als Thema für seinen Lehrlingsvortrag wählte er *Freimaurer sein – heute*. Das hörte sich nach einem interessanten Vortrag an, aber der Vortrag war ein rechtes Fiasko – im wahrsten Sinne des Wortes. Ich hatte mir damals eine Kopie seines Machwerks erbeten, die er mir auch begeistert sandte und sich für mein Interesse bedankte.

„Freimaurer sein – heute. Das bedeutet für mich, ein treuer Diener unseres Vaterlands zu sein und deutsche Interessen zu vertreten. Think global – act local bedeutet für mich, innerhalb Deutschlands fränkische Interessen zu vertreten und nicht bayerische. Deshalb strebe ich die Loslösung Frankens von Bayern, die Gründung eines

Bundeslandes Frankens, an. Mit einer großen Gruppe Gleichgesinnter werde ich in Kürze die Partei *Fränkische Patrioten* gründen und ich hoffe, dass ihr, liebe Brüder mich hierbei kräftig unterstützt."

Bereits nach den ersten Sätzen seines Vortrags machte sich Murren in der Bruderschaft breit und der Diskussionsleiter klopfte mit seinem Hammer, um die Brüder zu beschwichtigen. Die Brüder rissen sich dann auch zusammen, aber man konnte an den Gesichtern und manchen roten Köpfen erkennen, dass ihre Toleranz überstrapaziert wurde. Immer wieder sah man missbilligendes Kopfschütteln.

Er sei stolz, ein Deutscher und noch mehr ein Franke zu sein, führte er weiter aus und tat sein Erstaunen kund, dass vor dem ersten Weltkrieg die Loge zu einem Drittel aus Juden bestand, doch glücklicherweise sei vor einigen Jahren der letzte jüdische Bruder verstorben. Die Eskalation stand kurz bevor und der Diskussionsleiter mahnte: „Lasst unseren Bruder seinen Vortrag halten – diskutieren können wir später. Denkt an die geforderte Toleranz!" Bruder Engel und drei weitere Brüder verließen daraufhin den Clubraum und nahmen im Foyer Platz.

Ollinger spulte weiter sein rechtsradikales Parteiprogramm ab, das in krassem Gegensatz zu unseren Idealen stand: Ausgrenzung statt Vereinigung, Feindbild statt Brüderlichkeit, politische Forderungen statt Toleranz, ...

In der Diskussion sprach ich an, dass ich seine Ziele für brandgefährlich hielt und nationale Hetze auch zum Krieg zwischen Serben, Kroaten und Bosniaken geführt hatte. „Die Kroaten haben das schon richtig gemacht, die haben wenigstens Nationalstolz. Und Deutschland hat es auch richtig gemacht, als es die Anerkennung der Unabhängigkeit Kroatiens durch die EU forderte", entgegnete er.

Die Diskussion dauerte nicht lange. Die meisten Brüder merkten, dass eine Diskussion mit einem verbohrten Nationalisten nichts brächte. Eine Frustration über den Fehlgriff, den die Loge mit Ollingers Aufnahme getan hatte, machte sich breit und hielt mehrere Wochen an. Bruder Engel wies in der Phase des Frusts darauf hin, dass Bruder Ollingers Vortrag die Loge gelähmt habe und der Beweis für die Richtigkeit der Forderung in den *Alten Pflichten* sei: *Deswegen dürfen keine persönlichen Sticheleien und Auseinandersetzungen und erst recht keine Streitgespräche über Religion, Nation oder Politik in die Loge getragen werden.*

Ollinger warf daraufhin Engel vor, ein Vaterlandsverräter zu sein, da er seinen Dienst bei der Bundeswehr quittiert hatte. „So einen Fahnenflüchtigen wie dich hätte man früher erschossen!", erklärte er vor versammelter Bruderschaft. Br. Engel beantragte daraufhin den Ausschluss von Wolfgang Ollinger, dem fast alle Brüder zustimmten. Zum Ausschluss kam es jedoch nicht, da Ollinger von sich aus seinen Austritt aus der Loge erklärte. Mit den Worten „Engel, du Verräter, dich behalte ich im Auge!" verließ er die Versammlung.

Ollingers Partei *Fränkische Patrioten*, die sicher vom Verfassungsschutz misstrauisch beobachtet wurde, rief hin und wieder zu Demonstrationen auf. Die Demo unter dem Motto *Frank und frei* endete mit einer Kundgebung vor der Engelschen Buchhandlung, in der er Engel ebenfalls als Vaterlandsverräter bezeichnete. In der Nacht wurde Engels Schaufenster mit ‚Feiger Verräter, verrecke!' beschmiert. Die Anzeige Engels gegen Unbekannt verlief im Sande. Eine weitere Anzeige erstattete Engel, als er einige anonyme Drohbriefe erhielt – ebenfalls ohne Ergebnis.

Je mehr ich darüber nachdachte: Tatverdächtiger Nr. 1 war für mich Wolfgang Ollinger. Er war zwar das Gegenteil von der Täterbeschreibung unseres Hausmeisters, knapp zwei Meter groß und sehr massig, aber der gute Glosser konnte sich ja auch getäuscht haben. Im Internet fand ich auf der Homepage seiner Partei die Einladung zu einem Informationsabend, der heute Abend im Nebenraum einer Fürther Gaststätte stattfinden sollte. Da musste ich hin!

Ich nahm im hinteren Bereich des Raumes Platz. Ollinger sah mich trotzdem sofort. „Hallo Stijepo!", winkte er mir zu. In seiner Begrüßungsrede tat er seine Freude kund, dass auch ein Vertreter Kroatiens an der Versammlung teilnehme und verstieg sich in die Gemeinsamkeiten von Kroaten und Franken: Die gleiche Farben rot und weiß, die Heimatverbundenheit, der Nationalstolz und sonstigen Mist. Mich lobte er als „hervorragend in Franken integriert" und legte meine Vorliebe für die fränkische Küche in fester und flüssiger Form dar. „So einen können wir brauchen! Wir wollen ja nicht ausländerfeindlich sein, solange die sich integrieren, für unsere Heimat einstehen und ihr nützen!" Mir war klar, dass ich ein hervorragender Quotenausländer und Aushängeschild für die nationalistische Gesellschaft wäre.

Der Hauptteil der Veranstaltung war eine Lesung aus seinem Buch *Deutsche Werte – fränkische Heimat* über das Leid Frankens unter dem Joch der Bayern und der dringend erforderliche *Fräxit* aus dem Land der Sepplhosenträger, was ihm donnernden Applaus seiner Fans einbrachte. Zum Abschluss forderte er uns auf, die drei wichtigsten Strophen des Frankenlieds zu singen. Das Frankenlied war mir bekannt und gefiel mir auch ganz gut, aber was waren die *wichtigsten Strophen?* Ich wurde durch den Gesang der *Fränkischen Patrioten* aufgeklärt.

O heil'ger Veit von Staffelstein,
beschütze deine Franken
und jag' die Bayern aus dem Land!
Wir wollen's ewig danken.
Wir wollen freie Franken sein
und nicht der Bayern Knechte.
O heil'ger Veit von Staffelstein,
wir fordern uns're Rechte!

Napoleon gab als Judaslohn
– ohne selbst es zu besitzen –
unser Franken und die Königskron'
seinem bayrischen Komplizen.
Die haben fröhlich dann geraubt
uns Kunst, Kultur und Steuern,
und damit München aufgebaut.
Wir müssen sie bald feuern!

Drum, heil'ger Veit von Staffelstein,
Du Retter aller Franken:
Bewahre uns vor Not und Pein,
weis' Bayern in die Schranken!
Wir woll'n nicht mehr geduldig sein,
denn nach zweihundert Jahren,
woll'n wir – es muss doch möglich sein –
durch's freie Franken fahren!

Ollinger genoss den Zulauf vieler Zuhörer nach seiner Rede, verkaufte und signierte Bücher, gab Autogramme, händigte Flyer und Aufnahmeanträge seiner Partei aus, von denen viele gleich unterschrieben wurden. Nachdem der Andrang nachgelassen hatte, kam er freudestrahlend bewaffnet mit Flyer, Kugelschreiber und Aufnahmeantrag auf mich zu.

„Mensch Stijepo, welche Freude dich zu sehen. Du warst mir immer schon der Liebste in dem verkorksten, intoleranten Verein. Schön, dass du bei uns mitmachen willst! Komm, wir trinken ein Bier!"

Die Kontaktaufnahme hatte ja hervorragend geklappt, aber was unterstellte mir der Frankenpatriot? Ich will doch nicht bei den Verrückten mitmachen! Obwohl: Den Anschein könnte ich mir schon geben, das könnte meine Ermittlungen etwas erleichtern.

„Na ja, du hast mich ja in deiner Rede schon gewürdigt, dass ich das Frankenland liebe und es meine Heimat ist, auch wenn ich mich Kroatien noch eng verbunden fühle. Das möchte ich auch nicht ändern. Aber es wundert mich schon, dass ich als Ausländer bei euch mitmachen könnte."

„Du wärst allerdings der Erste, aber du bist ja im Herzen Franke und Deutscher. Bist du eigentlich noch in der Loge?"

„Ja!"

„Das passt doch nicht zusammen: Freimaurer und Fränkischer Patriot. Du solltest dir überlegen, aus diesem blöden Verein auszutreten. Du wärst der erste Logenbruder, der sich den Fränkischen Patrioten anschließen will. Die Ziele der Freimaurer sind doch utopisch: Über nationale Grenzen hinweg Menschen verbinden. Das wäre der Untergang unserer deutschen Kultur. Wenn die Freimaurer weiterhin an dieser Idiotie festhalten und sich nicht zu deutschen Werten bekennen, gehören sie verboten weil sie staatsfeindlich sind. Schau dich doch einmal um: Der Verfall ist doch klar erkennbar. Irgendwann werden wir von den Ausländern dominiert, die Islamisten triumphieren und unsere christliche Kultur ist dahin. Und gegen so etwas gehen die Freimaurer nicht vor – ein Witz. Die meisten Deutschen haben einfach zu wenig Nationalstolz und faseln von Integration und Toleranz. Die haben nicht kapiert, dass die Ausländer sich ins Fäustchen lachen. Ab und zu ein Anschlag und die Deutschen zittern wochenlang. Für mich gibt es nur eines: Raus mit dem Gesindel, das sich nicht integrieren will. Und für Terroristen gehört sich die Todesstrafe wieder eingeführt. Das ist ein Punkt unseres Parteiprogramms, der sich leider nicht kurzfristig umsetzen lässt, aber irgendwann wird das Volk selbst die Einführung der Todesstrafe wieder fordern."

Ich war am Platzen. Ich musste schwer an mich halten, um ihm nicht meine Meinung über seine Ansichten ins Gesicht zu schleudern. Aber ich brauchte Informationen von ihm, deshalb spielte ich meine Rolle weiter und hoffte, dass mir meine Gesichtszüge nicht entgleisen und ich vor Wut keinen roten Kopf bekommen würde. Ich versuchte, das Gespräch auf Engel zu lenken.

„Du hast ja sicher schon mitbekommen, dass Engel, der damals deinen Ausschluss beantragt hatte, ermordet wurde."

„Der Engel war eine Schande für die Freimaurerei, ein Fahnenflüchtiger. Ich erinnere mich noch, als er mit dunkelrotem Kopf aus dem Schaufenster seiner Buchhandlung rausschaute, als ich am Ende einer Demo meine Kundgebung abhielt und ihn als Vaterlandsverräter geoutet habe. Machen konnte er nichts, ich war auf öffentlichem Grund und die Demo war ordentlich angemeldet."

„Und dann habt ihr in der Nacht seine Schaufensterscheibe beschmiert. Mich wundert es nur, dass du ihn nicht auch als Freimaurer geoutet hast, da wäre er durchgedreht."

„Stopp! Ich konnte Engel nicht ausstehen, wünschte ihm Pest und Cholera an den Hals und dass er mit seinem Buchladen pleitegeht, aber ich hätte ihn nie als Freimaurer geoutet. Ich habe bei meiner Aufnahme gelobt, Logeninternas nicht nach außen zu tragen und das tue ich auch bis heute. Ich bin kein Verräter, wie Engel, der seinen Fahneneid gebrochen hat. Und mit den Schmierereien habe ich auch nichts zu tun. Ich kann nicht ausschließen, dass es ein Parteimitglied war, aber es gibt auch andere deutschnationale Gruppierungen, denen ich so etwas zutrauen würde. Am Ende kommst du noch auf die Idee, ich könnte den Engel umgebracht haben. Damit habe ich nichts zu tun. Ich habe politische Ziele! Ich kann es mir nicht leisten, im Gefängnis zu sitzen!"

Ollinger hatte bei mir einen Pluspunkt gewonnen: Anscheinend hatte er doch so viel Ehre im Leib, um sich an sein Gelöbnis zu halten. Aber stimmte das auch, was er mir so alles erzählte?

„Was für deutschnationale Gruppierungen meinst du?"

„Da schaust du am besten in meinem Forum *Zahnloser Tiger* nach. Da sind einige entsprechende Einträge drin. Das Forum lebt! Natürlich haben darin auch einige Logenbrüder dagegen protestiert, als ich die Freimaurerei als zahnlosen Tiger darstellte. Aber das seid ihr ja auch: Viel reden und nichts zustande bringen. Übrigens: Hier hast du den Aufnahmeantrag und einen Flyer. Den Kugelschreiber unserer Partei darfst du natürlich behalten."

Der glaubte doch tatsächlich daran, dass ich Mitglied seiner Separatistenpartei werden will. Jetzt hieß es, Zeit zu schinden.

„Hast du noch einen zweiten Aufnahmeantrag? Ich nehme beide mit nach Hause. Ich bin sicher, Danijela wird auch beitreten und ich sende dir dann beide Anträge zu."

„Das ist ja super! Als Ehepaar habt ihr sogar eine Vergünstigung von zehn Prozent auf den Mitgliedsbeitrag. Und weil du es bist, bekommt du auch noch gratis mein Buch *Deutsche Werte – fränkische Heimat*. Ich signiere es gleich."

„Für meine Freunde Stjepo und Daniela mit fränkischem Gruß Wolfgang Ollinger" schrieb er in sein Machwerk und verhunzte unsere Namen.

„Wie kommst du eigentlich auf die Idee, ich könnte auf die Idee kommen, dass du Engel umgebracht hast? War am Ende gar die Polizei bei dir?"

„Nein, aber davor hätte ich auch keine Angst. Am Tag des Mordes war ich auf einer Demo *Stoppt den Ausländerzustrom* und habe bei der Abschlusskundgebung aus meinem Buch das Kapitel *Die Heimat wird mir fremd* gelesen, weil durch die vielen Ausländer sich viele Deutsche bei uns nicht mehr richtig zuhause fühlen. Danach sind wir noch bis 21 Uhr zusammengesessen. Die Zeitung hat unsere Demo natürlich wieder kräftig zerlegt: Ausländerfeinde seien wir. So ein Quatsch! Wenn ich eure Aufnahmeanträge habe, schreibe ich darüber gleich eine Pressemitteilung an die Zeitung. Der Zeitungsartikel über die Demo erschien übrigens in der gleichen Ausgabe, in der über Engels Tod berichtet wurde. Auf dem Bild bin ich in der ersten Reihe als Transparentträger zu sehen. Ein besseres Alibi gibt es nicht."

Ich Idiot! Hätte ich die Zeitung genauer gelesen, würde ich Ollinger auf dem Bild gesehen haben und ich hätte mir diesen blöden Abend sparen können. Ollinger war durch sein Alibi aus der Liste der Verdächtigen zu streichen – und damit auch die aktiven Parteimitglieder, die sicher alle an der Demo beteiligt waren. Aber es gibt ja angeblich auch andere rechte Gruppierungen. Mal sehen, ob Jonas etwas bei seinen Internetrecherchen findet.

Ich war frustriert, dass sich mein Hauptverdächtiger so schnell als *nicht tatverdächtig* herausgestellt hatte. Unschuldig konnte man ihn nicht nennen, denn schuldig war er – als Volksverhetzer. Ich wollte so schnell wie möglich gehen. Wolfgang nannte mich beim Abschied noch „künftiges Parteimitglied" und wollte mich umarmen. Da trat ich einen Schritt zurück. In mir kochte eine Wut hoch, die ich sonst nur selten bei mir kannte. Meine Ermittlerrolle war vorbei – jetzt konnte ich ihm laut und deutlich meine Meinung sagen und schrie ihm entgegen, was ich von ihm und seinen wirren Ideen hielt. Nicht Engel sei ein Vaterlandsverräter, sondern er, der spaltet und nicht zusammenführt, der unsere freiheitlich demokratische Gesinnung mit Füßen tritt, der sogar die Todesstrafe wieder einführen will.

„Du gehörst hinter Gitter!", schrie ich ihm am Ende meiner verbalen Attacke entgegen und schmiss sein Buch auf den Boden.

Ollinger grinste mich nur an: „Ach, du wolltest uns nur ausspionieren, du falsches Schwein. Typisch Jugo!". Dann schnippte er mit den Fingern.

Wir waren während des Streits bereits von seinen Anhängern umringt worden, die mich mit finsteren Mienen ansahen. Auf sein Fingerschnippen hin schnappten mich zwei von ihnen, verdrehten mir die Arme auf den Rücken und schleppten mich vor die Tür der Gaststätte, wo sie mir einen Tritt gaben, dass ich nach vorne fiel. Dabei schürfte ich mir Hände und Knie auf und meine Hose war am rechten Knie zerrissen.

Dennoch fühlte ich mich erstaunlicherweise wohl, denn ich hatte dem Frankenidioten kräftig meine Meinung gegeigt. Das war ein paar Schrammen und eine zerrissene Hose schon wert. Und jetzt ab nach Hause zu Danijela und Marko und eine Flasche Wein öffnen, um mir die nationalistischen Parolen aus dem Kopf zu spülen. Ach ja: Jonas musste ich auch noch anrufen und von den *Fränkischen Patrioten* berichten.

23 Jonas lernt die Witwe kennen

Kurz vor 16 Uhr parkte ich meine Karre vor dem Bungalow in Oberfürberg, den Fritz Engel bis vor kurzem bewohnt hatte. Oberfürberg zählt zu den besseren Wohngegenden Fürths. Der riesige Fürther Stadtwald, ein wunderschönes Naherholungsgebiet, liegt gleich neben diesem Stadtteil. Bistrić hatte die beiden Aufseher der Loge informiert, dass ich bei dem Gespräch dabei sein wollte und sie warteten vor dem Haus auf mich.

Wir klingelten. Die Witwe öffnete und stellte sich als Erna Engel vor. Sie war groß, sehr schlank – fast schon hager – und trug Trauerkleidung. Die geröteten Augen ließen sofort erkennen, dass sie schwere Tage hinter sich hatte. Gernot Harmann stellte uns vor. Bei der Erwähnung, dass ich Privatdetektiv und nicht Logenbruder sei, nahm ihr Gesicht einen fragenden Ausdruck an.

„Unsere Loge hat beschlossen, einen Detektiv zu beauftragen, der parallel zur Polizei an der Aufklärung des Mordes an Bruder Fritz arbeitet", klärte Harmann auf. „Herr Jonas hat für das Alibi gesorgt, welches die Unschuld unseres Stuhlmeisters bewiesen hat. Seine Verhaftung ist vorschnell und unüberlegt erfolgt."

„Das habe ich gestern bereits in der Zeitung gelesen. Ich bin tief beeindruckt, dass die Loge solche Anstren-

gungen unternimmt. Aber bitte nehmen Sie doch Platz",
entgegnete Erna Engel und vollführte eine einladende
Handbewegung. Ein leichtes Lächeln huschte über ihr
Gesicht.

„Was möchten Sie trinken?"

Wir entschieden uns für Mineralwasser, das Erna Engel sofort elegant servierte.

Ich blickte mich um. Fritz Engel gehörte anscheinend
zu den *sehr gut situierten* Logenbrüdern. Sein Eckbunga-
low war riesig und entsprechend groß war auch das
Wohnzimmer, in dem wir gerade in einer bequemen Ledergarnitur saßen. Die Schrankwand mit anschließen-
dem Bücherregal, die vermutlich von einem Schreiner auf
Maß angefertigt worden war, sah wirklich edel aus. Eine
schöne Essecke bot Platz für etwa acht Personen. Das
Prächtigste war aber ein Schreibtisch, der an der einen
Schmalseite des Zimmers stand. Eine echte Antiquität,
die mindestens 150 Jahre auf dem Buckel haben durfte.
Vom Sperrmüll war die mit Sicherheit nicht und hatte
wahrscheinlich fast das gekostet, was ich in einem halben Jahr durchschnittlich verdiene. Durch die große
Fensterwand warf ich einen Blick in den großen, gepfleg-
ten Garten, der vermutlich von einem Landschaftsarchi-
tekten angelegt worden war und sogar einen großen Gar-
tenteich enthielt.

Die Witwe nahm in einem der Sessel Platz.

„Sind Sie damit einverstanden, wenn wir uns Duzen?"
begann Thomas Kluge das Gespräch. „Das ist in der Loge
so üblich. Wir sind mit allen unseren Schwestern per
Du."

„Schwestern?"

„So nennen wir die Frauen der Logenbrüder und wollen
damit zum Ausdruck bringen, dass sie ins Logenleben
mit eingebunden sind, auch wenn sie aus traditionellen

Gründen nicht Mitglied bei uns werden können. Zu unseren öffentlichen Veranstaltungen sind auch unsere Schwestern herzlich eingeladen. Übrigens gibt es bei uns im Haus auch eine Frauenloge. Aber sowohl die Frauenloge als auch wir wollen an der Geschlechtertrennung festhalten."

„Das Angebot des Du nehme ich gerne an. Leider hat mir mein lieber Mann nie etwas über die Loge erzählt und mich nie mit in die Loge genommen. Bezüglich der Freimaurerei bin ich vollkommen ahnungslos. Aus den Zeitungsartikeln habe ich erst erfahren, dass ein Stuhlmeister der Vorstand der Loge ist. Bitte klärt mich etwas auf."

„Unser lieber Bruder Fritz war bezüglich Frauen in der Loge und Öffentlichkeitsarbeit sehr konservativ und intolerant. Das waren die Reibungspunkte, die wir trotz aller Brüderlichkeit mit ihm hatten, obwohl Toleranz einer der freimaurerischen Werte ist. Also: Freimaurerei ist der Auftrag an den Menschen, in sich zu schauen, sich zu erkennen, sich ethisch höher zu entwickeln und nach den Idealen Freiheit, Gleichheit, Brüderlichkeit, Humanität und Toleranz im Alltag zu leben. Die Idee ist folgende: Ich kann zwar die Welt nicht ändern, wohl aber mich selbst. Und wenn ich nach diesen Idealen lebe, wird mein Umfeld ein klein wenig menschlicher. ..."

„Das weiß ich doch dank Bistrić Crashkurs schon alles", dachte ich und hörte den Ausführungen Kluges nicht weiter zu. Stattdessen widmete ich mich der Betrachtung der Witwe, die Kluge aufmerksam zuhörte. Ich schätzte sie auf Anfang bis Mitte 40 – sie könnte theoretisch die Tochter von Fritz Engel sein. Langes kastanienbraunes Haar umspielte zart ihr schmales Gesicht. Sie war außerordentlich gepflegt und trotz des von Trauer gezeichneten Gesichts sehr attraktiv, aber leider auch sehr dünn. Sie erinnerte mich an die überschlanken Models einer High-Fashion-Show. „10 Kilo mehr und sie wäre richtig sexy" phantasierte ich vor mich hin und stellte sie mir mit den zusätzlichen Pfunden in Reizwäsche vor.

Nach fünfzehn Minuten war Kluges Einführung in die Freimaurerei und die Erklärung der wichtigsten freimaurerischen Begriffe beendet.

Nun übernahm Gernot Harmann, der Zweite Aufseher, das Gespräch:

„Liebe Erna, unser Bruder Fritz hat in seine Mitgliedsakte ein Kuvert mit der Aufschrift *Für den Fall meines Todes* legen lassen, das ich jetzt öffnen und den Inhalt verlesen werde. Er schreibt:

Liebe Brüder,

ihr wisst, dass ich mich nie öffentlich zur Freimaurerei bekannt habe, Öffentlichkeitsarbeit und Frauen in der Loge habe ich strikt abgelehnt. Dies soll mit meinem Tod ein Ende haben.

Ich bitte euch, mich mit unserem freimaurerischen Trauerzeremoniell zu bestatten.

Als Musikstücke wünsche ich mir (von CD gespielt – nicht von der Trauerorgel am Friedhof):

Maurerische Trauermusik (Mozart)

Eine kleine Nachtmusik – 2. Satz (Mozart)

Unser Bundeslied bei der Kettenbildung

„My Way" (Sinatra) beim Auszug, denn ich habe mein Leben stets nach dem Weg gelebt, der mir richtig erschien.

Ich bitte euch auch, meine liebe Erna in den Kreis der anderen Schwestern aufzunehmen. Bitte kümmert euch um sie.

Die Freimaurerliteratur aus meiner Buchhandlung ver-
mache ich meiner Loge für die Bibliothek. Die Bücher
dürfen nur von Logenbrüdern abgeholt werden.
Mein anderer Nachlass wird gemäß Testament geregelt.
Ich bitte meine liebe Frau, der Loge meinen Schurz und
mein Logenabzeichen zurückzugeben.
Verzeiht mir, dass des Öfteren mein Temperament mit
mir durchgegangen ist. Ich habe dennoch alle meine
Brüder geliebt.
Mit letztem brüderlichem Gruß
Fritz Engel"

Erna Engel schluchzte laut und auch in den Augen der
beiden Aufseher blinkte es verdächtig. Selbst ich war
ergriffen. Von einem freimaurerischen Bestattungszere-
moniell hatte ich noch nichts gehört. Aber wie so ein Zeremoniell verläuft, würde ich ja am Mittwoch auf dem
Friedhof erleben. Als ich Bistrić gegenüber erwähnt hatte,
dass die Teilnahme an der Bestattung für mich ein
Pflichttermin sei, hatte ich nur an meine Ermittlungsarbeit gedacht. Doch durch den Freimaurer-Crashkurs
hatte ich etwas Einblick in die Geisteshaltung der Logenbrüder erhalten. Das freimaurerische Testament Engels
hat mir deutlich gemacht, dass Engel eben nicht nur ein
Kotzbrocken war. Ich würde an der Trauerfeier nicht nur
aus Neugier, sondern auch aus echter Anteilnahme teilnehmen.

„Erna, bist du damit einverstanden, dass wir Bruder
Fritz Wünsche erfüllen?" fragte Harmann.

„Ja, denn das ist das Letzte, was wir nun für ihn tun
können. Es wäre schön, wenn einer von euch morgen mit
anwesend sein könnte wenn um 10 Uhr das Bestat-
tungsunternehmen kommt."

Die Witwe trocknete ihre Tränen und versuchte, sich wieder zu fassen.

Harmann sagte zu: „Das kann ich einrichten, ich bin Kunstmaler und kann mir meine Zeit frei einteilen."

Thomas Kluge versuchte nun noch einige Details aus Fritz Engels Leben von Erna zu erfahren.

„Wir brauchen noch einige Angaben von dir für den Nekrolog. Wir haben seinen Lebenslauf aus dem Jahre 1990 in unserer Mitgliedsakte, als er von der Augsburger Loge, in der er 1982 aufgenommen worden war, in unsere Loge gewechselt ist. Er war Luftwaffenoffizier in Landsberg und wurde 1990 nach Roth versetzt. Ihr habt 1987 geheiratet – aber sonst wissen wir nichts über Euch. Er hat in der Loge über seine Ehe genau so wenig geredet wie mit dir über die Loge. Wie habt ihr euch eigentlich kennengelernt?"

„Fritz war in Landsberg zunächst beim Flugkörpergeschwader 1 und ab 1985 im Lufttransportgeschwader 61 im Fliegerhorst Penzing bei Landsberg. Er war Oberstleutnant und Vertreter des Geschwaderkommodore. Ich bin gebürtige Landsbergerin – die Bundeswehr mit ihren vier Kasernen gehörte zu unserem Alltag. Nach dem Abitur begann ich mit dem BWL-Studium in München. Am Wochenende und in den Semesterferien wohnte ich bei meinen Eltern in Kaufering und jobbte im Offizierskasino in Penzing. Dort lernten wir uns kennen. Er war sehr gutaussehend, gebildet, charmant und vermittelte mir den Eindruck eines zuverlässigen Mannes. Es kam wie üblich: Flirt im Casino, Einladung zum Kaffeetrinken, Tanzen, Verlieben. Die 18 Jahre Altersunterschied haben mich nie gestört. Ein älterer Mann ist eben viel treuer und ich hatte vorher einige sehr enttäuschende Beziehungen mit jüngeren Männern gehabt."

In meinem Kopf ratterte eine Rechenmaschine: 18 Jahre Unterschied – dann ist die Dame ja schon 52. Sehr gut gehalten!

„Nachdem ich ein Jahr verheiratet war, schloss ich mein BWL-Studium erfolgreich ab und war bei einer mittelständigen Firma in Augsburg im Controlling tätig. 1990 wurde Fritz ins Luftwaffenausbildungsregiment 3 nach Roth versetzt, dessen Kommandeur er wurde. Ein halbes Jahr später erfolgte seine Beförderung zum Oberst, worauf er sehr stolz war. Wie er mir berichtete, gab es nur sehr wenige Offiziere, die in seinem Alter bereits diesen Dienstgrad inne hatten. Ich fand sofort wieder eine Stelle im Controlling in einer Schwabacher Firma. Er blieb in Roth, bis er Ende 1998 den Dienst bei der Bundeswehr quittierte und seine glanzvolle Karriere damit beendete. Den Grund hierfür habe ich nie richtig verstanden. Er hätte gute Chancen gehabt, auch noch Brigadegeneral zu werden."

„Das kann ich dir erklären", meldete sich Gernot Harmann zu Wort. „Wir haben damals oft darüber gesprochen und ich habe seine Geradlinigkeit und Konsequenz sehr bewundert. Bruder Fritz war ein absoluter Verfechter unserer freiheitlich-demokratischen Grundordnung. Das war auch der Grund, warum er Soldat wurde: Er war der Überzeugung, dass es gegen den Warschauer Pakt ein Militärbündnis geben müsse, das unsere Freiheit notfalls auch militärisch verteidigen kann. Das war die NATO. Bruder Fritz war ein klarer Befürworter einer Verteidigungsarmee und lehnte militärische Angriffe ab. Die friedenssichernden Maßnahmen der UN konnte er noch mittragen. Nicht aber den Beschluss des Bundestags im Jahre 1998, an einem völkerrechtlich umstrittenen Kriegseinsatz im Kosovo teilzunehmen. Nicht aus Feigheit, sondern dem Ruf seines Gewissens folgend, ist er aus der Bundeswehr ausgeschieden. Er hat seine glanzvolle Karriere beendet, weil er die Forderungen, die sein Beruf künftig an ihn stellen würde, nicht mehr mit seinen persönlichen Werten vereinbaren konnte."

Ich sagte nichts dazu, konnte aber Engels Entscheidung auch nur Respekt zollen.

Erna nickte mit Tränen in den Augen: „Ja, nun verstehe ich das – aber so hat er es mir gegenüber nie begründet. Er hat nur gesagt, dass die Bundeswehr, so wie sie sich entwickelt hat, nicht mehr *seine* Bundeswehr sei."

„Ihr habt dann 1999 eure Buchhandlung eröffnet", führte Kluge das Gespräch fort „Und die ist ja bis heute sehr erfolgreich."

„Das stimmt!" bestätigte Erna „Und das war der Verdienst von Fritz. Durch sein breites Allgemeinwissen konnte er die Kunden hervorragend beraten, was uns bald einen guten Ruf und immer neue Kunden einbrachte. Mit einigen Kunden entwickelte sich sogar eine Freundschaft und er ging öfter mit ihnen einen Kaffee trinken oder nahm mit ihnen in der Gustavstraße einen Mittagsimbiss ein. Mir fällt da unser Kunde David Anderson ein, ein pensionierter US-Soldat, der in Deutschland geblieben ist oder Murat Demir, der viele Bücher über Deutsche Geschichte kaufte und ein sehr netter Mensch ist. Er hat ein hervorragendes türkisches Restaurant. *Kemal Atatürk* heißt es und befindet sich in der Königstraße unweit des Rathauses."

Die beiden Aufseher wechselten einen bedeutungsvollen Blick.

Harmann nickte.

„Das sind jetzt Logenbrüder, die wir Fritz zu verdanken haben."

„Nur eines wundert mich: In unserer Buchhandlung soll es Freimaurerliteratur geben? Davon weiß ich gar nichts. Ich habe es heute erst durch die Verlesung seines Freimaurertestaments erfahren. Dabei erledige ich alle kaufmännischen Angelegenheiten und die Buchführung der Buchhandlung."

„Aber wir wissen Bescheid. Fritz hatte ein hervorragendes Antiquariat für Masonica, für Freimaurerliteratur. Teilweise sind dort Bücher aus dem 19. Jahrhundert, Hetzschriften aus der Nazizeit oder alte Rituale zu finden. Er hatte das alles in einem kleinen Lagerraum und er führte für diesen Bereich die Buchhaltung selbst durch. Die meisten unserer Brüder waren schon mindestens einmal in diesem Raum", klärte Kluge auf.

„Das ist der Raum, den ich nicht betreten durfte. Ich habe mir gleich gedacht, dass es etwas mit der Loge zu tun hat. Immer diese Geheimniskrämerei. Trotz allem: Ich habe Fritz geliebt und liebe ihn auch über den Tod hinaus. O, dass dieser liebe Mann wie Hiram sterben musste!" Sie bedeckte ihr Gesicht mit den Händen und schluchzte erneut.

Die beiden Aufseher wechselten wieder einen bedeutungsvollen Blick.

Nachdem die Witwe sich wieder etwas getröstet hatte, und Kluge die Unterhaltung auf andere Themen gelenkt hatte, verabschiedeten wir uns von Erna Engel, die den beiden Logenbrüdern herzlich für ihre Unterstützung und für die Bereitschaft, eine freimaurerische Trauerfeier abzuhalten, dankte. Mir wünschte sie viel Erfolg bei meinen Ermittlungen.

Mir tat Erna Engel leid. Sie hatte ihren Mann wirklich geliebt und sich mit seinen Eigenheiten gut arrangiert. Irgendwie hatte sich auch meine Einstellung zu meinem Ermittlungsauftrag geändert. Zuerst war ich nur an der Kohle interessiert gewesen – gut, das war ich immer noch, aber mittlerweile war es mir auch ein persönliches

Anliegen geworden, den Mörder des Zeremonienmeisters zur Strecke zu bringen.

Zu Hause dachte ich über das bei der Witwe Erlebte nochmals ausgiebig nach. Ich wollte sie nur kennenlernen, um ihr Verhalten zu beobachten, da der Mord auch eine Beziehungstat sein konnte. Doch diesen Verdacht hatte sie gänzlich zerstreut. Sie zeigte sich zwar tapfer und diszipliniert, doch war im Verlauf des Gesprächs auch immer wieder zu erkennen, dass ihre Trauer omnipräsent und vor allem echt war. Ich bin zwar hartgesotten und habe keine Probleme, Verdächtige hart anzugehen, aber bei der trauernden Witwe wäre ich mir schäbig vorgekommen, wenn ich sie nach dem Gespräch mit den beiden Aufsehern mit einem Verhör behelligt hätte. Man hat ja schließlich auch noch einen Funken Anstand.

Doch ich brauchte dringend noch einige Informationen von ihr.

Ich wollte wissen, wie sie von Obermeier vernommen worden war und ich musste versuchen, Unterlagen von Fritz Engel zu sichten. Eventuell gab es sogar von den Neonazis Drohbriefe, die von ihm ignoriert worden waren. Doch von der Witwe die Genehmigung für eine Durchsuchung von Engels Schreibtisch zu verlangen, erschien mir mehr als unpassend. Mal sehen, wie ich nochmals Kontakt zu ihr aufnehmen konnte. Im schlimmsten Fall müsste ich mich als Polizist verkleiden und einen gefälschten Durchsuchungsbeschluss vorzeigen. Wie so ein Beschluss aussieht, wusste ich schließlich noch aus meiner Zeit bei der Polizei.

24 Bistrić ermittelt weiter

Nein, Kriminaler als Beruf – das wäre wirklich nicht mein Fall. Andererseits war mein Verhör von Hans

Glosser ziemlich professionell abgelaufen. Heute Morgen hatte ich mit Glosser telefoniert und mich nach seinem Befinden erkundigt. Es ging ihm schon etwas besser, war aber jedoch voll Sorge um sein Patenkind Christa. Er war mir auch nicht böse, weil ich ihn so hart angefasst habe. Gegen Ende des Telefonats meinte er „Sie würden auch einen guten Kommissar abgeben, Herr Bistrić."

Nein, auf keinen Fall!

Obwohl: Die tiefgründige und gewissenhafte Suche nach der Wahrheit gehört mit zu den freimaurerischen Aufgaben. Hieran erinnert uns als Symbol das Senkblei. Man soll nicht alles glauben, was auf den ersten Blick als wahr erscheint, sondern nachforschen und kritisch hinterfragen. Modeerscheinungen und dem ständig wandelnden Zeitgeist stand ich sowieso eher skeptisch gegenüber und ich glaubte auch nicht alles, was im Internet oder in bestimmten Zeitungen steht. Wahrheitssuche – war das nicht auch so etwas wie Ermittlungen?

Mit Jonas hatte ich vereinbart, die Ermittlungen im Logenumfeld zu führen. Nachdem ich zu meinem Leidwesen Ollinger als Mörder von Bruder Fritz Engel ausschließen musste, wollte ich als Nächstes telefonisch Kontakt zur Stuhlmeisterin der Frauenloge *Zur Winkelwaage*, Schwester Susanne Langenhagen, aufnehmen. Wie lange residieren die Schwestern eigentlich schon in unserem Haus? Ich war 2007 aufgenommen worden und kurz nach meiner Aufnahme fand die Mitgliederversammlung statt, in der die Vermietung der Logenräume an die neu gegründete Frauenloge beschlossen wurde – mit nur einer Gegenstimme von Bruder Engel. Und der ließ die Frauenloge in unregelmäßigen Abständen immer wieder wissen, dass er sie aus ganzem Herzen ablehnte. Dennoch hat die Schwesternschaft meiner Loge zum Tode unseres Zeremonienmeisters kondoliert.

Mit der Frauenloge hatten wir nur einen sehr lockeren Kontakt, da unsere beiden Logen an der Geschlechtertrennung festhielten. Aber wenn meine Loge ein Konzert, eine Autorenlesung oder die alljährliche Verleihung des Humanitären Preises veranstaltete, war stets eine Anzahl der Schwestern dabei. Auch beim Sommerfest halfen sie aktiv mit. Die meisten Schwestern kannte ich, und zur Stuhlmeisterin hatte ich durch meine Frau einen besonders guten Draht. Danijela und Susi waren seit vielen Jahren befreundet.

„Hallo Stijepo!", begrüßte sie mich freundlich am Telefon. „Wie geht es dir und deiner Familie?"

„Danke, Danijela geht es sehr gut und Marko entwickelt sich prächtig – ein aufgeweckter Bursche – ganz der Papa eben. Mir geht es auch so weit so gut, nur ist letzte Woche meine ganze Arbeit liegen geblieben, denn ich hatte unwahrscheinlich viel mit der Mordsache zu tun. Danke übrigens, für eure Kondolenzkarte."

„Das ist doch selbstverständlich. Ihr habt einen Bruder verloren, den ihr trotz seines schwierigen Charakters geschätzt habt. Die Betroffenheit in unserer Loge hält sich jedoch sehr in Grenzen. Eine Schwester hat sogar frei nach Wilhelm Busch gedichtet ‚Gott sein Dank, nun ist's vorbei mit der Engelschen Anfeinderei'. Nicht ganz geschwisterlich, aber es trifft den Punkt genau. Wie ist der Stand der Ermittlungen? Wir sind alle sehr erleichtert, dass sich Bruder Gerhards Unschuld herausgestellt hat."

„Die Polizei ist ziemlich ratlos und hat unseren Hausmeister durch die Mangel gedreht, festgenommen, aber ihn dann doch wieder gehen gelassen. Aber wir haben einen tüchtigen Privatdetektiv, dem ich zutraue, den Fall zu lösen."

„Den Glosser haben sie verdächtigt? Der kann doch keiner Fliege was zuleide tun."

„Ja, leider. Die ganze Sache hat ihn ziemlich mitgenommen. Die Polizei wird weiter ermitteln und ihr könnt davon ausgehen, dass sie auch bei euch irgendwann anklopft und euch nach Alibis für den Mordabend fragt."

„Da bin ich sehr beruhigt. An diesem Tag haben wir die Frankfurter Frauenloge zu ihrem 25. Stiftungsfest besucht. Viele Schwestern haben deswegen sogar Urlaub genommen. Die Polizei kann gerne bei der Frankfurter Loge anrufen. Wir waren mit 18 Schwestern von insgesamt 20 in Frankfurt. Eine hervorragende rituelle Arbeit in einem wunderschönen Tempel, der unserem in nichts nachsteht. Auch die zwei Schwestern, die nicht dabei waren haben ein Alibi: Schwester Evi liegt im Krankenhaus – sie hat ein künstliches Hüftgelenk bekommen und Uschi ist in Südafrika in Urlaub. Die Polizei kann ruhig kommen. Danke, dass du mich vorgewarnt hast."

„Ist doch selbstverständlich. Was mich erstaunt: Ihr seid jetzt 20 Schwestern? Vor einigen Jahren sah das noch ganz anders aus."

„Ja, wir wachsen und gedeihen. Auch in den nächsten zwei Monaten haben wir wieder jeweils eine Aufnahme."

„Super! Ich wünsche dir und deiner Loge alles Gute."

„Und du grüßt Danijela und Marko von mir. Ciao oder Doswidanja, wie ihr Kroaten sagt."

Auch wenn Kroaten zum Abschied dovidenja sagen: Ich war erleichtert. Die Schwesternloge hatte ein Alibi.

Gar nicht so schlecht, meine Ermittlungsmethode: Vor der Polizei warnen und fragen, ob ein Alibi vorhanden ist. Das war sowohl brüderliche Unterstützung als auch Ermittlung, ohne jemanden auf die Füße zu treten.

25 Jonas' esoterischer Kontakt

Er machte sich gar nicht so schlecht, mein Co-Detektiv Stijepo Bistrić. Er hatte mich jedesmal sofort über die Ergebnisse seiner Ermittlungen informiert. Knallhart ermittelt hat er zwar nicht, aber er hat zwei Tatverdächtige ausschließen können, da sie ein astreines Alibi hatten. Ganz schön ausgefuchst, der Knabe: Warnt die Frauenloge freundschaftlich vor der Polizei und fragt ganz so nebenbei nach einem Alibi. Und eine Art Feuertaufe als Detektiv hat er auch schon gehabt, obwohl ein paar Schürfwunden und eine zerrissene Hose eigentlich ein Klacks sind. Da hatte ich schon anderes aushalten müssen. Der Hausmeister war es laut Bistrić also auch nicht – hätte ich dem schüchternen Knaben ohnehin nicht zugetraut. Aber dass er sein Patenkind vor der U-Haft bewahren wollte, nötigte mir schon etwas Respekt ab.

Ich konnte bisher nur den irren *Deus vult*, der Angst vor Dämonen im Logenhaus hatte, als Täter ausschließen. Was die Ermittlungsarbeit angeht, stand es zurzeit also 3:1 für Bistrić.

Allerhöchste Zeit, dass ich mir den Esoteriker Alexander Krause vornehme. Das elektronische Telefonbuch spuckte fünf Personen dieses Namens in Fürth aus. Bei einem stand eine kleine Werbeanzeige daneben: *Fachgeschäft für Devotionalien, Ritualgegenstände und Literatur für Lebenshilfe.* Das klang ganz nach einem Esoteriker. Ich beschloss, sofort in den Laden zu gehen, der laut Telefonbuch in der Mathildenstraße lag.

Für mein Outfit wählte ich diesmal eine schwarze langhaarige Frauenperücke, deren Haar ich vorher vollkommen zerfledderte, klebte mir einen längeren Theaterbart an, schlüpfte in meine geklaute Mönchskutte und zog Birkenstocksandalen über meine nackten Füße. Als ich in den Spiegel blickte, schaute ein Büßer heraus, der irgendwie eine Ähnlichkeit mit Rasputin hatte.

Auf dem Weg zu Krauses Esoterikladen überlegte ich mir eine Geschichte, die ich ihm auftischen wollte, damit er zunächst Vertrauen zu mir gewinnt. Auf halber Strecke wollte ich aber schon wieder umkehren, denn mir erschien auf einmal meine Verkleidung als vollkommen überzogen und lächerlich. Ich entschied mich jedoch für das Weitergehen. Sollte ich erfolglos sein, könnte ich ja ein zweites oder sogar drittes Mal in anderer Verkleidung erscheinen.

Der Laden befand sich in einem Haus, das vermutlich Ende des 19 Jahrhunderts erbaut worden war. Doch im Gegensatz zu vielen anderen schönen Gebäuden aus dieser Epoche, die den Reiz Fürths ausmachten, wirkte dieses Haus eher heruntergekommen. Die Fassade war fast schwarz und hätte dringend einer Reinigung bedurft. Ich betrat den Laden und stellte fest, dass der Fußboden aus Holz und ziemlich ausgetreten war. Die Dielen knarzten. Auch das dunkle Mobiliar musste noch aus der Vorkriegszeit stammen. Im hinteren Bereich des langen, schmalen Verkaufsraums erblickte ich eine ältere füllige Lady mit violettem Haar, die wie ein Hippie gekleidet war und sich über Heilsteine informierte. Beraten wurde sie von einem mittelgroßen schlanken Mann um die 60 mit Nickelbrille, halblangen grauen Haaren und Bart. Wäre seine Behaarung weiß gewesen, hätte man ihn fast für den Weihnachtsmann halten können. Er war jedoch nicht rot, sondern schwarz gekleidet und nickte mir sofort freundlich zu.

„Guten Tag! Ich bin gleich für Sie da. Schauen Sie sich doch einstweilen um."

Auch die Lady nickte mir mit einem Lächeln zu. An meiner Rasputin-Verkleidung schien hier niemand Anstoß zu nehmen – meine Bedenken waren umsonst gewesen. Wahrscheinlich betraten nur durchgeknallte Typen den Laden. Ich sah mich also um. Es gab religiöse Artikel für alle möglichen Religionsgemeinschaften, vorwiegend aus dem buddhistischen Bereich, Gegenstände, die sich für Vodoo-Beschwörungen eignen dürften, eine ansehnliche Sammlung an Heilsteinen, in denen die Lady gerade herumfingerte, Fläschchen mit irgendwelchen Tinkturen, und, und, und ... Ich verzog mich zum Bücherregal und sah mir die Titel einiger Bücher an: *Glücklich leben mit Lichtnahrung, Suche dich selbst und du wirst dich finden, Die größten Lügen des 20. Jahrhunderts, Harmonie mit dem Universum.* Der Autor des letztgenannten Buches hieß Alexander Krause. Ich schnappte es mir und blätterte es durch.

Die füllige Hippie-Lady hatte mittlerweile die für sie richtigen Steine gefunden, bezahlt und trug sie mit einem vergeistigten Lächeln in einem Jute-Säckchen vor sich her.

„Love and peace!", rief sie mir winkend zu, als sie den Laden verließ.

Dann kam der Grauhaarige auf mich zu.

„Was kann ich für Sie tun?"

„Ich suche den Sinn des Lebens, die Wahrheit und die Harmonie mit dem Universum. Ich glaube, das Buch hier könnte mir dabei helfen." Die Schlagworte hatte ich im Klappentext des Buches gelesen.

„Das freut mich, dass Sie so schnell fündig geworden sind. Und noch mehr freue ich mich, dass Sie ein Buch ausgewählt haben, das ich geschrieben habe. Wenn Sie wollen, signiere ich es auch."

„Das ist nett, aber ich kann es leider nicht bezahlen. Ich besitze kein Geld und lebe von dem, was Menschen mir freiwillig geben. Ich verbringe mein Leben meist mit

Meditation und in Askese, denn ich glaube, dass sich dadurch die Geheimnisse des Universums mir öffnen werden. In meinem früheren Leben war ich Bankangestellter – und unglücklich. Jetzt, wo ich nicht mehr besitze, als das was ich auf dem Leib trage, kann ich mein Leben selbst bestimmen und bin glücklich. Deshalb nenne ich mich jetzt auch Diogenes. Das einzige was mir fehlt, sind Menschen, mit denen ich mich austauschen kann, mit denen ich mein esoterisches Wissen vergrößern kann. Aber es gibt nur wenig Gleichgesinnte."

„Da kann ich Ihnen helfen, glaube ich. In meinem Kundenkreis habe ich Viele, die das Gleiche suchen wie Sie und in dieser materiellen Gesellschaft ebenfalls oft auf Ablehnung stoßen. Wir treffen uns zweimal pro Woche abends in meinem Meditationsraum, der sich im Hinterhaus von diesem Gebäude befindet, und sprechen miteinander. Kommen Sie doch heute Abend um 20 Uhr vorbei. Wir beginnen unsere Treffen übrigens immer mit einem gemeinsamen Mahl, zu dem Sie natürlich auch herzlich eingeladen sind."

„Herr Krause, ich hätte nie zu träumen gewagt, dass mein Herzenswunsch so schnell in Erfüllung geht. Ich bin Ihnen außerordentlich dankbar für die Einladung und komme gerne."

„Und ich danke Ihnen, Herr Diogenes, dass Sie die Einladung angenommen haben. Um Harmonie zu erreichen, muss man Anderen eine Freude machen. Danke, dass Sie mir die Möglichkeit dazu gegeben haben."

Ich verabschiedete mich und machte ein besonders heiliges Gesicht dabei.

Heute musste mein Glückstag sein. Ich hatte das Glück, dass ich auf das Buch von ihm gestoßen war, was mir seine Zuneigung einbrachte. Soviel ich beim Durchblättern des Buchs gesehen hatte, enthielt es nur Mist, aber es reichte, um zu wissen wie der Esoteriker tickt. Dabei war nicht alles gelogen, was ich ihm gesagt hatte. Wahr war, dass ich mir das Buch nicht leisten konnte, selbst wenn es mich interessiert hätte. Wahr war auch, dass ich mein Leben in Meditation und Askese verbrachte. Zeit für Meditation hatte ich zumindest dann, wenn die Aufträge ausbleiben, was wiederum zwangsweise die Askese mit Billignahrung zur Folge hatte. Und schließlich war auch wahr, dass ich nie zu träumen gewagt hätte, so schnell zu einem Esoterikertreffen eingeladen zu werden. Dass ich mir heute nochmals den Bauch vollschlagen konnte, war das Sahnehäubchen des Glückstags. Hoffentlich hatten die auch eine Köchin mit den Qualitäten von Danijela Bistrić.

Beschwingt ging ich nach Hause, schmiss mich in meiner Kutte auf mein Bett, dachte mir ein paar gute Geschichten aus, die ich heute Abend erzählen konnte und gab mich dann der Meditation hin. Nicht-Esoteriker würden es allerdings Mittagsschlaf nennen.

26 Bistrić beim Sektenbeauftragen

Jürgen Stahl war neben Wolfgang Ollinger der zweite Bruder, der in den letzten Jahren unsere Loge verließ. Irgendwie hatte er sich in der Loge nie richtig wohl gefühlt, denn er hatte wegen der Unvereinbarkeitserklärung der Katholischen Kirche schwere Gewissensbisse.

Als er die Loge noch als Gast besuchte, und sich überlegte, ob er seinen Aufnahmeantrag stellen sollte, führte ich einmal ein längeres Gespräch mit ihm. Das humanitäre Anliegen der Freimaurerei sprach ihn sehr an, denn es war für ihn identisch mit der christlichen Nächstenliebe. Der Auftrag an den Freimaurer, in sich zu schauen, Selbsterkenntnis zu betreiben und an ethischer Höherentwicklung zu arbeiten, verglich er mit der Gewissenserforschung, der er sich bisher auch schon unterzogen hatte. Rituelle Arbeiten war er gewohnt, denn die Heilige Messe erkannte er als Mittel zur Vertiefung der christlichen Lehre und der Stärkung der Gemeinde.

Ich erklärte ihm, dass wir kein Religionsersatz sind, und sich Menschen unterschiedlichsten Glaubens in den Logen begegnen. Auch die Unvereinbarkeitserklärung sprach ich an, denn er hatte sich mir als gläubiger Katholik zu erkennen gegeben.

„Ich glaube, das kann ich mit meinem Gewissen vereinbaren!", erklärte er darauf hin und stellte seinen Aufnahmeantrag. Das war jedoch ein Irrtum, wie sich später herausstellte. Da ihn auch die anderen Brüder als aufrechten, ehrlichen Menschen kennengelernt hatten, gab es von ihnen keine Einwände – nur Bruder Fritz Engel stimmte gegen seine Aufnahme: „Laut unseren Regeln kann jeder freie Mann von gutem Ruf ungeachtet seiner Religion als Freimaurer aufgenommen werden, aber ich zweifle an, dass er ein freier Mann ist, da er sich den Dogmen seiner Kirche zu stark unterwirft. Ihr werdet sehen: Über kurz oder lang erklärt er seinen Austritt." Bruder Engel sollte recht behalten.

Nachdem Jürgen den Meistergrad erreicht hatte, wurden seine Logenbesuche seltener. Als wir ihn daraufhin ansprachen, erklärte er seine Gewissensnöte: Sein katholischer Glaube habe sich durch sein Theologiestudium in den letzten Jahren vertieft und er verstehe nun auch die Gründe der Unvereinbarkeitserklärung, so dass er sich überlege, aus der Loge auszutreten.

Wir versuchten, ihn zum Verbleib in der Loge zu bewegen, denn er war uns allen lieb geworden und ans Herz gewachsen. Und dann kam Bruder Engels unglückliche Aussage: „Du bist kein freier Mann mehr und solltest die

Loge verlassen!" Bruder Stahl war zutiefst brüskiert, bedankte sich aber bei Bruder Engel, dass er durch seine Aussage ihm bei seiner Entscheidungsfindung geholfen habe und erklärte seinen Austritt aus der Loge. Zu Jürgen Stahl hatten wir keinen Kontakt mehr. Einige Logenbrüder versuchten zwar, ihn ab und zu anzurufen, aber Jürgen erklärte, dass er mit uns nichts mehr zu tun haben wolle. Aus der Zeitung erfuhren wir vor zwei Jahren, dass er zum Sektenbeauftragten für Stadt und Landkreis Fürth ernannt worden war. In dem abgedruckten Interview war erkennbar, dass Jürgen Stahls Persönlichkeit sich deutlich verändert hatte: Er sah sich in seinem Amt zum Kampf gegen Sekten, Atheisten und Agnostiker verpflichtet und wollte die *verlorenen Seelen* wieder in den *Schoß der heiligen Mutter Kirche* zurückführen. Er lobte im Interview die Aussage der päpstlichen Glaubenskongregation im Jahre 2007, dass auch die Kirchen der Reformation keine *Kirchen im eigentlichen Sinne* seien. Die Presse sparte nicht an Kritik und endete den Artikel mit der Frage „Führt uns dieser Sektenbeauftragte wieder ins Mittelalter zurück?"

Kam unser ausgetretener Bruder Jürgen Stahl als Täter überhaupt in Frage? Er war streng religiös und Mord wäre eine Todsünde. Auf der anderen Seite schien er sich gehörig gewandelt zu haben: *Kampf* gegen Sekten, Atheisten und Agnostiker. Die Freimaurer dürften jedoch hierzu nicht gehören, das müsste er aus eigener Erfahrung wissen. Wie konnte ich Kontakt zu Jürgen Stahl aufnehmen? Sollte ich den reuigen Sünder markieren und ihn glauben machen, dass ich aus der Loge austreten will? Ollinger hat ja auch gemutmaßt, dass ich den Fränkischen Patrioten beitreten will. Aber Jürgen Stahl wusste, dass die Ideale der Freimaurer und gerade deren Dogmenlosigkeit mich weit mehr in meinem Leben leiten, als es der Katholizismus je getan hatte. Ich bin gläubig, ich glaube an die humane Lehre Christi aber nicht an die Organisation Kirche und deren Dogmen. Vielleicht rufe ich Stahl einfach mal an und bitte um einen Gesprächstermin wegen einer *Gewissensfrage* – das Gespräch wird er mir kaum verweigern können.

Den Termin bekam ich schneller, als ich gedacht hätte. Um 14 Uhr fand ich mich deshalb in seinem Büro in der Kirchengemeinde ein. Ich hätte Jürgen Stahl fast nicht wiedererkannt: Er war deutlich gealtert und sehr dünn geworden. In seiner schwarzen Kleidung mit Kollar, dem Priesterkragen, erinnerte er mich an einen Asketen, der sein Leben mit Fasten und Beten verbringt. Im Gegensatz zu Ollinger würde die Täterbeschreibung auf ihn zutreffen. Sein Büro war spartanisch eingerichtet wie eine Mönchszelle: Ein einfacher Schreibtisch aus den Sechzigerjahren, ein kleinerer Besprechungstisch mit vier Stühlen, das war alles. Das einzig Beeindruckende in seinem Büro war die Regalwand, die sich über die gesamte Breitseite erstreckte, vom Boden bis kurz unter die Decke reichte und mit herrlichen Büchern gefüllt war.

Die Begrüßung war ziemlich kühl. Mit einer Armbewegung in Richtung Besprechungstisch deutete er an, dass ich dort Platz nehmen sollte.

„Na Stijepo, was willst du genau? Die Gewissensfrage nehme ich dir nicht ab. Willst du mich glauben machen, dass du aus der Loge austreten willst und du Probleme hast, die Sektierer zu verlassen?"

Wie vermutet: Den reuigen Sünder würde er mir nicht abnehmen. Aber warum bezeichnete er die Freimaurer als Sektierer? Da musste ich sofort nachhaken.

„Welche Sektierer? Du müsstest selbst am besten wissen, dass die Freimaurerei keine Glaubenssätze kennt und zu religiösen Fragen keine Stellung bezieht."

„Dass ich der Loge beigetreten bin, war der größte Fehler, den ich in meinem Leben begangen habe. Der einzige Vorteil daran war, dass ich nun genau Bescheid weiß, was Freimaurerei ist: Eine Sekte – allerdings in einer anderen Form als das, was man gemeinhin unter Sekte versteht. Es ist richtig: Ihr vermittelt keine Glaubenssätze, aber mit eurer religiösen Toleranz verleitet ihr Menschen dazu, dass der Glaube keine oder nur eine untergeordnete Rolle spielt. Das Gedankengut der Freimaurer ist relativistisch. Ihr sucht zwar die Wahrheit, glaubt aber nicht, dass es eine absolute Wahrheit gibt. Die absolute Wahrheit gibt es aber: Die Lehre der heiligen römisch-katholischen Kirche. Da ihr die absolute Wahrheit ablehnt, nährt ihr den Zweifel an der reinen Lehre, unterstützt die Abwendung vom Glauben und spielt die Menschen damit bewusst oder unbewusst in die Hände Satans. Deshalb sehe ich euch auch als Sekte."

„Wenn du in der Lehre der katholischen Kirche für dich die Wahrheit gefunden hast, ist das doch gut für dich. Wir würden nie versuchen, dich hiervon abzubringen. Aber du kennst doch auch Lessings Worte: *Nicht die Wahrheit, in deren Besitz irgendein Mensch ist oder zu sein vermeint, sondern die aufrichtige Mühe, die er angewandt hat, hinter die Wahrheit zu kommen, macht den Wert des Menschen. Denn nicht durch den Besitz, sondern durch die Nachforschung der Wahrheit erweitern sich seine Kräfte, worin allein seine immer wachsende Vollkommenheit besteht. Der Besitz macht ruhig, träge, stolz. Wenn Gott in seiner Rechten alle Wahrheit und in seiner Linken den einzigen immer regen Trieb nach Wahrheit, obschon mit dem Zusatze, mich immer und ewig zu irren, verschlossen hielte und spräche zu mir: Wähle! Ich fiele ihm mit Demut in seine Linke und sagte: Vater gib, die reine Wahrheit ist ja doch nur für dich allein!"*

Jürgen Stahl hatte bisher ruhig und ohne emotionale Regung gesprochen. Das änderte sich nun. Seine Erregung war ihm deutlich anzumerken.

„Hör' mir mit Lessing auf! Ein Aufklärer, ein Anhänger des Relativismus und natürlich ein Freimaurer. Wenn du Lessing anführst, ist ganz klar zu erkennen, dass du dem verderblichen Gedankengut der Aufklärung anhängst – wie die meisten Freimaurer eben. Lessing, ein Ketzer schlechthin! In seiner Aufklärungswut behauptete er sogar, dass alles Bisherige aus dem Blickwinkel der Vernunft zu betrachten sei – auch die Religion."

„Das war allgemein das Anliegen der Aufklärung im 18. Jahrhundert. Ich kann verstehen, dass die Kirchen sich damals gegen diese Strömung gestellt haben. Aber die Freiheiten, die heute in demokratischen Staaten herrschen, haben wir der Aufklärung zu verdanken. Auch die Kirchen haben sich etwas gewandelt. Nimm zum Beispiel das Zweite Vatikanische Konzil: Da wurde die Religionsfreiheit beschlossen – eine Forderung der Aufklärung. Das war eine Neupositionierung der Kirche und auch eine Korrektur ihrer Lehre. Und die evangelische Kirche überlässt die Frage der Logenmitgliedschaft der individuellen Gewissensentscheidung ihrer Mitglieder."

Wenn ich glaubte, ihn mit dem Verweis auf das Konzil beschwichtigen zu können, war dies ein Irrtum. Er ereiferte sich immer weiter.

„Das *Vaticanum II* war der größte Irrtum der katholischen Kirche in ihrer ganzen Geschichte. Sie hat sich damit ihrer wichtigsten Wurzeln beraubt. Ich bin ein absoluter Gegner von jeglichem Modernismus und strebe an, die Kirche wieder zu ihren ursprünglichen Werten zurückzuführen. Glaube nicht, dass ich mit dieser Meinung alleine dastehe! In Fürth gibt es viele Katholiken, die das gleiche Bedürfnis verspüren. Wir haben uns zu einem Kreis *Clemens XII.* zusammengeschlossen. Unsere Ziele sind unter anderem, die Messe wieder in lateinischer Sprache zu halten und die Feinde der Kirche zu bekämpfen."

Ich war bestürzt. Das Zweite Vatikanische Konzil sollte der größte Irrtum der Kirche gewesen sein. Was waren dann die Inquisition, die Hexenverfolgung, die Kreuzzüge gewesen? Wahrscheinlich würde Stahl dies als *Fliegenschiss in der Geschichte* abtun. Und so einer war einmal mein Logenbruder! Was die Zeitung im Artikel zu seiner Einsetzung als Sektenbeauftragter vermutete, war für mich jetzt Gewissheit: Er wollte die Kirche wirklich ins Mittelalter zurückführen.

„Wie nennt ihr Euch? Clemens XII.? Nach dem ersten Papst, der die Freimaurerei verboten hatte?"

„Ja! Ich sage dir das offen und ehrlich: Zu den Feinden der katholischen Kirche zählen wir neben Sekten, der evangelischen Kirche und den Freikirchen auch die Freimaurer. Unser Ziel ist es, zumindest in Fürth die Loge aufzulösen. Ihr habt schon genügend Menschen in die Fänge des Bösen getrieben."

„Das ist doch Irrsinn! Das musst du doch wissen! Wir haben ethische Werte und nicht die Bekämpfung der Kirche zum Ziel."

„Eure ethischen Ziele beziehen sich aber nur auf das Diesseits. Sie dienen den Menschen und nicht Gott. *Mein Reich ist nicht von dieser Welt*, spricht Jesus. Durch die Mitgliedschaft in der Freimaurerei haben die Menschen ihre ewige Seligkeit verwirkt und werden in der Hölle schmoren. Deshalb bekämpfen wir euch."

„Dann ist wahrscheinlich der Clemens-Kreis auch für die Autoschmierereien und womöglich für den Mord an Bruder Fritz Engel verantwortlich!"

„Das ist eine Unverschämtheit! Wir halten uns an die Gebote! *Du sollst nicht töten!* Gewalt gegen Menschen lehnen wir ab. Wir haben zwar einen etwas wirren Bruder, der zu einem Kreuzzug gegen die Freimaurer aufgerufen hat, aber der geht mit Sicherheit nicht ins Logenhaus und bringt einen Menschen um, denn er glaubt, dass das Haus von Dämonen besiedelt ist. Ja, die Autoschmierereien haben wir gemacht. Wir wollten euch zeigen, dass ihr auf dem Weg der Sünde seid. Jetzt weiß ich wenigstens, warum du mich aufgesucht hast: Du willst mir den Mord in die Schuhe schieben. Unser Gespräch ist beendet. Hinaus mit dir!"

„Bevor ich gehe, noch eine Frage: Wo warst du am letzten Montag um 19 Uhr?"

„Das ist doch der Gipfel der Frechheit. Du fragst mich nach einem Alibi? Bist du jetzt auch noch Polizist? Ich wiederhole: Geh' und komm' nicht wieder!"

„Ich gehe, aber ich komme wieder – mit der Polizei. Die haben einen tüchtigen Kommissar, der es versteht, dich durch die Mangel zu drehen. Vielleicht nimmt er dich sogar als dringend tatverdächtig fest. Am besten ich informiere auch gleich die Presse. Ich kenne da eine große Zeitung mit vier Buchstaben, die sofort *Sektenbeauftragter unter Mordverdacht* auf die Titelseite schreiben würde. Das wäre dein Ende in diesem Amt – egal ob du schuldig bist oder nicht. Dabei kommt dann sicher auch deine frühere Logenmitgliedschaft zur Sprache."

Jürgen Stahl erbleichte – erstarrte – riss die Augen weit auf.

„Das würdest du nicht tun. Ich war schließlich mal dein Bruder."

„... der unseren Bund nun bekämpfen will. Schöner Bruder, aber Kain und Abel waren ja auch Brüder."

„Na gut! Letzten Montag war ich um 19 Uhr beim Beichten. Nicht im Beichtstuhl, sondern in der Wohnung unseres Pfarrers. Ich musste mein Gewissen erleichtern und habe ihm meine frühere Mitgliedschaft in der Loge gebeichtet. Ich konnte nicht mehr anders. Bist du jetzt zufrieden?"

„Ja, ich hoffe nur, dass er dir eine schwere Buße auferlegt hat. Bußgürtel, Selbstgeißelung oder so etwas. Dann leb' wohl, Bruder Kain!"

Der Sektenbeauftragte stand immer noch bleich und starr da, als ich sein Büro verließ.

Zuhause fiel mir ein, dass in Krimis die Polizei die genannten Alibis meist auch nochmals überprüft. Bei Ollinger konnte ich mir das schenken, denn sein Bild in der Zeitung war Beweis genug und der Artikel enthielt sogar die Uhrzeit wann die Demo stattgefunden hatte. Bei der Frauenloge wäre ein weiteres Nachforschen nur verschwendete Zeit gewesen, aber ob der Sektenbeauftragte wirklich zum Tatzeitpunkt bei seinem Pfarrer war, wollte ich mir doch lieber bestätigen lassen.

Ich rief bei ihm an.

„Herr Pfarrer, hier spricht Kommissar Obermeier von der Mordkommission Fürth", log ich. „Wir können es kurz machen und ich warne Sie vor einer Falschaussage. Wo waren Sie letzten Montag um 19 Uhr?"

Der Geistliche japste erst ein paarmal nach Luft, bevor er antworten konnte.

„Um Gottes Willen, Mordkommission. Wie kommen Sie auf die Idee, ich könnte etwas mit einem Mord zu tun haben?"

„Egal, beantworten Sie mir einfach die Frage oder ich muss Sie aufs Kommissariat einbestellen."

„Warten Sie kurz, ich schaue in meinem Terminkalender nach."

Ich hörte ihn keuchen und blättern.

„Da haben wir es. Um 19 Uhr hatte ich ein Gespräch mit einem Kollegen."

„Und wie heißt der?"

„Jürgen Stahl, der Sektenbeauftragte."

„Na also, geht doch! Damit sind Sie jetzt von jeglichem Verdacht befreit. Auf Wiederhören." Bevor er auflegte konnte ich noch ein erleichtertes Aufatmen hören.

Jügen Stahls Alibi war also wasserdicht.

27 Jonas bei der Esoterikerversammlung

Mit knurrendem Magen machte ich mich abends bereits kurz nach 19 Uhr wieder auf den Weg in die Mathildenstraße. Die Reste von Bistrić Fresskorb schlummerten weiterhin in meinem Kühlschrank vor sich hin. Die wollte ich mir für morgen aufheben, denn heute Abend war Essen auf Kosten der Esoteriker angesagt. Ich ging durch das Hoftor neben dem Eingang zu Krauses Laden in den Hinterhof und betrat den Eingang im Hinterhaus. Bereits im Hof, der ebenso wie das gesamte Haus einen ungepflegten Eindruck machte, sah ich Dämmerlicht in einem größeren Raum, der sich im Erdgeschoss des Rückgebäudes befand. Durch das Fenster sah ich, dass Alexander Krause darin herumwerkelte und auch die füllige Hippie-Lady war bereits anwesend. Ich hoffte nur, dass es bei dem Treffen zu keinen sexuellen Exzessen kam, bei dem sich die Dame mich als Lover auswählte. Ich klopfte an der Tür und Krause öffnete.

„Schön, dass du schon so zeitig gekommen bist, Diogenes", begrüßte er mich. „In unserem Kreis, den wir *Die Suchenden* nennen, reden wir uns mit du und einem Namen an, den wir auf Grund einer kosmischen Eingebung gewählt haben. Du hast dich ja auch passenderweise *Diogenes* genannt. Ich bin der *Mazedonier* und die Dame, die du heute schon kennengelernt hast, ist *Joan*. Wir wollen damit ausdrücken, dass wir uns vom Alltag weg auf eine höhere Ebene begeben wollen, in dem der bürgerliche Name nichts zählt."

Na super! Da war ich ja bei den richtigen Spinnern gelandet. Der mazedonische Krieger Alexander der Große und die Pazifistin Joan Baez – *We Shall Overcome!* Gegensätze ziehen sich anscheinend wirklich an.

„Komm, hilf uns den Raum vorzubereiten!", forderte mich Joan auf, die Matratzen von einem Stapel in der Ecke im Raum verteilte. Sonst war kein weiteres Mobiliar vorhanden. Sollte es doch eine Sex-Party werden?

Ich kam der Aufforderung nach und sah mir dabei den Raum genauer an. Drei Wände des Raums waren weiß, eine war blau gestrichen. Auf einer der weißen Wände prangte ein riesiges Yin-Yang-Zeichen, die andere war mit ein paar kleineren schwarzen Punkten und vielen unterschiedlich großen, schwarz umrandeten weißen Kreisen bemalt. Die blaue sollte wohl den Sternenhimmel darstellen. Der große Wagen und die Milchstraße waren deutlich zu erkennen. Mich wunderte, dass kein Tisch und keine Stühle für das Festmahl aufgestellt wurden. Vielleicht fand das Gelage in einem anderen Raum statt. Mein Magen knurrte wieder und ich musste dauernd an Schäufele mit Klößen denken. Gut, Bratwürste mit Sauerkraut oder ein Wiener Schnitzel mit Kartoffelsalat gingen auch noch. Nach einem Abend mit kroatischen Spezialitäten wären mir heute fränkische Köstlichkeiten recht. Abwechslung ist das halbe Leben – auch beim Essen.

Nach und nach trafen noch ein paar andere Typen ein: *Zerberus*, mit schwarzem Anzug und blutrotem Hemd bekleidet,

Diana, in weißen, wallenden Gewändern,

Houdini, ebenfalls im schwarzen Anzug, aber mit weißem Hemd,

Karotte mit Kopftuch, Halstuch, Öko-Pulli und Gammeljeans

Moustache, in einem französischen Künstleroutfit mit Baskenmütze,

Mahatma, natürlich im indischen Büßergewand

und schließlich *Beata*. Als einzige war sie normal gekleidet und optisch gesehen war sie eine echte Sahneschnitte.

Die Begrüßung lief mit Umarmungen und teilweise Bussi-Bussi ab. Das war ein ganz schön bunter Haufen und ich hätte meine gesamte Barschaft darauf verwettet, dass alle einen an der Klatsche hatten.

„Liebe suchende Brüder und Schwestern, wir sind vollzählig. Nehmt bitte Platz", befahl der Mazedonier Alexander, der mit Nachnamen Krause und nicht *der Große* hieß. Irgendwie schien er der Boss hier zu sein. Wir verteilten uns auf die Matratzen. Die meisten saßen im Schneidersitz, einige brachten sogar den Lotussitz zustande – ich nicht. Dann stellte er mich als neuen Gast vor, der wie alle anderen den Sinn des Lebens, die Wahrheit und die Harmonie mit dem Universum suchte. Freundlich lächelnd nickten mir die anderen *Suchenden* zu.

„Und nun wollen wir unser gemeinsames Mahl einnehmen. Wir werden uns wieder bewusst, dass wir auch für unsere Nahrung unseren Planeten nicht mehr als unbedingt nötig schädigen dürfen, da dies auch eine Schädigung des Universums bedeuten würde", erklärte der Mazedonier.

Das klang gefährlich. Am Ende waren die *Suchenden* alle Veganer. Aber egal: Ich war hungrig und gegen einen schönen Gemüseeintopf hätte ich auch nichts einzuwenden gehabt, auch wenn Wurst und Schinken fehlen würden.

Karotte und Houdini gingen in einen Nebenraum und brachten Tonschüsseln, Löffel und einen großen dampfenden Topf herein. Karotte verteilte zunächst reihum die Schüsseln und Löffel an die auf ihren Matratzen sitzenden *Suchenden*. Dann schöpfte sie jedem zwei Kellen aus dem Topf, den Houdini hielt, in die Schüssel.

Ich hatte, das Gefühl, dass sich meine Langhaarperücke hob, denn meine darunter liegenden Haare mussten zu Berge stehen, als ich sah, was sie ausschöpfte. Es war ein breiiges Etwas, was das Aussehen von Erbrochenem hatte.

„Für mich nur eine halbe Schöpfkelle, Karotte. Ich lebe in Askese", sagte ich zu ihr, als sie meine Schüssel füllen wollte.

Sie blickte mich lächelnd an und nickte mir verständnisvoll und anerkennend zu und schöpfte nur eine halbe Kelle des Erbrochenen in meine Schüssel.

„Das Universum segne unser Mahl!" sagte Karotte, als sie mit der Distribution des Festmahls fertig war. Houdini trug den Topf wieder in den Nebenraum.

Ich wurde angenehm überrascht: Der Fraß schmeckte nicht nach Erbrochenem, sondern nach gar nichts. Ich hatte den Eindruck, als bestehe der Brei nur aus einer Mehl-Wasserpampe und einer kleinen Prise Salz. Zumindest konnte man daran nicht sterben und die halbe Kelle reichte aus um mein akutes Magenknurren verstummen zu lassen. Wenigstens für den Augenblick.

Nach dieser kulinarischen Sünde sammelte Zerberus die Schüsseln ein und trug sie weg.

„Wie immer bei unserem ersten Treffen in der Woche wollen wir uns auch heute austauschen, welche Erfahrungen wir bei unserer Suche nach Erkenntnis gewonnen haben, damit wir alle voneinander lernen können", forderte der Mazedonier die Gruppe auf.

Die Berichterstattung ging reihum und das, was die einzelnen Suchenden so von sich gaben, war der größte Stuss, den ich in meinem Leben gehört hatte: Energieflüsse durch das Mondlicht, Erkenntnisse beim Fasten, Erweckung des geistigen Auges beim Tragen eines Magnethelms während der Nacht, die Suche nach Erdstrahlung und andere Verrücktheiten, die ich mir glücklicherweise nicht gemerkt habe. Die waren alle genau so irre wie *Deus vult*, nur dass sie nicht von Dämonen und Geistern redeten.

Als letztes durfte ich meinen Beitrag leisten. Glücklicherweise hatte ich mir heute, als ich in meiner Kutte auf meinem Bett lag, in meinem Kopf ein paar Spinnereien zurechtgebastelt, und ich hoffte, damit Eindruck zu schinden.

Ich erzählte zunächst von meinem Wandel vom unglücklichen Banker zum glücklichen Asketen in der Kutte, wobei die Sahneschnitte Beata ständig zustimmend nickte und mich verständnisvoll anhimmelte. Dann fuhr ich fort

„Bei meiner Suche nach dem Sinn und der Wahrheit bin ich verschiedene Wege gegangen – Irrwege, wie ich jetzt weiß. Ich war im Kloster, doch die Lehren des Glaubens engten meinen Geist zu sehr ein, obwohl mir das Klosterleben sonst schon gefallen hätte. Ich versuchte, Kontakt zu den Freimaurern aufzunehmen, da die doch auch über geheime Kenntnisse verfügen sollen, wurde aber hinausgeworfen, weil sie Anstoß an meinem Aussehen nahmen. Dann versuchte ich es mit Askese und Meditation wie im Kloster, nur ohne einengende Dogmen. Dadurch spürte ich die Energie des Universums und dessen Atem. Das Universum atmet – es dehnt sich aus und fällt dann wieder in einen Punkt zusammen. Wissenschaftler sprechen ja auch vom Urknall, von der noch andauernden Ausdehnung und von Schwarzen Löchern, in denen dann wieder einmal alles zusammenfallen wird. Dieses Ausdehnen, Zusammenfallen und ein erneutes Ausdehnen nach einem weiteren Urknall erfolgt nach kosmischen Gesetzen, denen ich mich verpflichtet fühle. Deshalb lebe ich in Askese und ernähre mich vegan. Ich habe mich sehr gefreut, als du, Mazedonier, genau diese Gedanken vor dem Mahl angesprochen hast."

Die *Suchenden* starrten mich an, als hätte ich eine zweite Relativitätstheorie aufgestellt. Nach einigen Sekunden der Stille brach donnernder Applaus los. Alle kamen auf mich zu. Ich erhob mich und konnte mich vor Umarmungen kaum noch retten. Der Mazedonier führte einen Freudentanz auf und trat dann auf mich zu.

„Diogenes, der du das erste Mal heute bei uns bist, hast uns Erkenntnisse enthüllt, die wir uns in vielen Sitzungen mühsam erarbeitet haben. Wir sind zum gleichen Schluss gekommen wie du. Schau' dir die Bilder dieser Wand an: Der Punkt ist das Schwarze Loch, dann kommt die Ausdehnung, das Zusammenfallen zum Schwarzen Loch und so weiter. Wir würden uns sehr freuen, wenn du unserem Kreis als Bruder beitreten würdest. Wir sind kein Verein und erheben keine Mitgliedsbeiträge. Jeder bringt sich mit seinen Fähigkeiten ein – und nicht mit dem schnöden Mammon. Liebe Brüder und Schwestern, ich denke, wir können den Erfahrungsaustausch beenden und führen Gespräche im kleinen Kreis."

Mann, waren das Idioten! Wenn immer es geht, schaue ich mir gerne wissenschaftliche Sendungen wie Lesch's Kosmos an. Ich hatte nur ein paar kühne wissenschaftliche Theorien als meine persönliche Erkenntnis ausgegeben und Schlagworte wie *Meditation* und *Askese* einfließen lassen – und das hat für einen Begeisterungssturm gereicht. Zumindest verstand ich nun auch die Bilder auf der einen weißen Wand.

Der Mazedonier zog mich beiseite.

„Bei den Freimaurern habe ich auch vorbeigeschaut. Aber dann haben sie mich einen esoterischen Spinner genannt und mich auch hinausgeworfen. Doch ich habe sie bestraft. Der, der mich hinausgeworfen hat, ist nun tot, und es werden sicher auch noch andere Freimaurerbrüder diesen Weg gehen."

„Das hätte ich nicht von dir gedacht. Hast du ihn umgebracht?"

„Darüber kann ich jetzt noch nicht mit dir sprechen. Doch wenn du in unserem Kreis aufgenommen bist und Verschwiegenheit geschworen hast, wirst du erfahren, wodurch er zu Tode gekommen ist."

Sieg auf der ganzen Linie! Alexander Krause alias Mazedonier hatte mir soeben vertrauensselig den Mord gestanden. Mann, war ich gut! Ich war fast am Ende der Ermittlungen. Ich würde mich bei den Spinnern aufnehmen lassen und dann auch noch erfahren, wie sich der Tathergang genau abgespielt hat.

„Ich möchte auf jeden Fall bei euch aufgenommen werden, denn ich habe Gleichgesinnte gefunden, mit denen ich mich austauschen kann."

Krause wandte sich an die ganze Versammlung.

„Meine Brüder und Schwestern, Diogenes hat mich soeben um Aufnahme in den Kreis der *Suchenden* gebeten. Seid ihr damit einverstanden und können wir seine Aufnahme bereits morgen vollziehen?"

Lang anhaltender Applaus signalisierte den einstimmigen Beschluss der *Suchenden*.

„Komm morgen Abend um 21 Uhr wieder her. Faste den Tag über, damit du rein bist. Ich bin froh, dass du Veganer bist. Daran scheitern manche, die ansonsten auch für unseren Kreis geeignet wären."

Er umarmte mich. Dann kam Sahneschnitte Beata auf mich zu.

„Ich freue mich sehr, dass du aufgenommen werden willst. Mir geht es genauso, wie es dir gegangen ist. Ich bin auch Bankangestellte und unglücklich damit. Ich bewundere dich, dass du deinen Weg gegangen bist. Mir fehlt noch der Mut zu diesem Schritt."

Ich nickte mitfühlend. Dann knurrte mein Magen wieder laut und vernehmlich.

„Du Ärmster, du hast Hunger. Kein Wunder, du hast ja kaum etwas gegessen. Übertreibe es nicht mit der Askese. Komm mit zu mir. Ich habe noch Gemüsesuppe übrig. Wenn du willst, kannst du auch bei mir übernachten. Dann musst du dich nicht mit dem Sternenzelt zudecken, wie du es sonst immer machst."

Es war wirklich ein Glückstag heute:

Die Kontaktaufnahme zu Krause hatte geklappt wie geschmiert,

bei den Esoterikern hatte ich auf Grund meiner Story einen Stein im Brett,

Krause hatte den Mord im Prinzip gestanden – den Rest würde ich nach meiner Aufnahme erfahren.

Das Beste war aber, dass mich die Sahneschnitte eingeladen hatte, die Nacht bei ihr zu verbringen.

Es machte sich bei den *Suchenden* Aufbruchsstimmung breit. Wir verabschiedeten uns wieder mit Umarmungen. Dann ging ich mit Beata in ihre Wohnung in der Theaterstraße. Es war fast Mitternacht und wir begegneten auf dem kurzen Weg nur zwei Nachtschwärmern, die vor Staunen den Mund nicht mehr zukriegten. Einen

Mönch der Arm in Arm mit einer Sahneschnitte so spät durch die Stadt schlenderte, hatten sie wahrscheinlich noch nie gesehen. Beata und ich schüttelten uns vor Lachen.

Als ich am nächsten Morgen nach einem Frühstück mit Kräutertee und Müsli mit Sojamilch mich von Beata verabschiedete und nach Hause ging, konnte ich zurückblickend feststellen, dass auf den Glückstag auch noch einen schlaflose Glücksnacht gefolgt war, in der – zum Glück – sogar meine Perücke auf meinem Kopf geblieben war. Ich musste nun dringend ein paar Stunden Schlaf nachholen.

28 Bistrić resümiert

Mit dem Verhör von Jürgen Stahl waren meine Ermittlungsarbeiten, die ich mit Jonas vereinbart hatte, abgeschlossen. Zeit für ein Resümee.

Die Befragungen der Tatverdächtigen, vor denen ich ursprünglich Bedenken hatte, waren besser gelaufen, als ich gedacht hatte. Aber was hatten sie gebracht?

Der einzige Erfolg war, dass unser Hausmeister Glosser nicht mehr im Gefängnis saß. Aber das hatte er seinem tapferen Patenkind Christa zu verdanken.

Die Schwestern der Frauenloge standen für mich sowieso nicht unter Verdacht. Die Überprüfung ihres Alibis war nur eine Pflichtarbeit und ich war froh, dass sie sofort eines hatten.

Ollinger und Stahl waren auch aus der Verdächtigenliste zu streichen, da sie auch ein Alibi hatten. Das wurmte mich am meisten, denn den beiden hätte ich eine lebenslange Haftstrafe gegönnt. Dann hätten sie wenigstens kein Unheil mehr anrichten können.

Die ganze Arbeit war also *za kurac*, wie wir Kroaten sagen, oder sehr frei übersetzt: für die Katz'. Jonas hatte ich jedes Mal über die Ergebnisse meiner Co-Detektiv-Tätigkeiten informiert. Meine letzte Mail lautete: „Leider hat Jürgen Stahl ebenfalls ein Alibi, das ich auch überprüft habe." Wahrscheinlich werde ich mit ein paar flotten Sprüchen von ihm zu rechnen haben, die meine Laune nicht gerade heben würden.

Was machte Jonas eigentlich die ganze Zeit? Von ihm hatte ich keinerlei Informationen erhalten – typisch Einzelkämpfer. Wahrscheinlich war er sauer, dass ich mich so stark eingemischt habe. Er war ja von Anfang an gegen einen Co-Detektiv und dies ließ er mich jetzt aus Rache spüren. Meine Sympathie zu ihm schwand etwas.

Aber egal. Heute Nachmittag bei der Trauerfeier würde er ja auftauchen. Da konnte ich ihn dann gehörig ausquetschen.

Die Trauerfeier lag mir ziemlich im Magen. Ich hatte zwar kein rituelles Amt, aber vor einem Sarg wurde es mir eben immer wieder bewusst, was man mit dem Verstorbenen verloren hat. Ich war froh, dass Danijela auch mitkommen wollte. Außerdem graute mir davor, Erna Engel ausgerechnet bei der Trauerfeier das erste Mal persönlich zu begegnen. Ich hätte doch unsere beiden Aufseher begleiten sollen, als sie Erna besuchten. Na ja, irgendwie werde ich das schon meistern. Zumindest um Marko brauchte ich mir keine Sorgen zu machen, denn er wollte heute Nachmittag bei einem Klassenkameraden aus der Nachbarschaft mit ihm Hausaufgaben machen und dann für die morgige Klassenarbeit in Mathe lernen. Er war, was die Schule anging, hochmotiviert und freute sich, dass er im nächsten Schuljahr das Gymnasium besuchen würde.

29 Jonas bei der freimaurerischen Trauerfeier

Um 11 Uhr stand ich einigermaßen ausgeschlafen auf und duschte mich. Die Nacht mit Beata war auf jeden Fall super. Ich hoffte nur, dass ich während des Trauerzeremoniells nicht einschlafen würde. Nach der Feier würde ich Bistrić über meinen Erfolg informieren. Bei der Ermittlungsarbeit führte er zwar nach Punkten 4:2, aber den Kampf um die Aufklärung des Mordes würde ich durch KO gewinnen. Krause saß zu 99 Prozent schon hinter Gittern.

Kurz vor 14 Uhr fand ich mich auf dem Fürther Friedhof ein. Ich war dem Anlass entsprechend gekleidet. Sogar eine schwarze Krawatte trug ich. Ich war gespannt, denn unter einer Trauerfeier nach freimaurerischem Zeremoniell konnte ich mir nichts vorstellen. Vermutlich würde sie ähnlich wie ein Ritual ablaufen – nur öffentlich.

In der großen Trauerhalle blieben nur die letzten beiden Stuhlreihen leer. Der Großteil der Trauergäste war als Freimaurer zu erkennen, denn alle trugen das gleiche Abzeichen und weiße Handschuhe. Viele hatten auch ihre Ehefrau dabei. Drei Luftwaffenoffiziere in Uniform waren ebenfalls anwesend. In der ersten Reihe saß Erna Engel zwischen Gerhard und Claudia Schreiner. Die Witwe trug zu ihrer Trauerkleidung einen schwarzen Hut mit Schleier. Stijepo und Danijela Bistrić sowie die beiden Aufseher Kluge und Harmann saßen mit ihren Frauen ebenfalls vorne. Ich nahm in der vierten Reihe neben einem Freimaurer Platz, den ich auf der Logenversammlung bereits gesehen hatte, aber nicht namentlich kannte.

„Ich heiße Werner Liebmann und bin der Sekretär der Loge", stellte er sich vor. „Schön, dass auch Sie, Herr

Jonas, unserem Bruder Fritz die letzte Ehre erweisen wollen. Wenn Sie etwas zu unserem Zeremoniell fragen wollen, können Sie sich gerne an mich wenden."

Schon wieder war diese Offenheit der Logenbrüder zu erkennen.

„Das ist doch selbstverständlich, dass ich dabei bin. Aber was ist das für ein Abzeichen, das Sie und alle Brüder tragen?"

„Das ist unser Bijou, unser Logenabzeichen. Es symbolisiert den Namen unserer Loge *Brudertreue im Kleeblatt*. Wir tragen es immer bei unseren rituellen Arbeiten."

Er nahm es von seinem Jackett ab und reichte es mir. In einem goldenen gleichseitigen Dreieck befand sich ein großes grünes dreiblättriges Kleeblatt, das Wappen der Stadt Fürth. Im Kleeblatt waren zwei sich reichende Hände in Gold zu erkennen. Ich gab ihm sein Bijou zurück und er steckte es wieder an.

Ich blickte nach hinten und stellte fest, dass auch ein paar Frauen mit weißen Handschuhen und einem etwas anderen Abzeichen anwesend waren. Vermutlich Schwestern der Frauenloge. In der letzten besetzen Reihe saß geknickt Hausmeister Hans Glosser. Die Verhaftung seines Patenkindes und der Tod von Fritz Engel, den er sehr geschätzt hatte, hatten ihn anscheinend schwer getroffen.

Vor dem Sarg lagen drei Kränze:
In liebevoller Dankbarkeit – Deine Erna,
Letzter Gruß – Deine Kameraden,
... die Kette der Herzen bleibt – Deine Logenbrüder
stand auf den Schleifen. Auf dem Sarg lagen vor dem Blumenbukett ein Freimaurerschurz, das Logenabzeichen sowie zwei weiße Handschuhe. Der Sarg war von drei Säulen mit Kerzen flankiert.

Liebmann erklärte mir deren symbolische Bedeutung: „Der Schurz weist auf unsere symbolischen Wurzeln hin, die Steinmetzbruderschaften der mittelalterlichen Dombauhütten. Die weißen Handschuhe mahnen zur Reinheit der Handlungen und die drei Säulen stehen für Weisheit, Stärke und Schönheit. Sie stehen bei den rituellen Arbeiten in der Mitte des Tempels. Weisheit braucht man, um sein Leben sinnvoll zu planen. Stärke ist nötig, um auch in Krisenzeiten rechtschaffen zu handeln. Und die Schönheit erinnert uns schließlich daran, dass uns das Leben auch viel Schönes bietet, was wir bewusst wahrnehmen sollten."

Ich nickte dem Sekretär dankbar zu und hatte nun durch seine Erklärung eine Ahnung, was die Symbole bedeuteten und wie Freimaurer die Sinnbilder anwendeten.

Aus den Lautsprechern ertönte Mozarts *Maurerische Trauermusik*. Gegen Ende des Musikstücks erhoben sich der Stuhlmeister und die beiden Aufseher und jeder trat an eine Säule, wo er die Kerze entzündete. Alle drei trugen ein schwarzes Band mit einem weiteren Abzeichen.

„Die Ritualbeamten tragen ein Band mit dem jeweiligen Abzeichen ihres Amtes. Der Winkel des Stuhlmeisters lehrt uns, rechtschaffen und gerecht zu handeln, die Winkelwaage des Ersten Aufsehers steht für die Gleichheit der Brüder und aller Menschen, das Senkblei des Zweiten Aufsehers mahnt uns zu gewissenhaftem Handeln und zur tiefgründigen Wahrheitssuche", flüsterte Liebmann mir zu.

„Die Flammen zum Gedenken unseres verstorbenen Bruders Fritz Engel sind entfacht", stellte der Stuhlmeister fest. „Bruder Erster Aufseher, warum sind wir hier in Stille und Trauer versammelt?"

„Um Abschied zu nehmen von unserem lieben Bruder Fritz Engel, der sein Leben vollendet hat", antwortete Thomas Kluge.

„Bruder Zweiter Aufseher, was empfinden wir in dieser Stunde?"

Jetzt antwortete Gernot Harmann: „Stille Trauer um den Verlust unseres Bruders und Sorge um seine Angehörigen."

In weiteren feierlichen Wortwechseln zwischen den drei Ritualbeamten wurde die Natürlichkeit des Todes erklärt, der wie die Geburt zum Leben gehört. Die Trauer entsteht aus dem Bewusstsein, dass das Leben nun ohne den Verstorbenen weitergehen muss, der Ehemann, Freund und Bruder war. Die Freimaurer sehen sich durch eine symbolische Kette untereinander verbunden, die auch mit dem Tod nicht reißt. Der verstorbene Bruder lebt in den Herzen der Brüder weiter, solange sie sich an ihn erinnern.

„So wollen wir jetzt dankbar all des Guten gedenken, das uns das Leben dieses Mannes geschenkt hat. Tritt heran, mein Bruder!", forderte der Stuhlmeister Gerhard Schreiner auf, worauf ein Mann, etwa Mitte 30, sich erhob und den Nekrolog hielt.

„Das ist Bruder Murat Demir. Fritz hat ihn vor einem knappen Jahr in die Loge gebracht", flüsterte Liebmann.

Den Namen hatte ich schon bei meinem Besuch der Witwe gehört. Jetzt erlebte ich ihn live.

Der Nekrolog begann mit dem Lebenslauf von Fritz Engel, der auf den Schilderungen seiner Frau basierte. Mit sehr persönlichen Worten endete Murat Demir seine Ansprache.

„Ich war zunächst Kunde in seiner Buchhandlung, in der er mich stets freundlich beraten hatte. Durch Gespräche mit ihm entwickelte sich Sympathie und später

Freundschaft. Wir saßen oft zu zweit bei einer Tasse Kaffee zusammen oder er lud manchmal hierzu auch Bekannte von sich ein, die, wie ich heute weiß, Logenbrüder waren. Er outete sich erst sehr spät als Freimaurer und erklärte mir, dass er mich nicht nur zum Freund, sondern auch gerne zum Bruder haben würde. Nach meiner Aufnahme wurde er nie müde, mir die freimaurerische Symbolik und die geschichtlichen Hintergründe der Freimaurerei zu erklären. Bis spät in die Nacht saßen wir oft an unseren Logenabenden zusammen und tauschten unsere Gedanken aus. Ein feiger Mord nahm mir meinen Freund, der mir wahre Brüderlichkeit angedeihen ließ. Er wird nicht nur uns, sondern vor allem mir sehr fehlen."

In seinen letzten Worten, die er nur mühsam hervorpresste, lagen tiefe Trauer und Betroffenheit, die auch auf ein paar Trauergäste der ersten Reihe übergriff. Erna Engel und Claudia Schreiner zückten ihre Taschentücher.

Murat Demir nahm wieder Platz und es erklang der zweite Satz von Mozarts kleiner Nachtmusik: *Romance – Andante.*

Erna Engel schluchzte immer noch – Claudia Schreiner legte ihren Arm um sie.

Nachdem die Musik verklungen war, forderte Stuhlmeister Schreiner auf:

„Brüder Aufseher, helft mir, die Blumen des Lebens und der Liebe als letzten brüderlichen Gruß darzubringen."

Daraufhin wurden von den Ritualbeamten eine weiße, eine dunkelrote und eine rosa Rose auf dem Schurz niedergelegt.

„Und nun, meine Brüder, tretet heran und bildet die Kette, in die wir auch unsere Schwester Erna einschließen wollen", ordnete der Stuhlmeister an.

Es dauerte etwas, bis alle Logenbrüder sich um den Sarg gruppiert und sich die Hände gereicht hatten. Bistrić nahm Erna Engel mit und band sie mit in die Kette ein. Der Stuhlmeister ergriff nun mit einer Hand zwei verschlungene Hände von Logenbrüdern – die andere legte er auf den Sarg, und symbolisierte damit, dass auch der verstorbene Zeremonienmeister weiterhin zur Bruderkette gehöre. Aus dem Lautsprecher erklang das freimaurerische Bundeslied *Brüder, reicht die Hand zum Bunde*.

Nach dem Lied mahnte der Stuhlmeister die Trauerversammlung:

„Und wie es sich auch sträuben mag,

auch euer Herz tut mal den letzten Schlag.

Drum sorgt, wenn man ins Grab euch senkt,

dann Liebe und Freundschaft Eurer gedenkt!

Die Maurer bauen Stein auf Stein,

doch ein Haus aus Holz wird unser letztes sein.

Wir trennen zwar nun die Kette unserer Hände – die Kette unserer Herzen aber bleibt! Nehmt Platz, meine Brüder."

Bistrić geleitete die Witwe wieder an ihren Platz. Da für Fritz Engel eine Feuerbestattung vorgesehen war, blieb der Sarg stehen.

Schreiner schloss die Trauerfeier mit den Worten „Wir haben uns von unserem Bruder in würdiger Weise verabschiedet. Geht nun zurück in die Welt, tragt Mut und Liebe in euren Herzen und achtet darauf, dass Freiheit, Gerechtigkeit und Vernunft euer Leben leiten."

Zum Auszug erklang *My Way* von Frank Sinatra.

Erna Engel bedankte sich herzlich bei Schreiner, Kluge und Harmann für die ergreifende Trauerfeier und lud alle Logenbrüder und ihre Frauen zum Leichenschmaus in eine Gaststätte neben dem Stadtpark ein. Dann kam Erna Engel zu mir: „Ich bitte Sie, Herr Jonas, sich uns auch anzuschließen." Die Einladung nahm ich gerne an. Und ich musste eingestehen, dass die freimaurerische Trauerfeier auch mich beeindruckt hatte. Ich musste wieder an Bistrić Worte denken: *Ein Ritual muss man nicht lesen, sondern erleben.*

30 Bistrić beim Leichentrunk

Der Leichentrunk fand in der Fürther Traditionsgaststätte *Zu den sieben Schwaben* statt, die unmittelbar neben dem Stadtpark lag. Auch Danijela, Marko und ich gingen öfter zum Essen dorthin. Beim Bau des Hauses im Jahre 1885 war seitens des Architekten vergessen worden, eine Küche für die Gaststätte mit einzuplanen, so dass sich die Eröffnung bis 1888 verzögerte. Im wandvertäfelten Gastraum befinden sich aufwändig gestaltete alte Deckengemälde mit Trink- und Sinnsprüchen wie *Ob Heid, Jud oder Christ, herein was durstig ist!* Wie mir der Wirt einmal verriet, überlebte der Spruch fast das ganze „tausendjährige Reich". Erst 1944 wurde der damalige Gastwirt bei der NS-Stadtführung angeschwärzt und der Spruch musste übermalt werden.

Wir setzten uns ans Ende einer längeren Tischreihe. Danijela neben mir, Jonas und die Kluges gegenüber.

„Wie hat Ihnen die Trauerfeier gefallen?" fragte Thomas Kluge den Detektiv.

„Über die Symbolik hat mich Herr Liebmann, der neben mir saß, aufgeklärt. Mir hat besonders gefallen, dass das Zeremoniell nicht um ein Weiterleben nach dem Tod ging, sondern dass der Tote in der Erinnerung weiterlebt. Wenn bei einer kirchlichen Bestattung immer von der Auferstehung der Toten und dem ewigen Leben gepredigt wird, frage ich mich, wie viele der Trauergäste wirklich daran glauben."

„Wir sind eben rein diesseitsbezogen und nehmen keine Stellung zu religiösen Aussagen. Es liegt in der Entscheidung jedes Bruders, woran er glaubt", entgegnete ihm Kluge, wandte sich aber nun an mich:

„Stijepo, meine Frau und ich wollen in Kürze für eine Woche nach Dubrovnik fliegen. Kannst du mir ein paar Tipps geben, was wir uns unbedingt ansehen sollten?"

„Dann wünsche ich dir jetzt schon einen schönen Urlaub. Ein Rundgang auf der Stadtmauer ist fast schon Pflicht für jeden Touristen. Ebenso der Besuch der Kathedrale, des Rektorenpalasts, des Franziskanerklosters. Und wenn du einmal Natur pur erleben willst, solltest du vom Stadthafen aus auf die Insel Lokrum fahren. Bei Touristen weniger bekannt ist das Arboretum in Trsteno etwa 15 km nordwestlich von Dubrovnik, aber das solltet ihr euch auch unbedingt ansehen. Ein Ausflug ins Konavle-Tal oder auf die Halbinsel Pelješac ist auch sehr zu empfehlen. Am besten, du mietest ein Auto. Und nimm genügend Geld mit. Dubrovnik ist ganz schön teuer geworden."

Der Leichentrunk entwickelte sich genau so, wie es nach Beerdigungen üblich und mir immer unangenehm ist: Small Talk, Kaffee, Kuchen, belegte Semmeln und nach einiger Zeit werden sogar die ersten Witze erzählt. Ich wollte mich lieber mit Jonas zurückziehen und mich über seine Ermittlungsergebnisse informieren.

„Danijela, Herr Jonas, ich bin schon bei der Trauerfeier die ganze Zeit gesessen und nun sitze ich schon wieder. Ich brauche dringend einen kleinen Spaziergang an der frischen Luft – auch um den Kopf frei zu bekommen. Bitte entschuldigt mich für eine Viertelstunde."

Jonas schien meine Gedanken erraten zu haben, denn er erklärte das gleiche Bedürfnis nach frischer Luft zu haben. Er war eben ein wirklich heller Kopf und reagierte schnell.

Danijela stieß Thomas Kluge in die Seite und grinste: „Schau' dir mal die beiden an: Herr Jonas und Stijepo – ein Dream-Team wie Sherlock Holmes und Dr. Watson. Die haben Ermittlungsfieber. Du wirst sehen: Unser Übersetzungsbüro existiert nicht mehr lange. Bald wird an unserer Tür stehen *Stijepo Bistrić - Privatdetektiv* – oder er wird Polizist."

„Ha, ha, ha!", sagte ich genervt und warf Danijela einen bösen Blick zu. Der nächste böse Blick galt Jonas, denn der grinste nun auch. Doch mein Zorn verrauchte an der frischen Luft schnell.

Vor der Gaststätte mussten wir nur die Straße überqueren, um in den Stadtpark zu gelangen. Wir schlenderten, die Längsachse des Parks, die *Hans-Schiller-Allee*, in Richtung Stadtparkcafé entlang.

„Gehen wir in den Rosengarten. Erstens blühen die Rosen schön und zweitens will ich Ihnen da etwas zeigen", schlug ich Jonas vor.

„Gibt es da wohl eine sprechende Rose der Wahrheit, die den Fall aufklären könnte?", witzelte mein Begleiter.

Ich schüttelte den Kopf.

Im Rosengarten blieb ich vor einem kleinen Denkmal stehen. Auf einem etwa 1,50 Meter hohen Sandsteinpfeiler befand sich ein Bronzekopf. Jonas schaute mich irritiert an.

Ich deutete auf die Inschrift:

„Hans Schiller – Stadtgartendirektor, Gartenkünstler, Naturfreund. Er formte die Natur zu einer Erlebniswelt für alle", las Jonas. Nachdem er auch gelesen hatte, dass das Denkmal von seiner Familie, seinen Freunden und seinen Logenbrüdern gestiftet worden war, nickte er.

„Da hatten Sie also auch ein prominentes Mitglied in der Loge. Schiller hatte ja in der Nachkriegszeit nicht nur den Stadtpark neu gestaltet, sondern auch viele Grünanlagen in Fürth angelegt."

„Ja, und er war nicht der einzige Promi. In Fürth sind 32 Straßen nach Freimaurern benannt und die Tourist Information bietet auch eine Stadtführung *Fürther Freimaurer – Wegweiser in der Stadtentwicklung an*, die übrigens hier im Rosengarten beginnt. Die Namen dieser *Wegweiser* sind zwar den meisten Fürthern wohlbekannt, aber nicht die Tatsache, dass sie Freimaurer waren."

„Welche Fürther Promis gab es denn sonst noch in der Loge?"

Ich freute mich über Jonas Neugier und nannte ihm während unseres Spaziergang durch den Rosengarten ein paar Namen.

„Stifterpersönlichkeiten, wie zum Beispiel die Löwensohns, die die prächtige Doppel-Villa in der Hornschuchpromenade erbaut haben oder Alfred Louis Nathan, dem Fürth die Entbindungsstation Nathanstift zu verdanken hatte. Und Heinrich Berolzheimer stiftete die Volksbildungsstätte Berolzheimerianum, in der sich heute die Comödie Fürth des Komödiantenduos Heißmann und Rassau befindet."

„Als geborenen Fürther sagen mir natürlich alle diese Namen etwas. Die Stifter haben ihrer Heimatstadt wirklich viel gegeben. Sind etwa die beiden Komiker auch Freimaurer?", fragte der Detektiv neugierig.

„Sind sie nicht! Aber sie zeichnen sich auch durch überdurchschnittliches humanitäres Engagement aus: Heißmann in der Kirchengemeinde St. Paul und Rassau in der Hepatitisstiftung. Außerdem treten sie öfter in Altersheimen auf oder führen Benefizveranstaltungen durch. Deswegen hat sie meine Loge vor einigen Jahren auch mit dem *Preis für vorbildliche Mitmenschlichkeit* ausgezeichnet."

„Schön, aber nun sollten wir uns nun endlich über unseren Fall unterhalten", meinte Jonas etwas ungeduldig.

„Richtig!", bestätigte ich und mein Ermittlungsfrust kam wieder auf. „Es ist zum Aus-der-Haut-fahren! Ich bin keinen Schritt weiter gekommen – alle die ich befragt habe, haben ein Alibi: Die Frauenloge, der erzkonservative Stahl und der rechtsradikale Frankenpatriot Ollinger. Dass unser Hausmeister unschuldig ist, habe ich ja schon vorher gewusst. Dafür sitzt jetzt sein Patenkind Christa unschuldig in U-Haft. Viel Arbeit und kein Ergebnis außer ein paar Schrammen und einer zerrissenen Hose. Mist!"

Jonas antwortete vollkommen abgeklärt: „Das ist normal. Bei Ermittlungen führen die meisten Spuren in die Irre. Es ist auch ein Erfolg, wenn man Tatverdächtige ausschließen kann. Ich habe auch ein paar Stunden mit einem religiösen Spinner vergeudet, der die Freimaurer bekämpfen will, sich aber nicht ins Logenhaus traut, weil es dort angeblich Dämonen gibt. Hauptsache, man findet am Ende den Täter doch noch – und den dürfte ich gefunden haben: den Esoteriker Alexander Krause."

Ich bleib vollkommen überrascht stehen und starrte Jonas an wie das achte Weltwunder.

„Was? Krause? Wie haben Sie das geschafft?"

Jonas schilderte seine Kontaktaufnahme zu den Esoterikern und seine Erkenntnisse über Krause. Meine Freude wurde aber gedämpft durch seinen letzten Satz „Leider fehlen mir noch ein paar Informationen von Krause, die er mir aber erst mitteilen will, wenn ich in dem Spinnerverein aufgenommen worden bin."

„Und wie wollen Sie jetzt weiter vorgehen?"

„Ich werde mich heute Abend bei den Esoterikern aufnehmen lassen. Wenn ich dann erfahren habe, was mir jetzt noch fehlt, können wir zuschlagen."

„Super! – Dann ist der Fall so gut wie abgeschlossen. Das können wir ja gleich unserem Meister und der Schwester Engel erzählen."

„Immer schön langsam!", mahnte der Detektiv. „Noch kein Wort – zu niemanden! Ich habe schon Pferde vor der Apotheke kotzen gesehen. *Immer mehrere Eisen im Feuer haben.* Das ist eine wichtige Regel für jeden Detektiv. In Ollingers Internet-Forum habe ich auch Posts von Neonazis gefunden, die sich über Engels Tod gefreut haben. Sollte sich die heiße Spur mit Krause doch noch in letzter Sekunde zerschlagen, muss ich mir die Rechtsradikalen vorknöpfen. Auf jeden Fall will ich auch persönliche Unterlagen von Fritz Engel sichten. Dazu muss ich mich an Erna Engel heranmachen."

Ich musste lachen und erhob leicht drohend meinen Zeigefinger.

„Herr Jonas, Sie wollen sich an Frau Engel heranmachen? Haben Sie da auch noch andere Interessen?"

„Von der Bettkante würde ich sie nicht stoßen, aber sie ist nicht ganz mein Fall – zu dünn. Aber egal wie: Ich betrachte das als Undercover-Einsatz. Ich als Detektiv kann ihr so nahe kommen wie sie oder ich es will. Die Polizei dürfte solche Mittel nicht einsetzen."

Die Sichtung von Fritz Engels Unterlagen bereitete mir Magenschmerzen.

„Herr Jonas, bei den Unterlagen von Fritz Engel dürfte es sich vorwiegend um Logeninterna handeln. Die würde ich lieber selbst sichten. Ich glaube, dass ich besser beurteilen kann, welche Informationen fallrelevant sind."

Jonas und ich stritten uns deswegen eine Zeitlang, doch schließlich war der Detektiv mit meinem Vorschlag einverstanden und versprach mir, die Ergebnisse seiner Suchaktion zu übergeben. Dann kehrten wir in die Gaststätte zurück. Die nächste Stunde verbrachte Jonas mit Small Talk mit einigen Logenbrüdern, die er schon etwas kennengelernt hatte. Auch Danijela, Thomas und ich wechselten die Plätze um uns auch mit den anderen zu unterhalten. Dann machte sich bei den Brüdern und Schwestern Aufbruchsstimmung breit und auch Jonas, Danijela und ich wollten uns von Erna Engel verabschieden. Nachdem Danijela und ich Erna noch viel Kraft in der schweren Zeit gewünscht hatten, wandte sich die Witwe an den Detektiv.

„Ach Herr Jonas, ich hätte eine große Bitte an Sie: Könnten Sie mich nach Hause fahren? Die Schreiners haben mich abgeholt und ich möchte weder sie noch andere Logenmitglieder belästigen. Die haben schon sehr viel für mich getan. Vielleicht könnten Sie auch noch ein Stündchen auf ein Glas Wein bei mir bleiben? Ich möchte heute nicht gerne alleine sein."

Damit hatte der Detektiv sicher nicht gerechnet. „Ja, gerne!", antwortete er mit froher Miene. Ich musste an mich halten, um nicht zu lachen. Der erste Schritt zum *Heranmachen* war damit bereits getan. Erna hatte es ihm leicht gemacht.

31 Jonas trinkt Bruderschaft

Ich hielt direkt vor dem Engel'schen Bungalow in Oberfürberg und spielte den vollendeten Kavalier: Aussteigen, ums Auto herumgehen, die Beifahrertür öffnen und die Witwe aussteigen lassen.

„Guten Tag Frau Engel!", grüßte eine Nachbarin über den Zaun herüber. „Wie geht es Ihnen jetzt nach der Beerdigung? Mein Mann und ich wären sehr gerne gekommen, aber leider waren wir verhindert. Das ist ja alles so entsetzlich! Aus der Zeitung habe ich erfahren, dass Ihr Mann Mitglied der Freimaurerloge war. Das haben wir ja noch gar nicht gewusst. Sind Sie auch in der Loge?", Bei der letzten Frage blickte sie mich an.

„Die redet ja wie ein Wasserfall", dachte ich mir und schüttelte verneinend den Kopf.

„Danke, es geht einigermaßen. Mein Mann wollte nicht, dass zu seinen Lebzeiten seine Mitgliedschaft in der Loge bekannt wird. Herr Jonas ist übrigens Privatdetektiv. Die Loge hat ihn beauftragt, den Mord an meinem Mann zu untersuchen", erwiderte Erna Engel knapp.

„Ein Privatdetektiv – wie aufregend! Haben Sie schon herausgefunden, wer Herrn Engel ermordet hat? Er war so ein netter Mann. Das hat er nicht verdient. Grausam, entsetzlich ...", plätscherte der Wasserfall weiter.

„Sie entschuldigen uns", entgegnete Erna Engel kühl, schloss die Haustüre auf und bat mich herein.

„Sie haben soeben die größte Plaudertasche der Gegend kennengelernt: Evelin Koslowski, genannt *Oberfürberger Tagblatt* – ihr Mann ist glücklicherweise viel ruhiger."

„Der kommt wahrscheinlich nur zu Wort, wenn sie mal einatmen muss", schmunzelte ich.

Erna Engel lachte kurz auf. „Da können Sie recht haben!"

Sie holte eine Flasche Frankenwein und zwei schöne Römer. Normalerweise trank ich keinen Alkohol, wenn ich fahren muss, aber ein Schoppen müsste schon gehen. Erna öffnete die Flasche und goss ein. *Kerner Kabinett – Juliusspital* konnte ich auf dem Etikett erkennen – edler Tropfen. Wir stießen an.

„Wie geht es Ihnen jetzt, Frau Engel?", fragte ich.

„Es geht einigermaßen. Ich bin froh, dass die Trauerfeier vorbei ist. Von nun an geht es wieder aufwärts – nur die Urnenbeisetzung wird mich wieder in ein schwarzes Loch zurückwerfen. Aber daran werden nur Gerhard, Claudia und ich teilnehmen. Ich bin sehr beeindruckt, wie ich von den Logenbrüdern aufgenommen wurde – obwohl ich bisher keinen von ihnen kannte. Auch die Trauerfeier passte zu Fritz: Symbolik und Ritual – das war die Welt, in der er gerne lebte, aber nie drüber sprach. Ich will jetzt wieder nach vorne schauen und mich nicht in der Trauer vergraben. Haben Sie etwas dagegen, Herr Jonas, wenn ich mich kurz dusche? Ich möchte damit meine Trauer abwaschen und dann wieder normale Kleidung anziehen."

„Kein Problem. Sie haben ja eine sehr schöne Sitzecke, wo ich es mir gemütlich machen kann", sagte ich.

„Und nebenbei kann ich den Schreibtisch mit dem Computer in der Ecke dort durchsuchen", dachte ich.

Nachdem Erna Engel verschwunden war, setzte ich mich an den prächtigen alten Schreibtisch und schaltete das Notebook ein – Fehlanzeige! Der Computer war passwortgeschützt und ich hatte meine Software zum Passwortknacken nicht dabei – also wieder ausschalten. Die

Fächer des Schreibtisches enthielten leider keine schriftlichen Aufzeichnungen.

„Alte Schreibtische haben oft ein Geheimfach", dachte ich.

Ich untersuchte deshalb das antike Möbel etwas genauer und entdeckte eine gut versteckte kleine Schublade, die zwei USB-Sticks enthielt.

Bingo!

Die Sticks steckte ich ein. Ich wollte sie Bistrić übergeben, da dieser Hobby-Detektiv ja behauptet hatte, dass er besser entscheiden kann, welche Dokumente fallrelevant sind. Mal sehen, was er dabei herausbringt.

Ich setzte mich wieder in die Sitzecke und nippte an meinem Weinglas. Es dauerte eine Zeitlang, bis Erna Engel wieder erschien. In Jeans und T-Shirt sah sie wesentlich attraktiver aus als in der Trauerkleidung.

„Danke fürs Warten, Herr Jonas. Ich hoffe, ich habe nicht zu lange gebraucht."

„Kein Problem. Was hat die Polizei eigentlich von Ihnen wissen wollen? Hat sie auch Unterlagen Ihres Mannes mitgenommen?"

„Das war eine ziemlich komische Sache. Die Todesnachricht erhielt ich telefonisch etwa um 22 Uhr durch Kommissar Obermeier, der auch gleich seinen Besuch für den nächsten Tag ankündigte. Ich war vollkommen fertig und habe die ganze Nacht über geheult. Am späten Vormittag kam dann der Kommissar vorbei – ein unsympathischer Kerl. Er wollte wissen, wann Fritz das Haus verlassen hatte und was ich während seiner Abwesenheit gemacht hatte. Ich habe ihm erklärt, dass ich zu Hause gelesen hatte wie immer, wenn er in der Loge war. Dann verschwand er wieder. Mich hat es sehr gewundert, dass er keine weiteren Fragen zu Fritz hatte und auch keine Unterlagen oder das Notebook mitnahm. In Fernsehkrimis wird das zumindest immer so gemacht. Sonst habe ich weiter nichts von der Polizei gehört."

Ich war außer mir. Hatte Obermeier während seiner ganzen Ausbildungszeit nur geschlafen? Eine Todesnachricht ist den Angehörigen immer persönlich zu überbringen. Nicht aus Taktgefühl, sondern damit man deren Reaktionen erkennen kann. Doch Obermeier hatte sich ja schon auf den Stuhlmeister eingeschossen, da waren für ihn weitere Ermittlungen überflüssig.

„Ich kenne Obermeier", entgegnete ich. „Ein Dilettant wie er im Buche steht und ein Freimaurergegner. Seine erste Aktion war die Verhaftung des Stuhlmeisters. Ich habe es der Unfähigkeit Obermeiers zu verdanken, dass die Loge mir den Ermittlungsauftrag erteilt hat. Doch reden wir nicht weiter über den Idioten. Haben Sie vielleicht in den Computer Ihres Mannes hineingeschaut? Vielleicht ist da etwas drauf, was mir weiterhelfen könnte."

„Das kann ich leider nicht. Fritz Notebook ist passwortgeschützt, da er seine freimaurerischen Unterlagen darauf gespeichert hat. Ich glaube nicht, dass uns der Computer helfen könnte. Unsere geschäftlichen Unterlagen und die ganze Buchführung befinden sich auf meinem Notebook. Wäre das hilfreich für Sie?"

Ich schüttelte den Kopf. Was konnten mir Bestellungen und Umsätze schon nützen? Mich interessierten die Zukunftspläne der Witwe deutlich mehr.

„Was machen Sie eigentlich mit Ihrer Buchhandlung? Verkaufen?"

„Oh nein! Die führe ich weiter. Diese Woche lasse ich sie noch geschlossen, aber am nächsten Montag geht der Verkauf weiter. Morgen Vormittag werden Bruder David Anderson und Bruder Murat Demir die Freimaurerbücher, die Fritz der Loge vermacht hat, abholen und in ihre Logenblibliothek stellen."

„Und Sie waren nie in dem Raum, in dem sich diese Bücher befinden? Aber jetzt haben Sie doch freien Zutritt, da könnten Sie doch zumindest diese Schätze einmal sichten."

„Das würde ich nie tun, Fritz hat das nicht gewollt und ich habe seinen Wunsch stets respektiert. Das tue ich auch jetzt noch. Ein Mann hat eben manchmal seine Heimlichkeiten – Sie sicher auch."

„Das bringt schon mein Beruf mit sich. Meine Klienten erwarten Diskretion. Aber wem sollte ich schon etwas erzählen? Ich bin nicht verheiratet und nicht liiert."

„Das hätte ich nicht gedacht. Dann wissen Sie ja auch, wie weh Einsamkeit manchmal tun kann."

Ich verschwieg, dass ich mein Junggesellenleben meist genoss – wie letzte Nacht zum Beispiel. Stattdessen nickte ich und versuchte, meinem Gesichtsausdruck eine etwas traurige Note zu geben. Ich hatte das dumpfe Gefühl, dass Erna das Gleiche wollte wie ich: sich ranmachen. Hatte sie Nachholbedarf? Aber ich wusste auch aus einschlägiger Erfahrung, dass bei manchen Frauen tiefe Trauer ein verstärktes sexuelles Verlangen auslöste. Keine Ahnung warum – ich bin kein Psychologe. Ihr nächster Satz bestärkte meine Vermutung.

„Dann sind wir ja Schicksalsgenossen – Wollen wir uns duzen? Trinken wir Bruderschaft?"

„Gerne, ich bin der Paul."

„Und ich die Erna" lächelte sie.

Wir nahmen unsere Weingläser, verschränkten unsere Arme und tranken aus. Schneller als ich es mir je hätte vorstellen können, fasste sie mit beiden Händen meine Wangen, hielt meinen Kopf fest und presste ihre Lippen auf die meinen – ein Kuss, der deutlich mehr als ein Bruderkuss war.

„Ich danke dir!", sagte sie und strahlte mich an, wie ein junges, verliebtes Mädchen. „Aber ich glaube, du gehst jetzt besser. Ich würde mich aber sehr freuen, wenn du morgen mich wieder besuchen würdest. Aber erst nach 16 Uhr, davor bin ich bei meiner Kosmetikerin."

Sie hauchte noch einen Abschiedskuss auf meine Wange.

Ich war perplex und fuhr nach Hause.

32 Bistrić und die Geheimnisse des USB-Sticks

Wir aßen gerade zu Abend, als es klingelte. Es war Jonas, der mir zwei USB-Sticks von Fritz Engel übergab.

„Papierunterlagen, die für uns interessant sein könnten, habe ich nicht gefunden. Engel scheint ein Fan des papierlosen Büros gewesen zu sein. Sein PC war passwortgeschützt und ich hatte keine Software dabei, um das Passwort zu knacken. In einem Geheimfach in seinem Schreibtisch habe ich jedoch diese zwei USB-Sticks gefunden und sie mir ausgeliehen. Vielleicht finden Sie darauf einige Hinweise. Aber wahrscheinlich ist das gar nicht nötig, denn heute Abend werde ich ja bei den Esoterikern aufgenommen und morgen dürften bei Krause die Handschellen klicken. Ich muss gleich wieder los."

„Super! Ich werde gleich Erna anrufen und mich bedanken, dass Sie Ihnen die Sticks geliehen hat."

„Besser nicht, denn Erna weiß gar nicht, dass ich mir die Sticks geliehen habe."

„Sie haben sie doch nicht etwa …?"

Jonas, dieser Hund!

Der diebische Detektiv grinste über das ganze Gesicht, wandte sich zum Gehen und hob zum Gruß die Hand. „Viel Spaß beim Auswerten, Kollege Dr. Watson!"

Ich beendete mein Abendessen und machte mich gleich mit Feuereifer an die Sichtung der Dateien. Danijela grinste mich dabei an.

„Hat Jonas dich gerade Dr. Watson genannt?"

Ich gab ihr keine Antwort – keine Antwort ist auch eine Antwort.

Der erste Stick von Fritz Engel war mit *FM* für Freimaurerei beschriftet und hatte ein gut strukturiertes, übersichtliches Verzeichnissystem. Das passte zu dem ordentlichen Fritz. Ich fand Ordner mit den Namen *Vorträge, frmr. Geschichte, Lehrlingsinstruktion, Geselleninstruktion, Meisterinstruktion, FM-Gegner, Dombauhütten* und viele andere.

Der Ordner *Masonica* enthielt eine Excel-Tabelle, in der er seine knapp tausend Bücher aus dem Freimaurer-Raum seiner Buchhandlung sorgsam und ausführlich aufgelistet hatte. Diese wertvollen Bücher hatte er der Loge vermacht und die Brüder David Anderson und Murat Demir sollten sie morgen abholen.

Rituale, auch historische, hatte Fritz nicht auf dem Stick. Das passte auch zu ihm.

„Wir haben die Ritualbücher unserer Großloge und das genügt. Die Digitalisierung der Texte ist viel zu gefährlich und ermuntert die Brüder nur, sie per Mail zu verteilen. Irgendwann weiß keiner mehr, wer die Dateien hat und etwas später landen sie dann im Internet. Was glaubt Ihr, was Ollinger nach seinem Austritt mit den Ritualdateien gemacht hätte? Wahrscheinlich hätte er sie in seinem Forum veröffentlicht und zum Download angeboten", erklärte Fritz einmal, als wir diskutierten, ob wir unsere

Ritualbücher vielleicht einscannen sollten. Wir mussten ihm recht geben und verwarfen die Idee des Einscannens. Der zweite Stick war mit *Privat* beschrieben. Da wollte ich nicht hineinschauen, denn ich habe Respekt von der Privatsphäre jedes Menschen. Womöglich waren Liebesgedichte an Erna darauf. Der Freimaurer-Stick enthüllte mir leider keine Geheimnisse. Ich widmete mich wieder meiner Familie und wir gingen zeitig zu Bett.

33 Jonas' Aufnahme

Der heutige Tag war ganz schön stressig gewesen. Zuerst musste ich die versäumte Nachtruhe nachholen, dann war ich auf der Trauerfeier, beim Leichenschmaus und schließlich war ich bei Erna gelandet. Außerdem hatte ich die geklauten Sticks an meinen Co-Detektiv übergeben müssen. Wahrscheinlich war das alles überflüssig, denn heute Abend wollte mir ja Krause offenlegen, wie er Engel gekillt hatte. Doch vorher musste ich wieder mein Rasputin-Outfit anlegen.

Ich schaffte es, knapp vor 21 Uhr im Versammlungsraum der *Suchenden* anzukommen und wurde gleich wieder mit Umarmungen begrüßt. Die Matratzen lagen wieder wie gestern in einem Oval verteilt, in dessen Mitte weitere Matratzen lagen. Die Mitglieder saßen wieder auf den Matratzen und jeder hatte ein Buch in den Händen. In einer Ecke stand ein großer Gong von etwa einem halben Meter Durchmesser. Der Boss war heute anscheinend Mahatma. Er bat mich, mich auf eine der Matratzen in der Mitte zu legen und bis auf weiteres liegen zu bleiben. Diana warf die restlichen freien Matratzen ungeordnet über mich, so dass ich vollkommen unter einem Matratzenberg verborgen war und nur schwer durch ein paar

Ritzen Luft bekam. Ich hoffte, dass ich nicht das Bewusstsein verlieren würde. Dann hörte ich eine durch die Matratzen stark gedämpfte Stimme. Der Sprecher näselte etwas – es war vermutlich Moustache.

„Wir bitten das Universum um seinen Segen für die Aufnahme eines neuen Bruders in unseren Bund der Suchenden nach dem Sinn des Lebens, der Wahrheit und der Harmonie."

„Segne uns, Universum!", riefen alle.

Jetzt hörte ich einen Gongschlag und, nachdem dieser langsam verhallt war, Mahatmas Stimme.

„Ein Punkt, in dem alles verdichtet war, zerbarst und dehnte sich aus."

Ich spürte, dass am Matratzenberg herumhantiert wurde. Vermutlich wurde eine Matratze entfernt, denn der Druck wurde etwas geringer.

Gong!

„Es entstanden die kosmischen Gesetze."

Der Berg wurde wieder etwas leichter.

Gong!

„Es entstanden die Galaxien."

Wieder eine kleine Erleichterung und ich bekam besser Luft.

Gong!

„Es entstand unsere Erde."

Noch eine Matratze weg.

Gong!

„Es entstand Leben auf der Erde."

Matratze weg.

Gong!

„Es entstand der Mensch."

Diana entfernte die letzte Matratze, die meinen Kopf und Oberkörper bedeckte. Ich war nicht erstickt und hatte den Schöpfungsakt überstanden.

Gong!

Mahatma blickte mir streng ins Gesicht und zeigte mit dem Finger auf mich, als ob er mich einer schweren Straftat anklagen wollte.

„Dich Mensch, frage ich: Willst du dein Leben dafür verwenden, nach dem Sinn des Lebens, nach der Wahrheit und nach der Harmonie des Universums zu suchen?"

„Ja!", rief ich laut und vernehmlich.

„Welchen Namen willst du als Suchender tragen?"

„Diogenes!", antwortete ich.

Warum fragte mich der Idiot? Den Namen hatte ich ihm doch schon gestern genannt.

„Diogenes, so richte dich auf und nimm Platz in unserer Mitte."

Ich nahm den Schneidersitz ein und war gespannt was nun folgen sollte.

„Vernimm nun die Regeln unserer Gemeinschaft."

Die Mitglieder lasen mir reihum die Regeln aus dem Buch vor, das sie in ihren Händen hielten. Das dauerte eine kleine Ewigkeit. Die Regeln waren frömmer als fromm und heiliger als heilig. Menschen wie der Dalai Lama, Mutter Theresa und Mahatma Ghandi mussten demnach in den Augen der Gemeinschaft als Todsünder gelten. Hellhörig wurde ich bei den Regeln, die von Karotte, und dem Mazedonier verlesen wurden.

„Du darfst kein Lebewesen, egal ob Mensch oder Tier, quälen oder gar töten oder es zum Erhalt deines Lebens nutzen. Es wäre ein Eingriff in die Harmonie des Universums, wenn ein Leben zerstört oder geschädigt wird, nur um ein anderes zu erhalten. Verzichte deshalb auf tierische Produkte bei deiner Nahrung und Kleidung", las Karotte vor. Das war also die Verpflichtung zum Veganismus.

Dann kam der Mazedonier an die Reihe.

„Du musst auf physische und psychische Gewalt verzichten. Solltest du angegriffen, beleidigt oder verleumdet werden, wehre dich nicht selbst, sondern bitte das Universum, den Angreifer zu bestrafen."

Ich hätte dem Mazedonier am liebsten ins Gesicht gelacht und gesagt: „Und das liest ausgerechnet du vor? Du, der Mörder von Fritz Engel?" Doch dafür war die Zeit noch nicht ganz reif, da ich noch nicht aufgenommen worden war. Aber ewig würde es wohl nicht mehr dauern.

Schließlich waren alle Regeln verlesen. Sexuelle Enthaltsamkeit kam dabei nicht vor, denn sonst wäre meine letzte Nacht wohl nicht schlaflos gewesen. Mahatma richtete nun die entscheidende Frage an mich.

„Bist du bereit, unsere Regeln gewissenhaft einzuhalten und unverbrüchliches Stillschweigen über die Gespräche und Geschehnisse in unserem Kreis zu bewahren? Wenn dem so ist, erhebe dich, reiche mir die Hand und sprich: *Ich schwöre es bei der Harmonie des Universums.*"

Ich erhob mich und sprach den Schwur.

„So sei uns willkommen als Bruder bei den Suchenden!", rief er laut aus und umarmte mich. Dem folgten die Umarmungen der anderen Esoteriker. Die Last der Matratzen hatte ich unbeschadet überstanden, aber die Umarmungen lösten bei mir fast eine Brustkorbquetschung aus. Beata schmiegte sich jedoch besonders liebevoll an mich.

Der Mazedonier überreichte mir das Buch mit den Regeln und zwinkerte mir vertraulich zu.

„Jetzt weißt du auch, wodurch der Freimaurer gestorben ist und wodurch auch noch andere von ihnen sterben werden."

„Ja, du hast ihn getötet, aber ich weiß nicht mit welcher Waffe. Außerdem war das doch ein klarer Verstoß gegen die Regel, die du mir vorgelesen hast."

„Diogenes, du enttäuscht mich. Ich habe dich für einen hellen Kopf gehalten und gedacht, dass es dir sofort klar geworden ist, als ich die Regel verlesen habe. Ich habe nicht Hand an ihn gelegt, sondern den Fluch des Universums auf ihn und die Loge herabgerufen, um ihn zu bestrafen. Das Universum hat ihn getötet – es hat den Mörder zu ihm gesandt. Und das Universum wird auch dafür sorgen, dass die anderen sterben werden."

Ich schlug mir an die Stirn. Die Anwesenden waren zwar alle Idioten, aber ich war der Oberidiot. Krause hatte den Zeremonienmeister nicht umgebracht, aber er glaubte, dass sein Fluch Engels Tod bewirkt hatte. Und für diese Erkenntnis hatte ich den ganzen Aufwand betrieben und sogar dieses blöde Aufnahmeritual über mich ergehen lassen.

34 Bistrić sucht in ebay

Mein Bruder Murat Demir war völlig aufgelöst am Telefon:

„Hallo Stijepo, Bruder David Anderson und ich haben die Bücher für die Loge aus der Buchhandlung Engel geholt. Herrliche Bücher, aber deutlich weniger als wir früher aus Bruder Engels Antiquariat kannten – etwa nur zwei Drittel von denen, die vorhanden sein müssten. Vor allem die sehr alten Bücher und einige Ritualbücher fehlen. Ich kann mir das nicht erklären."

„Das kommt mir komisch vor. Vielleicht befinden sie sich woanders in der Buchhandlung", antwortete ich.

„Nein, die anderen Bücher im Laden sind druckfrisch. Erna kann sich auch nicht erklären, wohin die Bücher verschwunden sind. Vielleicht hat sie Fritz vor kurzem verkauft. Entweder alle miteinander oder einzeln im Internet."

„Da werde ich mal nachforschen. Bist du zuhause?"

„Nein, ich bin mit David zusammen im Logenhaus. Wir haben die Bücherkisten soeben in die Bibliothek gebracht. Das war eine ganz schöne Schlepperei, trotz unseres neu eingebauten Aufzugs. David hat übrigens erklärt, dass er bereit ist, das Amt des Bibliothekars zu übernehmen, das bisher Bruder Fritz inne hatte. Ich werde ihn bei dieser Arbeit unterstützen."

„Danke Murat, für deine Bereitschaft und gib meinen Dank auch an Bruder David weiter. Habt ihr heute noch Zeit?"

„Ja, denn wir wollen die Bücher auf unserem Logen-PC in der Bibliothek erfassen und die Bücher einräumen. Dafür haben wir den ganzen Tag eingeplant. Ich bräuchte allerdings noch das Passwort für den Computer von dir."

„Das Passwort ist das Passwort der Lehrlinge in Kleinbuchstaben. Aber ich glaube, ich kann euch etwas Zeit sparen, denn die Masonica-Datei von Bruder Fritz liegt mir vor. Ich sende sie dir gleich zu. Dann spart ihr euch die Erfassung der Bücher. Bitte markiere in der Excel-Tabelle die vorhandenen Bücher und sende sie mir dann zurück. Je eher, desto besser!"

„Geht klar, Stijepo! Wir machen uns gleich an die Arbeit, aber einige Zeit wird das schon beanspruchen."

„Auf jeden Fall herzlichen Dank Murat, dass du mich sofort informiert hast. Ciao!"

Auch ich warf meinen Rechner an, um nach antiquarischen Masonica zu suchen. Meine Recherche ergab, dass in ebay seit kurzem verstärkt Freimaurerliteratur versteigert wurde. In vielen Fällen wurde ein vierstelliger Betrag deutlich überschritten. Ich erstellte eine Tabelle, in der ich die in ebay angebotenen Bücher auflistete.

Nach zwei Stunden traf die von Murat bearbeitete Excel-Tabelle ein: 685 Bücher waren noch vorhanden, 298 Bücher fehlten.

Ein Vergleich mit der von mir erstellten Tabelle zeigte, dass die Bücher in ebay aus Fritz Antiquariat stammen mussten, denn diese hatte Murat in der Masonica-Tabelle mit *fehlt* gekennzeichnet.

Anbieter der Bücher war *Hiram_1717*. Das musste ein Freimaurer sein oder jemand, der sich in der Freimaurerei sehr gut auskannte. 1717 – das Jahr der Gründung der ersten Großloge – die Geburtsstunde der heutigen Freimaurerei. Hatte Fritz Engel etwa den Account angelegt? Wohl kaum. Das passte nicht zu ihm. Er hätte sich niemals *Hiram* genannt, obwohl dies – rückblickend gesehen – schon zutreffend gewesen wäre.

Meine Gedanken schweiften ab – ich musste an Bruder Fritz Engel denken und sah ihn in meinem geistigen Auge vor mir sitzen wie er mir die Hiramslegende erkärte:

„Die Steinmetze der mittelalterlichen Dombauhütten trafen sich nach getaner Arbeit oft zu einem Plausch, bei dem manchmal auch Geschichten und Sagen erzählt wurden. Eine dieser Geschichten war die sogenannte Hiramslegende.

Hiram leitete den Bau des Salomonischen Tempels und war ein sehr weiser Mann. Seine Kenntnisse überstiegen die der anderen am Bau beschäftigten Handwerker bei weitem. Drei Gesellen wollten ihn zwingen, ihnen seine Kenntnisse offen zu legen. Doch Hiram war verschwiegen und nahm lieber den Tod in Kauf, als sein Wissen an Erpresser weiter zu gegeben. Er wurde mit einem Spitzhammer erschlagen.

Die Legende sollte die Bauleute des Mittelalters an ihre Verschwiegenheitspflicht erinnern. Uns soll sie ein Beispiel für treue Pflichterfüllung geben."

Die Trauer um Bruder Fritz, unserem freimaurerischen Lehrmeister, fing mich wieder ein. Ich schüttelte den Kopf um die wehmütigen Gedanken zu verscheuchen. Ich musste mich konzentrieren, denn das Einzige was ich jetzt noch für Fritz tun konnte, war die Suche nach seinem Mörder. Was war also zu klären?

Wer war *Hiram_1717* und wann war der ebay-Account angelegt worden?

Wie konnte ich das herausfinden?

Über die Polizei? Über Obermeier? Bis der das herausbekommt bin ich Opa.

Jonas anrufen? Ein heller Kopf, aber kein ausgebuffter Computerfreak.

Ein ausgebuffter Computerfreak war aber Thorsten Grübel, ein IT-Student mit entsprechendem Nerd-Outfit. Er ernährte sich vorwiegend von Kaffee und Tiefkühlpizza und wohnte in der kleinen Mansardenwohnung in unserem Haus. Damit er nicht vorzeitig an einseitiger Ernährung starb, versorgte Danijela ihn öfter mit *richtiger Nahrung*, für die er sehr dankbar war. Seine Dankbarkeit zeigte er, indem er uns bei Computerproblemen half, die er in fünf Minuten löste, wozu ich mindestens fünf Stunden oder fünf Tage gebraucht hätte.

„Danijela, reichen die Schäufele und Klöße auch für Thorsten?"

Wir litten im Gegensatz zu Thorsten nicht an einseitiger Ernährung, denn wir bevorzugten die internationale Küche: fränkisch, kroatisch, italienisch, türkisch, ...

„Selbstverständlich! Ich habe ohnehin eines für ihn eingeplant, damit er mal wieder ein richtiges Essen bekommt. Spinnt der Computer wieder?"

„Nein, aber ich bin auf etwas gestoßen, wozu ich einen PC-Freak brauche!"

„Aha, Dr. Watson stellt einen Subunternehmer ein."

Kein Kommentar von mir. Ich rief Thorsten an und lud ihn zum Essen ein. Danijelas fränkische Kochkünste zauberten ein Lächeln auf Thorstens Gesicht.

„Wie kann ich mich dafür bedanken?", fragte er und ahnte wohl, dass ich wieder Arbeit für ihn hatte.

Ich schilderte ihm mein Problem.

„Hast du noch etwas flüssige Gehirnnahrung für mich?"

Ein Kasten Bier einer kleinen oberfränkischen Brauerei in Tiefenellern und eine Flasche Williamsbirne aus Pretzfeld sollten reichen, sein Gehirn zu Höchstleistungen anzuspornen. Sein Nicken bestätigte meine Annahme und er schleppte die Gehirnnahrung in sein Dachgeschoß. Die Qualität der oberfränkischen Produkte wurde durch die Schnelligkeit seiner Arbeit bestätigt. Nach einer halben Stunde erhielt ich die Daten des ebay-Account-Inhabers und das Datum der Einrichtung.

35 Jonas' Trost

Ich war am Ende.

Am Ende meiner Ermittlungen.

Am Ende meiner Weisheit.

Am Ende meiner beruflichen Karriere als erfolgreicher Privatdetektiv.

In Wirklichkeit hatte meine Karriere eigentlich noch nie begonnen. Erfolge im Ermitteln hatte ich zwar sehr wohl gehabt, aber der finanzielle Erfolg blieb meist aus.

Auch mein Ego war am Ende. Ich hatte nur zwei Ermittlungen durchgeführt: *Deus vult* und Alexander Krause. Gerade Krause hatte mich viel wertvolle Zeit gekostet. Die einzige Belohnung dafür war, dass ich an der Sahneschnitte Beata naschen durfte. Trotz allem: Ergebnis null. Bistrić dagegen hatte als Laie vier Verhöre geführt und relativ schnell und ohne großen Aufwand die Verdächtigen ausschließen können. Eine Schande für mich als Profi!

Um das Gesicht nicht ganz zu verlieren, musste ich mich nun auf die Neonazis stürzen, die sich in Ollingers Forums als absolute Freimaurergegner und Feinde von Engel geoutet hatten. Aber das würde ich erst morgen tun. In dem Frust, in dem ich gerade steckte, fehlte mir jede Kreativität. Ich schaltete mein Handy aus, denn ich wollte in der momentanen Stimmung keine Anrufe – vor allem nicht von Hobby-Detektiv Bistrić.

Ich hoffte, dass Erna Engel mich heute Nachmittag auf andere Gedanken bringen würde. Die Lady schien ja irgendwie Interesse an mir zu haben. Wenn ich auch als Detektiv versagt hatte, wollte ich bei ihr zumindest als Mann meinen Mann stehen. Das sollte mein Trost sein. Ich wollte sie zum Essen einladen und beschloss, am Bankautomat mein Konto bis auf den letzten Cent zu plündern. Aus meinem Verkleidungs-Kleiderschrank wählte ich einen hellen Anzug, ein farblich dazu passendes Hemd und Krawatte.

Kurz vor 16 Uhr stand ich vor Ernas Haustür und klingelte.

Sie öffnete. Erna trug keine Trauerkleidung mehr, sondern ein enges helleres Kleid, das ihre schmale Figur besonders betonte und farblich hervorragend mit ihrem kastanienfarbigen Haar korrespondierte. Die Kosmetikerin hatte hervorragende Arbeit geleistet: Sie war dezent und nicht aufdringlich geschminkt. Von Trauer keine Spur mehr.

Sie begrüßte mich mit einem Küsschen.

„Du hast es wohl gar nicht erwarten können, mich wiederzusehen?", fragte sie. „Ich bin erst vor wenigen Minuten zurückgekommen."

„Du siehst umwerfend aus."

Erna genoss das Kompliment sichtlich.

„Trinken wir einen Aperol Spritz zur Erfrischung?"

Ich nickte.

„Gerne – auf der Terrasse?"

„Besser nicht. Das *Oberfürberger Tagblatt* hat gute Ohren und in einer Stunde weiß sonst jeder, was wir besprochen haben."

Wir nahmen in der bequemen Ledergarnitur Platz und prosteten uns zu.

„Wie weit bist du eigentlich mit deinen Ermittlungen?"

„Mein Hauptverdächtiger hat sich als unschuldig erwiesen. Aber im Internet habe ich Einträge von einigen Neonazis gelesen, die einen Hass auf deinen Mann hatten. Die werde ich mir morgen vornehmen. Ich möchte alles tun, dass der Mörder seine gerechte Strafe erhält. Ich denke, das bin ich nicht nur der Loge, sondern auch dir schuldig."

Die Erinnerung an ihren Mann ließ Erna wieder traurig dreinblicken.

„Auch wenn ich versuche, positiv nach vorne zu blicken und die Trauer beiseite zu schieben, merke ich immer wieder, wie sehr mir Fritz fehlt. Die Nächte allein zu verbringen ist für mich der blanke Horror. Ich hoffe, das gibt sich mit der Zeit. Ich bin so froh, dass dich die Loge beauftragt hat. Du findest den Mörder sicher!"

Erna versuchte, wieder ein Lächeln in ihr Gesicht zu zaubern und legte ihre Hand auf meine.

„Ich hoffe, ich kann dir in deiner Trauer etwas beiste-
hen. Ohne den Auftrag der Loge hätten wir uns nicht
kennengelernt und das wäre sehr schade gewesen", flirtete ich. „Was machen wir heute Abend? Gehen wir zum
Essen in die Altstadt?"

„Das ist nett gemeint, Paul, aber ich pflege seit Jahren
nach 16 Uhr nichts mehr zu essen. Ich muss sehr auf-
passen."

„Wie du das aushältst. Du hat eine Figur wie ein Model
und könntest dich jederzeit auf dem Laufsteg sehen lassen."

Das Kompliment ging ihr sichtlich runter wie Öl – sie
strahlte. Na, war es mir doch gelungen, die trauernde
Witwe wieder aufzuheitern.

„Paul, du übertreibst. Das Alter hat auch bei mir einige
Spuren hinterlassen, die man nur nicht sofort sieht. Disziplin und etwas Sport sind eben alles – oder würde es dir
besser gefallen wenn ich dicker wäre?"

Sie erhob sich und drehte sich mit erhobenen Armen
langsam herum, damit ich sie von allen Seiten bewun-
dern konnte.

„Ja!", dachte ich.

„Nein, auf keinen Fall!", sagte ich.

Erna nahm wieder Platz.

„Ich habe übrigens tatsächlich mal gemodelt", gestand
sie. „Ein kleiner Zuverdienst während meiner Studenten-
zeit in München. Ich habe es immer genossen über den
Laufsteg zu schweben und die neueste Mode zu präsentieren. Natürlich bin ich nicht für Chanel oder Esprit gelaufen sondern nur für unbekanntere lokale Designer.
Als dann die Beziehung mit Fritz begann, habe ich damit
aufgehört – er wäre sicher nicht von meinem Job begeistert gewesen."

„Bewunderer hast du sicher genug gehabt. Sogar heute hast du noch mindestens einen: mich! Ich könnte mir dich aber auch auf der Bühne oder im Film gut vorstellen."

„Das habe ich von der 10. bis 13. Klasse im Gymnasium gemacht. Ich war ein begeistertes Mitglied der Theatergruppe. Ich habe mich immer auf das Ende des Schuljahres gefreut. Da haben wir immer ein Schauspiel für die Eltern aufgeführt."

Ich flirtete fleißig mit Erna weiter. Auf einmal stand sie auf, ging zum CD-Player und legte eine CD ein. Der Bolero von Maurice Ravel ertönte und sie begann sich zur Musik zu bewegen. Seit dem Film *10 – Die Traumfrau* mit Bo Derek hat der Bolero auf die Meisten eine erotisierende Wirkung. Ich konnte mir denken, was nun kommen würde. Etwas, was mir über meinen Ermittlungsfrust hinweghelfen würde. Ich stand auch auf – wir bewegten uns aufeinander zu, tanzten, sie fing an, mein Hemd aufzuknöpfen und küsste mich leidenschaftlich. Langsam tanzend bewegten wir uns aus dem Wohnzimmer.

....

Ich erwachte alleine im Bett, zog mich an und schaute ins Wohnzimmer. In der Essecke war der Frühstückstisch schon gedeckt und Erna kam aus der Küche mit einer Kanne Kaffee und einer Karaffe Orangensaft.

Ich lächelte ihr zu.

Sie lächelte zurück.

„Na, hast du schön ausgeschlafen?"

„Ja, ich habe sehr gut geschlafen und bin wieder fit."

„Das Ausschlafen hast du dir aber auch wirklich verdient."

Erna schaute mich verliebt an.

Ich blickte verliebt zurück.

Die Stunden mit ihr waren phänomenal gewesen. Ich fühlte mich fast ein bisschen ausgelaugt. Die Lady war eine absolute Rakete: phantasievoll und sehr beweglich. Sie wirkte in der Nacht ziemlich ausgehungert, wobei das nicht körperlich gemeint war.

Wir frühstückten.

Schweigend – Worte hätten nur gestört.

Unsere Blicke sagten genug.

Doch dann musste ich mich von Erna verabschieden, um wieder auf Mörderjagd zu gehen, die zunächst an meinem Notebook beginnen sollte. Erna hatte meinen Frust in hervorragender Weise beseitigt.

36 Bistrić kombiniert

Ich hatte mit allem gerechnet, aber nicht mit diesem Ergebnis, das mir Thorsten Grübel präsentiert hatte: Der ebay-Account *Hiram_1717* war von Erna Engel angelegt worden – einen Tag nach dem Mord.

Ich lehnte mich in meinem Bürostuhl zurück und schloss die Augen. Mir war schwindlig.

Ich kombinierte:

Erna Engel musste tiefe freimaurerische Kenntnisse haben. Wie wäre sonst der Name *Hiram_1717* zustande gekommen?

Wie konnte sie diese Kenntnisse erworben haben?

Von Fritz hatte sie ihr Wissen mit Sicherheit nicht.

Sie musste den verbotenen Raum mit den Masonica betreten und viele Bücher gelesen haben. Nach Fritz Tod versuchte sie, sich durch den Verkauf der Bücher zu bereichern.

Warum diese Eile? Sie hätte doch ohnehin alles geerbt.

Von Fritz freimaurerischem Testament, in dem er die Bücher der Loge vermachte, wusste sie zu diesem Zeitpunkt noch nichts, da sie erst beim Besuch der Brüder Kluge und Harmann davon erfahren hatte.

Ich musste nun tun, was ich ursprünglich nicht tun wollte: Ich steckte den USB-Stick mit der Aufschrift *Privat* in meinen Computer.

Jetzt wäre ich fast vom Stuhl gefallen, so groß war der Schock. Mein Gesichtsausdruck musste sehenswert gewesen sein. Unglaublich, welche Ordner ich da auch fand: *Scheidung* und *Testamentsänderung*.

Ich las die Dokumente in den Ordnern: Fritz wollte sich wegen Vertrauensbruchs scheiden lassen, Erna enterben und die Loge als Alleinerbin einsetzen. Die Dateien waren sechs Tage vor dem Mord gespeichert worden. Das war ein erstklassiges Mordmotiv. Die Mörderin hieß Erna Engel!

Erna Engel gehörte hinter Gitter – das stand für mich fest. Das Problem war nur, ihr den Mord an ihrem Mann zu beweisen. Der dringende Tatverdacht würde zwar ausreichen, sie festzunehmen und zu verhören, aber ich konnte mir auch lebhaft ausmalen, wie das ablaufen könnte:

Erna Engel würde zugeben, dass sie nach dem Tod ihres Mannes doch im verbotenen Antiquariat gewesen sei. Sie hatte erkannt, dass es sehr wertvolle Bücher enthielt und sie wollte diese in ebay versteigern. Zu diesem Zeitpunkt wusste sie noch nicht, dass ihr Mann die Bücher der Loge vermacht hatte. Sie könnte sogar zugeben, dass sie bereits vorher trotz des Verbots ihres Mannes heimlich in den Büchern gelesen und auf diesem Wege von Hiram erfahren hatte. Dies wollte sie jedoch zuerst nicht gestehen, weil sie sich geschämt hat, ihren Mann hintergangen zu haben. Von Scheidung und Testamentsänderung hätte sie keine Ahnung gehabt. Im schlimmsten Fall würde sie wieder die weinende Witwe spielen. Mit einem guten Anwalt wäre Erna Engel vermutlich nach 24 Stunden wieder auf freiem Fuß.

Ich musste sofort mit Jonas sprechen und notierte gerade einige Stichpunkte für das Gespräch, als das Telefon klingelte.

„Geh' du ran, ich habe jetzt keine Zeit", rief ich Danijela zu.

„Hallo Susi!", hörte ich Daniela sagen und wusste: Jetzt bleibe ich ungestört. Gespräche mit ihrer Freundin Susi Langenhagen, der Stuhlmeisterin der Frauenloge, dauerten meist mindestens eine halbe Stunde.

Irrtum! Nach wenigen Sekunden reichte mir Danijela das Mobilteil: „Für dich. Susi will dich dringend sprechen."

Susi war sehr aufgeregt.

„Stijepo, ich habe einen Gewissenskonflikt. Auf der einen Seite habe ich Stillschweigen versprochen, aber ich denke mir, dass das, was mir vertraulich mitgeteilt wurde, mit dem Mord an Bruder Engel zu tun haben könnte."

„Schieß los. Hat etwa eine deiner Schwestern den Mord an Fritz Engel gestanden?"

„Wie bist du denn heute drauf? Du weißt doch, dass wir an dem bewussten Tag in Frankfurt waren. Nein, Erna Engel hat mich vor einigen Wochen angerufen und mich um absolute Vertraulichkeit gebeten. Ich weiß immer noch nicht, ob ich dir Näheres erzählen soll, denn ich stehe immer zu meinem Wort."

„Susi, ich denke, bei allem was einen Mord betrifft, ist brüderliche oder schwesterliche Diskretion fehl am Platze. Und Erna Engel war ja nicht mal Mitglied deiner Loge."

„Nein, aber sie hat um Aufnahme gebeten. Wie sie mir mitteilte, hatte sie sich hinter dem Rücken ihres Mannes über die Freimaurerei informiert und hatte den Wunsch eine Loge zu gründen – eine gemischte Loge mit Brüdern und Schwestern. Dazu hätte sie selbst erst einmal in eine Loge aufgenommen werden müssen. Deshalb hat sie mich gefragt, ob sie in unserer Loge *Zur Winkelwaage* aufgenommen werden könnte. Das habe ich natürlich sofort abgelehnt. Unsere Loge als freimaurerisches Intermezzo zu missbrauchen um dann eine gemischte Loge aufzumachen – Irrsinn. Außerdem vertrete ich strikt die Meinung, dass Männer- und Frauenlogen getrennt arbeiten sollten. Wir vermeiden alles, was Streit verursachen könnte und lassen deshalb Politik und Religion vor der Logentür. Mit einer gemischten Loge würden wir uns doch nur auf Glatteis begeben. Wenn der sexuelle Aspekt mitspielt, kann leicht Unfrieden in eine Bruderschaft oder Schwesternschaft kommen. Wir sind eben doch nur Menschen mit all unseren Schwächen, und ich habe Angst vor Balzgehabe, das trotz unserer ethischen Ziele dann nicht auszuschließen wäre. Außerdem hätte ich Schwierigkeiten mit ihrem Charakter. Hinter dem Rücken ihres Mannes eine Loge gründen wollen – das ist kein faires Verhalten, wie ich es von einer Schwester Freimaurerin erwarten würde.

Erna Engel nahm meine ablehnende Antwort zwar etwas verärgert zur Kenntnis, gab sich aber damit zufrieden, dass ich ihr Diskretion über unser Gespräch zusicherte. Was meinst du? Kann ihre Absicht, eine gemischte Loge zu gründen, ein Mordmotiv sein? Wollte sie ihren Mann ausschalten, damit sie für die geplante Logengründung freie Hand hatte?"

Ich war baff. Der Verdacht war berechtigt, Susi hatte mir neuen Sprengstoff geliefert. „Zu laufenden Ermittlungen darf ich leider keine Auskünfte geben" ist der Standardsatz der Kriminalbeamten in fast jedem Fernsehkrimi. Aber so konnte ich Susi nicht abspeisen. Wie sagte mein Lieblingskommissar Ivo Batić in solchen Fällen immer? „Sie haben uns mit Ihrem Hinweis sehr geholfen. Wir werden diese Spur auf jeden Fall weiter verfolgen." Genau so bedankte ich mich bei Susi, die lachte und sagte: „Wenn der Batić mal keine Lust mehr hast, könntest du ja für ihn einspringen. Das Zeug dazu hättest du. Doswidanja!"

„Doviđenja!", sagte ich belehrend. Das lernt die gute Susi doch nie! Wenigstens hatte sie mir nicht vorgeschlagen, Kriminaler zu werden, sondern Schauspieler, der einen Kriminaler spielt – und dann sogar noch als Ersatz für Miroslav Nemec, den ich wegen seines humanitären Engagements während des Krieges auch als Mensch sehr schätzte. Nemec hatte mit ein paar anderen Leuten aus der Filmbranche die Hilfsorganisation *Hand-in-Hand* gegründet, um Kriegswaisen zu helfen. In Oprtalj, einem kleinen Bergdorf in Istrien, wo kein Krieg tobte, hatte der Verein ein paar alte Häuser gekauft, instandgesetzt und damit eine Wohnstätte für die Waisen geschaffen, die von anderen Familien des Dorfes betreut wurden.

Ich war wieder einmal gedanklich abgeschweift – eine Schwäche von mir. Glücklicherweise dauerten diese Abschweifungen meist nicht lange und ich konzentrierte mich immer bald wieder auf meine gegenwärtigen Tätigkeiten. So auch jetzt.

Susis Information war Wasser auf meine Co-Detektiv-Mühle. Die Jagd auf Erna Engel war eröffnet. Ich musste nur noch Jonas anrufen.

Mist! Er hatte sein Handy ausgeschaltet, nur die Mobilbox ging ran.

Ich probierte es in halbstündlichem Abstand immer wieder – ohne Erfolg.

„Mensch Jonas, wo sind Sie? Ich habe die Mörderin. Es ist Erna Engel. Krause können Sie als Täter abschreiben, Sie Superdetektiv! Melden Sie sich endlich!", sprach ich ihm beim dritten Versuch auf die Box.

Das letzte Mal hatte ich Jonas gesehen, als er mir die geklauten USB-Sticks vorbeibrachte, die schließlich dem Fall die entscheidende Wendung gegeben hatten. Am gleichen Abend wollte er sich bei den Esoterikern aufnehmen lassen, um Krause noch die fehlenden Informationen zu entlocken. Wie ich nun wusste, war das überflüssig, aber wo war Jonas abgeblieben?

War seine Tarnung bei den Esoterikern aufgeflogen?

War er von ihnen krankenhausreif geschlagen worden?

Hatte er womöglich das Aufnahmeritual nicht überlebt?

Zuerst war ich sauer auf ihn, weil er sich nicht gemeldet hatte, doch nach diesen letzten Überlegungen war ich in Sorge. Ich mochte ihn wirklich! Das war mir jetzt bewusst geworden. Man sorgt sich nur um Menschen, die man mag.

Nachdem weitere Anrufe ebenfalls erfolglos blieben, sandte ich ihm am späten Abend per Mail einen ausführlichen Bericht mit meinen Erkenntnissen über Erna Engel. Sollte ich morgen immer noch nichts von ihm hören, wollte ich notgedrungen Kommissar Obermeier informieren. In der Not frisst der Teufel eben sogar Fliegen.

Ich ging zu Bett, doch in der Nacht quälte mich die Sorge um Jonas, und ich war am Morgen wie gerädert.

37 Jonas in Handschellen

Der gestrige Tag begann zwar mit tiefem Frust, entwickelte sich dann aber mehr als positiv. Das gemeinsame Frühstück mit Erna ließ den heutigen Tag gut beginnen und mein Jagdinstinkt war wieder auf höchstem Niveau. Heute wollte ich mich als Nazijäger betätigen und schaltete deswegen mein Notebook ein. Doch nach einer halben Stunde Arbeit am Computer beschloss ich, Erna anzurufen.

„Erna, ich muss dich unbedingt wiedersehen. Ich habe noch nie mit einer Frau so etwas erlebt wie mit dir!"

„Du warst aber auch wirklich nicht schlecht. Ich habe heute Zeit. Komm doch um 13 Uhr zu mir. Ich freue mich unwahrscheinlich auf dich, denn ich brauche dich auch."

Zum vereinbarten Zeitpunkt klingelte ich an Ernas Tür.

Erna öffnete und mir blieb der Mund offen stehen, denn sie trug ein Negligé, das zwar blickdicht war, aber unwahrscheinlich aufreizend wirkte.

„Komm rein, ich habe schon etwas kalt gestellt!"

Auf dem Tisch bei der Ledergarnitur standen zwei Gläser und ein Sektkühler, der eine Flasche Dom Pérignon enthielt. Ich fühlte mich in einen James-Bond-Film versetzt: eine attraktive Frau und eines der Lieblingsgetränke von 007.

Ich entkorkte die Flasche, goss ein und reichte ihr ein Glas. Sie nahm es mit einem verliebten Lächeln entgegen.

„Was würdest du sagen, wenn wir mehr Zeit miteinander verbringen würden?", fragte ich.

„Das wäre wundervoll – wenn du da bist, fühle ich mich so .... so geborgen."

„Ich habe vor, mein Mandat von der Loge niederzulegen. Soll doch der Obermeier die Arbeit alleine machen. So haben wir mehr Zeit füreinander."

Sie blickte eine Zeitlang nachdenklich nach oben, und sah mich dann wieder verliebt an.

„Ich glaube, du hast recht, wenn du mit dem Ermitteln aufhörst. Was geschehen ist, ist geschehen und kann nicht mehr rückgängig gemacht werden. Auch wenn der Mörder gefunden und verurteilt wird, bringt mir das Fritz nicht zurück. Ich will nur noch nach vorne blicken und mein Leben genießen – mit dir genießen."

Wir schauten uns wieder verliebt an. Dann gab sie mir einen leidenschaftlichen Kuss.

Ich zog mein Jackett aus, legte meinen Schlips ab und öffnete die obersten Knöpfe meines Hemdes.

„Wenn ich dich so ansehe, wird mir richtig heiß. Ich öffne mal etwas die Terrassentür."

Nachdem ich die Tür geöffnet hatte, setzte ich mich wieder. Erna schmiegte sich eng an mich, öffnete die restlichen Knöpfe und zog mein Hemd aus.

„Besser so?"

„Viel besser! Aber ich gehe mal einen Raum weiter – komm bitte in ein paar Minuten nach."

Ich verschwand durch die Tür, durch die mich Erna gestern tanzend geführt hatte. Ich zog mich aus, warf mich aufs Bett und legte zwei Paar Handschellen auf meine Brust. Dann wartete ich. Nach ein paar Minuten erschien Erna und befreite sich sofort von ihrem Negligé. Darunter trug sie nichts. Sie schritt langsam aufs Bett zu.

„Ich habe dir etwas mitgebracht", sagte ich und deutete auf die Handschellen.

„Oh Paul, du bist wunderbar! Du musst Gedanken lesen können. Woher weißt du, dass ich auf so etwas stehe?"

Ich griff langsam an die Stangen am Kopfende des Bettes und genau so langsam fesselte Erna mich genussvoll mit den Handschellen daran.

Sie legte sich auf mich. Ihr schmaler Körper verschmolz fast mit meinem. Ihr langes kastanienfarbiges Haar umwehte mein Gesicht.

„Hiram wurde von Gesellen mit einem Spitzhammer umgebracht, da er ihnen nicht seine Kenntnisse verraten wollte. – Das wusstest du. Du kennst dich in der Freimaurerei sehr gut aus. Du hast deinen Mann hintergangen", unterbrach ich das Liebesspiel.

„Was?"

Erna rollte seitlich von mir herunter und sah mich mit einem entsetzten Gesichtsausdruck an.

„Er ist dir auf die Schliche gekommen, wollte sich scheiden lassen und dich enterben. Du hast ihn umgebracht!"

Ernas sonst so sanftes Gesicht verzerrte sich nun zu einer hässlichen Fratze. Unglaublich schnell setzte sie sich auf meine Brust, so dass ich unmöglich mehr den Oberkörper bewegen konnte. Ich hätte nie gedacht, dass eine so schlanke Frau so schwer sein kann. Ich zappelte mühsam mit den Beinen.

„Du Schwein, du hast es herausgefunden. Du glaubst doch nicht, dass du hier lebend heraus kommst? Und du Idiot hast dich sogar fesseln lassen. Danke, dass du es mir so leicht machst."

Sie ergriff ein Kissen und drückte es mir aufs Gesicht. Ich rüttelte an den Handschellen, zappelte mit den Beinen und versuchte Erna von meiner Brust zu bringen – ohne Erfolg. Das Kissen drückte sich immer fester auf mein Gesicht. Das Zappeln meiner Beine wurde nach einigen Sekunden schwächer und hörte schließlich ganz auf.

Erna drückte das Kissen noch eine Zeitlang auf mein Gesicht.

„Schade, es hätte mit dir wirklich schön werden können."

Sie nahm das Kissen wieder weg.

„Danke, das reicht! Frau Engel, ich nehme Sie fest wegen versuchten Mordes an Herrn Paul Jonas."

Erna rollte sich von mir herunter, kam auf den Rücken zu liegen und erblickte Kommissar Obermeier sowie zwei uniformierte Beamte. Sie war wie erstarrt. Ich sah die Polizisten auch, denn ich hatte meine Augen wieder geöffnet.

Ich zog kräftig an den Handschellen. Die Kette löste sich mit einem Knacken. Teile der Handschellen hingen noch an meinen Händen, die anderen Teile hingen am Bettgitter. Durch einen Druck auf einen kleinen Knopf an den Schellenteilen, die sich noch an meinen Händen befanden, konnte ich diese entfernen. Das Knacken der Kette ließ Erna von den Polizisten wieder zu mir blicken. Auf ihrem Gesicht war eine Mischung von Entsetzen und Erstaunen zu erkennen – der vermeintliche Tote lebte noch.

Ich klärte Erna auf.

„Das war ein Geburtstagsgeschenk von Freunden – Handschellen aus einem Zauberladen, die sich mit einem kleinen Trick lösen lassen. Ich lasse mich doch nicht von einer Mordverdächtigen fesseln."

„Du Schwein! – Herr Kommissar, es ist nicht so wie es aussieht. Herr Jonas und ich haben eine Affäre und das Kissen gehörte zum Liebesspiel, das Sie so unsensibel unterbrochen haben. Ich bin nur verärgert, dass die Handschellen nicht echt waren." Sie spielte hervorragend die Entrüstete.

„Auf jeden Fall hast du mit deinen Äußerungen vorhin den Mord mehr oder weniger gestanden und den Mord an mir angedroht."

„Und wie willst du das beweisen?"

Ich griff unter das Bett, holte mein Smartphone hervor und schaltete die Aufnahmefunktion ab. Ich hielt ihr das Gerät unter die Nase. „Darauf ist unser gesamter Wortwechsel aufgezeichnet. Du hast mir glücklicherweise für die Vorbereitung etwas Zeit gelassen."

„Das ist überhaupt nicht zulässig!"

„Doch!", schaltete sich Obermeier jetzt ein. „Wenn ein Richter oder bei Gefahr im Verzug ein Staatsanwalt das Abhören genehmigt. Und dies ist erfolgt. Herr Jonas hat mit mir diese Falle abgestimmt, in die Sie so schön hinein gegangen sind. Das Öffnen der Terrassentür war für uns das Zeichen zum Eingreifen. Nachdem Sie beide im Schlafzimmer verschwunden waren, haben wir uns vor der Schlafzimmertür postiert. Wir haben ohnehin jedes Wort vernommen und bräuchten theoretisch die Aufzeichnung gar nicht. Ich hoffe, wir haben mit unserem Einsatz nicht zu lange gewartet, Herr Jonas."

„Ein paar Sekunden hätten sie sogar noch warten können. Ich kann etwa zwei Minuten lang die Luft anhalten. Ein Glück, dass Erna mich mit dem Kissen umbringen wollte. Ich hatte schon Angst, sie zieht irgendwoher einen Spitzhammer hervor."

Ich schlüpfte wieder in meine Hosen und holte mir mein Hemd aus dem Wohnzimmer. Auf Schlips und Jackett verzichtete ich jetzt.

„Und Sie ziehen sich jetzt bitte auch an, Frau Engel!", befahl der Kommissar.

„Schade, war ein schöner Anblick", raunte der eine Polizist seinem Kollegen zu.

„Na ja, mir persönlich ist sie etwas zu dünn", antwortete der flüsternd.

208

Als Erna Engel sich angekleidet hatte, ließen die Beamten die Handschellen an ihren Händen klicken – und die waren nicht aus einem Zauberladen.

38 Bistrić und Jonas sehen fern

Am nächsten Morgen hatte ich immer noch keine Nachricht von Jonas. Weder per Mail noch telefonisch. Zu Mittag hielt ich es nicht mehr aus vor Sorge. Ich rief Obermeier an.

„Herr Obermeier, unser Detektiv Paul Jonas ist spurlos verschwunden. Ich habe Angst, dass ihm etwas zugestoßen ist und möchte eine Vermisstenanzeige aufgeben."

„Das können Sie sich sparen. Ich weiß wo er ist. Heute Nachmittag werde ich bei ihm sein, Dann sage ich ihm, dass er Sie anrufen soll. Tschüss!"

Aufgelegt.

Die Sache wurde immer mysteriöser. War Jonas am Ende vor Obermeier auf der Flucht? Hatte er deswegen sein Handy ausgeschaltet, dass man ihn nicht orten konnte? Zumindest lebte er noch. Ich beschloss, mich bis zu seinem Anruf zu gedulden.

Um 16:30 Uhr war es dann soweit: Der Verschollene rief an.

„Hallo Bistrić, Obermeier hat mir gesagt, dass Sie sich um mich gesorgt haben und sogar eine Vermisstenanzeige aufgeben wollten. Sie scheinen mich ja wirklich zu mögen. Kommen Sie am besten gleich aufs Kommissariat. Ich habe eine Belohnung für Sie und werde Ihnen dann auch alles erklären. Also, bis gleich!"

Auch aufgelegt. Der Kerl hatte einfach kein Benehmen. Befahl mich aufs Kommissariat und glaubte, dass ich gleich springe. Und ich sprang wirklich.

„Danijela, Jonas hat angerufen. Ich muss sofort zur Polizei."

„Na dann hau' gleich ab. Ein Dr. Watson enttäuscht seinen Sherlock Holmes nie."

Und weg war ich.

Jonas empfing mich und führte mich in den Vorraum zum Vernehmungszimmer, in dem zwei Stühle standen. Im Fenster, das im Vernehmungsraum verspiegelt war, sahen wir Erna Engel mit finsterem Gesicht an einem Tisch sitzen. Ein Mann hatte seine Hand auf ihre Schulter gelegt und schien ihr zuzureden – vermutlich ihr Anwalt. Auf der Seite des Raumes stand eine uniformierte Polizistin mit verschränkten Armen wie ein Bodyguard.

„Was ist hier eigentlich los und welche Belohnung soll ich erhalten? Erna Engel scheint verhaftet zu sein, das ist mir Lohn genug. Ich bin zufrieden. Und jetzt rücken Sie mal raus, warum ich Sie nicht erreicht habe. Ich war wirklich in Sorge um Sie."

Jonas grinste.

„Regen Sie sich ab, Bistrić! Sie sollen gleich alles erfahren. Die Belohnung ist, dass wir das Verhör von Erna Engel hier live mitverfolgen dürfen. Ich bin sicher, das wird eine spannende Fernsehsendung.

Dass Krause nicht der Mörder ist, habe ich erst nach meiner Aufnahme bei den Esoterikern erfahren. Er hatte Engel verflucht und glaubte, dass sein Tod das Ergebnis des Fluchs ist. Gestern habe ich meine Ermittlungsstrategie neu aufbauen müssen und beschlossen, mir Erna Engel vorzunehmen."

„An die haben Sie sich ja schon nach der Trauerfeier herangemacht und ihr die USB-Sticks geklaut, was schließlich auch zur Aufklärung des Falls geführt hat. Aber warum hatten Sie Ihr Handy ausgeschaltet?"

„Wenn ich Verhöre führe, will ich nicht gestört werden und schalte das Teil deshalb ab."

„O.K., aber Ihr Telefon war auch noch in der Nacht und heute Vormittag ausgeschaltet."

„Ein guter Detektiv ermittelt auch rund um die Uhr."

Er grinste noch mehr.

„Jonas, Sie Casanova! Ich kann mir Ihre Verhörsituation schon genau vorstellen und auch den wahren Grund, warum Sie nicht durch das Telefon gestört werden wollten. Nach Ihren Erlebnissen mit der schönen Witwe dürften Sie der Loge keine Rechnung stellen. Die Nacht mit Erna war Lohn genug!"

„Das war harte Detektivarbeit mit diesem dünnen Frauenzimmer und kein Vergnügen! Und ohne diese Vorarbeit wäre es mir heute nicht gelungen, Erna die Falle zu stellen, bei der sie mich fast umgebracht hätte. Ich müsste als Gefahrenzulage den dreifachen Tagessatz verlangen."

Jetzt musste ich genau so breit grinsen wie Jonas.

„Woher haben Sie eigentlich gewusst, dass Erna die Mörderin sein muss?"

„Ich hatte einen hervorragenden Co-Detektiv, der gut ermittelt und die richtigen Schlüsse gezogen hat. Vorbildlich war auch sein ausführlicher Bericht, den er mir gemailt hat. Ich habe heute Morgen den Bericht an Obermeier weitergeleitet und mit ihm die Falle abgestimmt, in die Erna auch prompt hineingegangen ist. Mein Co-Detektiv und ich sind ein Dream-Team wie Sherlock Holmes und Dr. Watson."

„Ein richtiges Dream-Team duzt sich aber, Paul."

„Stimmt, Stijepo!"

Wir lachten.

Jetzt kamen Kommissar Obermeier und sein Boss. Obermeier stellte ihn uns als Kriminalrat Elmar Klein vor. Wir begrüßten uns.

„Danke für Ihre Kooperation", sagte Klein, aber man merkte deutlich, dass es ihm lieber gewesen wäre, wenn Obermeier den Fall ohne Kooperationspartner gelöst hätte.

Die beiden Kriminaler gingen in den Vernehmungsraum. Obermeier drückte auf die Lautsprechertaste, damit wir auch im Vorraum hören konnten, was beim Verhör gesprochen wurde. Die Fernsehsendung konnte beginnen.

Nachdem Obermeier die für das Protokoll wichtigen Daten ins Mikrofon gesprochen hatte, erklärte der Anwalt, dass seine Mandantin zu einem umfassenden Geständnis bereit sei und eine ausführliche Erklärung abgeben werde. Ernas Gesicht war wie versteinert – keine Spur mehr von ihrem Charme.

„Ich war mit meinem Mann viele Jahre lang glücklich verheiratet. Sowohl in Landsberg als auch in Roth gehörten wir zum öffentlichen Leben der Städte und wir nahmen unsere gesellschaftlichen Verpflichtungen gerne wahr. Doch dann kam mein Mann auf die Idee, den Dienst bei der Bundeswehr zu quittieren, ohne mir hinreichende Gründe dafür zu nennen. Beruf und Loge waren immer seine Sache, da hatte ich nichts mitzureden. Die Kündigung war doch Wahnsinn – in ein paar Jahren hätte er General werden können.

Ich hatte auch an Scheidung gedacht, zog es aber dann vor, an seiner Seite zu bleiben, da er finanziell sehr gut situiert und mir gegenüber auch immer großzügig war. Aber eine Buchhandlung war nicht wirklich das, was ich mir vorgestellt hatte. Doch der Laden wurde schnell erfolgreich. Fritz beriet seine Kunden sehr gut und die

Mundpropaganda sorgte dafür, dass wir in Fürth einen hervorragenden Namen hatten. Deshalb kündigte ich bald meinen Job und trug mit meinen kaufmännischen Kenntnissen zum Erfolg unseres Geschäfts bei. Soweit hätte ich mich auch noch mit ihm arrangieren können. Doch ich kam mit seinem Doppelleben Loge – Ehe nicht mehr zurecht. Ich wusste, dass Montag sein Logentag war und wo das Logenhaus stand. Ich hätte das herrliche Gebäude gerne einmal besichtigt, doch Fritz lehnte das rigoros ab. *Freimaurerei ist Männersache und im Logenhaus hat eine Frau nichts zu suchen.* Von dieser Meinung ist er nie abgerückt. Auch wenn andere Logenmitglieder ihre Frauen zu öffentlichen Veranstaltungen mit ins Logenhaus nahmen – Fritz tat das nie und er hat auch nie eine der öffentlichen Veranstaltungen der Loge besucht. Für ihn war die Öffnung der Loge *Verrat an den Traditionen der Freimaurer.* So ein Sturkopf! Wäre er mit mir so umgegangen wie die anderen Logenbrüder mit ihren Frauen, wäre das alles nicht passiert.

In der Buchhandlung gab es einen Raum, den wir nur selten nutzten und wenn, dann als Rumpelkammer. In diesen Raum baute Fritz Regale ein, stellte einen Tisch und vier Stühle hinein und erklärte mir, dass dieser Raum für mich tabu sei. Sogar das Türschloss tauschte er aus. Ich war wütend wie noch nie und begann ihn von diesem Zeitpunkt an zu hassen. Doch ich spielte die glückliche Ehefrau weiter, weil ich auf die anderen Annehmlichkeiten meiner Ehe nicht verzichten wollte. Bald darauf beschloss ich, mich zu rächen und ihn zu betrügen."

„Das dürfte Ihnen nicht schwer gefallen sein, da sie sehr attraktiv sind", unterbrach sie Obermeier.

Erna Engel genoss die Aussage des Kommissars sichtlich, denn sie lächelte einen Augenblick lang selbstverliebt. Doch dann verzerrte sich ihr Gesicht wieder.

„Nein, nicht so wie Sie es denken. Das kam erst viel später, als er mein Verlangen nicht mehr im gewünschten Umfang erfüllen konnte. Er führte mit der Loge ein Doppelleben und ich betrog ihn mit der Freimaurerei. Als er einmal auf einer Buchmesse war, gelang es mir, den Schlüssel zu seinem *Top-Secret-Raum* zu finden und mir einen Nachschlüssel anfertigen zu lassen. Ich betrog ihn immer, wenn er in der Loge war – vor Mitternacht kam er am Montag nie nach Hause. Zwei bis drei Stunden konnte ich mich an diesen Tagen mit Sicherheit in der Buchhandlung aufhalten, ohne dass er etwas davon mitbekam. Ich musste nur darauf achten, dass ich die Bücher wieder genau an den gewohnten Platz stellte.

Das ging mehrere Jahre lang so. Fritz ging nahezu immer in die Loge, außer eben zu den öffentlichen Veranstaltungen. Auch in den Logenferien im Juli und August konnte ich meine Spionage nicht durchführen. Ich betrog ihn mit dem, was ihm wichtiger war als ich. Ich eignete mir Kenntnisse über die Freimaurerei an, die er vor mir verbarg wie die größten militärischen Geheimnisse. Das erfüllte mich mit einer ungeheuren Befriedigung – mehr als wenn ich ihn mit 100 Männern betrogen hätte. Meine späteren Affären dienten nur zu meiner sexuellen Befriedigung und hatten nichts mit meinem Racheplan zu tun.

Je mehr ich mir Wissen über die Freimaurerei aneignete, desto mehr hasste ich Fritz. Die Frauen von Logenbrüdern waren schon seit mehr als hundert Jahren in die gesellschaftlichen Veranstaltungen der Loge eingebunden gewesen, wie ich aus der Chronik der Fürther Loge erfahren hatte. Die Loge war zwar noch nicht so offen wie heute, hatte aber in der Stadt Fürth ihren guten Ruf, da sie und vor allem einzelne Logenbrüder karitativ tätig waren. Die Ziele der Freimaurerei stehen mit einer demokratischen Gesellschaft in keinerlei Widerspruch. Die Logen kann man sogar als Förderer einer freiheitlichen Gesellschaft sehen. Aber Fritz hielt an einer Geheimniskrämerei fest, die vielleicht im 18. Jahrhundert angebracht war, aber nicht heutzutage. Oh, wie ich ihn hasste! Aber ich wusste Bescheid über die Freimaurerei und hätte auch gerne an einem Ritual teilgenommen. Den Ablauf des Rituals kannte ich ja aus den Büchern, aber ein Ritual muss man eben erleben."

„Genau wie du es erklärt hast", sagte Jonas zu mir.

Obermeier merkte an „Sie hätten doch Mitglied in der Frauenloge werden können."

„Unmöglich, die Frauenloge residiert doch auch im Fürther Logenhaus. Was glauben Sie, hätte mein Mann mit mir gemacht, wenn er das herausbekommen hätte? Er hätte sofort die Scheidung eingereicht und das konnte und wollte ich mir nicht leisten. Der richtige Zeitpunkt zur Scheidung wäre gewesen, als er aus der Bundeswehr ausgeschieden ist. Damals war ich noch berufstätig. Das bin ich zwar immer noch geblieben, aber eben in der Buchhandlung, die meinem Mann gehörte. Auch das Haus gehörte ihm. Laut unserem Ehevertrag hätte ich nicht viel bekommen, nur eine Abfindung. Als wir heirateten, habe ich ja noch studiert – ich habe also kein Vermögen in die Ehe eingebracht. Ich wäre vor dem Nichts gestanden!"

Erna schlug mit der Faust auf den Tisch und blickte zornig die Polizisten an.

„Da haben Sie ihn lieber umgebracht, weil er sich scheiden lassen und Sie enterben wollte", folgerte Obermeier.

„Ja, ich musste es tun."

„Was war der Auslöser für diesen Schritt? Ist er Ihnen auf die Schliche gekommen?" wollte Obermeier wissen.

„Natürlich! In meiner Phantasie habe ich mir immer ausgemalt, dass ich ihm einmal auf dem Sterbebett meine Kenntnisse offenbaren werde. Das wäre der Gipfel meiner Rache gewesen. Warum musste er ausgerechnet an diesem Montag gerade um 22 Uhr in seinen Buchladen gehen? Vermutlich hatte ihn ein Logenbruder um ein Buch gebeten, das er ihm gleich holen wollte. "

„Wie hat er reagiert?"

„Ich hatte mit einem Tobsuchtsanfall gerechnet. Aber er wurde nur sehr blass und forderte mich auf, sofort mit nach Hause zu kommen. Dort stellte er mir nur die Frage Warum? Da warf ich ihm all das an den Kopf, was ich Ihnen heute erzählt habe, meinen ganzen Hass. Ich berichtete ihm auch von meiner Absicht, eine gemischte Loge zu gründen, in der Männer und Frauen am Tempel der Humanität bauen können. Das hätte ich jetzt realisieren können, denn ich hatte in Cadolzburg Räume gefunden, die sich für eine Loge eignen würden und habe sie bereits vor einem Monat angemietet. Ich schleuderte ihm entgegen, dass er davon nie etwas mitbekommen hätte, da auch ich die Logenabende jeweils am Montagabend durchführen wollte, wenn er nicht zu Hause war. Dann wurde auch er laut. Er forderte den Nachschlüssel von mir und verbot mir, die Buchhandlung je wieder zu betreten. Er gab mir einen Monat Zeit, auszuziehen. Er wollte sich scheiden lassen und sein Testament ändern. Woher wissen Sie eigentlich von der Scheidung und der Testamentsänderung?"

Obermeier grinste: „Die Polizei hat Möglichkeiten an Informationen zu kommen, von denen der Laie eben keine Ahnung hat."

Wenn Blicke töten könnten, wäre Obermeier jetzt tot umgefallen.

Jonas schüttelte den Kopf. „Typisch Obermeier! Tut so, als ob sein mickriges Hirn den Fall gelöst hätte. Dieser Idiot! Glücklicherweise war er nach dem Anpfiff durch den Polizeidirektor erstaunlich kooperativ. Aber jetzt kann er wieder den großen Zampano spielen."

„Erzählen Sie weiter. Wie haben Sie den Plan gefasst, Ihren Mann zu töten?"

Erna Engel sah jetzt wie ein lachender Racheengel aus. „Die Idee war schnell geboren: Ein Spitzhammer sollte ihn töten – wie Hiram. Hiram hätte auch leben bleiben können, wenn er sein Wissen geoffenbart hätte. Und mein Mann verweigerte mir den Zugang zu Veranstaltungen der Loge und verheimlichte mir alles, was mit der Freimaurerei zu tun hatte. Ich wollte mich als Freimaurer verkleiden. Einen schwarzen Anzug hatte ich, weiße Handschuhe ebenfalls und der Zylinder von einem Faschingsball war auch noch vorhanden. Unter dem konnte ich hervorragend meine Haare verbergen. Im Logenhaus habe ich mich zunächst auf der Toilette versteckt und mich dann in den Tempel geschlichen. Oh, wie habe ich seinen entsetzten Blick genossen, als er mich erkannte!"

Ernas Augen glänzten wie im Fieber – sie lachte, als stünde sie unter Drogen. Obermeier und Klein sahen sich an. Der Anwalt, der sich bisher nicht weiter zu Wort gemeldet hatte, regte an, den psychischen Zustand seiner Mandantin untersuchen zu lassen.

„Das können Sie bleiben lassen, ich bin nicht verrückt!" herrschte sie ihren Rechtsbeistand an. „Er hat das bekommen, was er verdiente!"

Wieder ein Faustschlag auf den Tisch.

„Sie bereuen also nichts?" wollte Obermeier wissen.

„Was mir wirklich leid tut, ist, dass Herr Schreiner in Untersuchungshaft genommen wurde und dass ich die anderen Logenbrüder nun nicht näher kennenlernen kann. Die Betreuung durch die Brüder und die Ausrichtung der Trauerfeier zeigten mir die Freimaurerei so, wie ich sie mir durch meine angelesenen Kenntnisse vorgestellt habe."

Erna blickte jetzt zum ersten Mal betreten nieder.

Obermeier führte das Verhör fort.

„Die Logenbrüder Anderson und Demir haben festgestellt, dass die Loge weit weniger Bücher von Ihnen erhalten hatte, als sie erwarteten. Ein Vergleich mit der Masonica-Datei ihres Mannes bestätigte dies. Unsere Ermittlungen haben ergeben, dass Sie als *Hiram_1717* – netter Nickname übrigens – versucht haben, die Bücher in ebay zu versteigern."

„Die Bücher hatten einen hohen Wert, was die Ergebnisse der Versteigerungen auch zeigten. Ich musste schließlich auch an mich denken – ich wollte meinen Lebensstil eben beibehalten. Mein Fehler war nur, dass ich Herrn Jonas unterschätzt habe, der ein hervorragender Schauspieler ist."

„Sie stehen ihm in Bezug auf die Schauspielerei in nichts nach." Obermeier konnte sich diese spitzige Bemerkung nicht verkneifen, was ihm wieder einen vernichtenden Blick von Erna Engel einbrachte.

„Abführen!" befahl Obermeier.

Die Polizistin, die sich mit im Verhörraum befunden hatte, nahm Erna am Oberarm und führte sie hinaus. Ihr Anwalt ging auch. Jonas und ich grinsten sie frech an, worauf auch wir von ihr einen tödlichen Blick erhielten.

„Wenn die mal wieder aus dem Knast kommt, schweben wir beide in akuter Lebensgefahr, Stijepo", schmunzelte der Detektiv.

218

„Na, ich denke bei Mord und versuchtem Mord dürften schon einige Jahre zusammen kommen, in denen wir uns sicher fühlen dürfen. Und sollte sie dich danach umbringen, werde ich dich eben rächen. Auf dich hat sie sicher einen weitaus größeren Zorn als auf mich."

Wir lachten wieder.

Obermeier und Klein saßen noch im Vernehmungsraum. Der Kriminalrat schüttelte verständnislos den Kopf.

„Also war es doch gewissermaßen ein Ritualmord – nur anders als ursprünglich gedacht", hörten wir Obermeier zu seinem Chef sagen. Der nickte und warnte „Aber davon kein Wort zur Presse!"

„Na, wie hat dir die Fernsehsendung gefallen?", fragte mich Jonas.

„Phänomenal! Ich hätte nie gedacht, dass wir als Außenstehende das Verhör beobachten dürften."

„Hätten wir auch nicht gedurft. Aber ich habe einen Deal mit Obermeier und Klein gemacht: Wir halten uns zurück und die Polizei darf die gesamten Lorbeeren einheimsen, wenn wir beim Verhör zugegen sein dürfen. Obermeier bekam nach meinem Vorschlag zunächst einen cholerischen Anfall. Dann drohte ich, dass der Pressesprecher der Loge, der mir bei der Aufklärung des Falls zur Seite gestanden war, eine Presseinformation über die Aufklärung des Mordfalls an die Zeitung senden könnte, in der die Polizei nicht gerade das beste Bild abgeben würde. Daraufhin hat Klein genehmigt, dass wir das Verhör hier im Vorraum verfolgen dürfen."

Obermeier bat uns noch kurz in sein Büro und erklärte uns zunächst, dass Christa Tal, das Patenkind unseres Hausmeisters, wieder auf freien Fuß gesetzt worden war.

„Dass der Fall aufgeklärt wurde und Erna Engel in vollem Umstand geständig war, haben wir Ihrem Einsatz zu verdanken, Herr Jonas", lobte Obermeier den Detektiv, fügte aber mit höhnischem Grinsen hinzu „Vor allem Ihrem Körpereinsatz."

„Und Ihnen habe ich mein Leben zu verdanken. Das war schon ein ganz schönes Risiko, aber wir hatten ja vorher alles gut abgestimmt. Hoffentlich arbeiten wir auch in Zukunft so gut zusammen." Obermeier blickte finster. „Das können Sie vergessen, Sie Hobbyschnüffler. Ich hatte den Befehl von meinem obersten Chef, mich in diesem Fall kooperativ zu zeigen. Aber wenn wir uns mal wiedersehen sollten, haben Sie nicht einen Rechtsanwalt als Schutzengel, der mich bei meinem Chef anschwärzt, wie dieser Feiler."

Jonas schüttelte den Kopf und wir verließen Obermeiers Büro. Mit todernstem Gesicht wiederholte ich meine Aussage: „Wie gesagt: Die Erlebnisse mit Erna Engel dürften für dich Lohn genug gewesen sein. Für so eine edle Dame hättest du woanders einen hohen Preis zahlen müssen. Also: Honorarforderung Null."

„Das war harte Detektivarbeit!", protestierte Jonas grinsend.

39 Jonas stellt keine Rechnung

Ausgeschlafen, zufrieden und glücklich saß ich an meinem Frühstückstisch.

Ausgeschlafen, weil ich im Gegensatz zu den letzten Nächten lange und alleine geschlafen hatte.

Zufrieden, weil trotz aller Irrwege bei den Ermittlungen der Mord in relativ kurzer Zeit aufgeklärt worden war – und zwar durch Privatdetektiv Paul Jonas und Co-Detektiv Stijepo Bistrić und nicht durch einen dilettantischen Kommissar.

Glücklich, weil ich in der Familie Bistrić Freunde gefunden hatte. Sollte ich irgendwann einmal wieder einen Co-Detektiv brauchen, wäre Stijepo die erste Wahl. Seine Frau hatte mich gestern Abend angerufen, mir zu unserer erfolgreichen Zusammenarbeit gratuliert und die Hoffnung ausgedrückt, dass wir uns auch nach Abschluss der Falls wiedersehen. Daraufhin lud ich die drei Bistrić für nächste Woche in die Sieben Schwaben ein, um mich für das kroatische Abendessen mit einem fränkischen zu revanchieren.

Zur Zufriedenheit trug auch der Artikel im Lokalteil der Fürther Nachrichten bei.

Mord im Logenhaus ist aufgeklärt.

Der Mord am Logenmitglied Fritz Engel ist aufgeklärt: Er war von seiner Ehefrau erschlagen worden. Das Motiv lag in der Scheidungsabsicht des Opfers und in der Enterbung seiner Ehefrau. „Der Verdacht bestand schon länger, doch die Beweissuche gestaltete sich sehr schwierig. Die Täterin war im Verhör in vollem Umstand geständig", so Elmar Klein, Leiter der Mordkommission auf der Pressekonferenz. Klein lobte die zielstrebigen und umsichtigen Ermittlungen seines Beamten. Die Fürther Freimaurerloge hatte zusätzlich einen Privatdetektiv eingeschaltet, der der Polizei wertvolle Hinweise lieferte.

Für den Abend hatte mich Stuhlmeister Gerhard Schreiner zur Feier unseres Erfolges in die Loge eingeladen.

Die Dankesworte der Logenbrüder, die mich alle persönlich begrüßten, gingen mir zwar auf den Wecker, aber sie waren ja gut und ehrlich gemeint. Im Foyer war ein riesiges Buffet aufgebaut. Stuhlmeister Schreiner bat alle in den Clubraum, um seine Begrüßungsansprache zu halten. Auf den Tischen standen bereits gefüllte Sektgläser.

„Sehr geehrter Herr Jonas, liebe Brüder! Wir haben heute Grund zum Feiern, auch wenn etwas Wehmut und Enttäuschung sich beimischt. Wehmut um den Tod unseres Bruders Fritz Engel und Enttäuschung, dass sich seine Frau als Mörderin entpuppt hat. Wir reichten ihr in ihrer Trauer brüderlich die Hand, nicht ahnend, welches falsches Spiel sie gespielt hatte. Dank Ihrer Bemühungen, Herr Jonas, und dass Sie mit List und auch etwas Tücke gearbeitet haben, konnte der Fall aufgeklärt und unsere Bruderschaft von jedem Verdacht befreit werden. Wie ich mitbekommen habe, hat Bruder Stijepo Bistrić Sie bei Ihren Ermittlungen tatkräftig unterstützt und das hat ihm auch noch Spaß gemacht. Am Ende wechselt er womöglich noch den Beruf. Liebe Brüder, wir wollen auf Herrn Jonas und Bruder Stijepo mit einem Glas Sekt anstoßen und dann: Guten Appetit!"

Die Brüder klopften zustimmend auf den Tisch, erhoben sich und wir prosteten uns zu. Dann war die Schlacht am Buffet eröffnet.

Die beiden Aufseher kamen mit einer *Schlechtes-Gewissen-Miene* auf mich zu.

Harmann beichtete.

„Herr Jonas, wir müssen Ihnen etwas gestehen: Wir beide hatten Erna Engel auch schon in Verdacht, haben uns aber geschämt, eine Schwester zu verdächtigen. Hätten wir Ihnen unsere Vermutung mitgeteilt, hätten wir Ihnen viel Arbeit erspart."

„Wie kamen Sie auf den Verdacht, dass Erna die Mörderin sein könnte?"

„Als wir mit Ihnen bei Erna waren, hatte sie sich einmal verplappert. Sie sagte, dass ihr Mann wie Hiram gestorben sei. Wer die Hiramslegende kennt, muss sich in der Freimaurerei sehr gut auskennen. Das hat unser Misstrauen erregt, aber wie gesagt: Wir haben uns für unser Misstrauen auch geschämt."

„Schwamm drüber! Ende gut – alles gut. Das ist die Hauptsache!"

Ich hätte die beiden wegen ihrer falsch verstandenen Brüderlichkeit am liebsten geschüttelt. Doch ich unterließ es, da ich die Zeit, in der ich einer falschen Spur nachjagte, der Loge verrechnen konnte. Und die Erlebnisse mit Erna waren ja auch nicht ohne gewesen.

Nachdem wir uns gestärkt hatten, bat Schreiner mich um meinen Bericht, um die Brüder über das Motiv von Erna Engel zu unterrichten. Betroffenheit über ihre Rachepläne machte sich in der Bruderschaft breit. Dann ergriff der Stuhlmeister wieder das Wort.

„Liebe Brüder, eine Frage bleibt noch offen. Wer erbt Bruder Engels Grundbesitz und Vermögen? Die Witwe ist als Mörderin erbunwürdig – andere Erben sind dem Anschein nach nicht vorhanden. Heute Vormittag wurde ich von Bruder Fritz Engels Notar geladen. Er eröffnete mir, dass sein Mandant sein Testament, in dem seine Ehefrau als Alleinerbin eingetragen war, ändern und die Loge als Alleinerbin einsetzen wollte. Weitsichtig, wie Bruder Engel war, legte er dem Brief an den Notar vorab ein handgeschriebenes Testament bei. Das Testament ist rechtskräftig, die Loge ist Alleinerbin. Ich schlage vor, wir gründen hiervon eine Fritz-Engel-Stiftung für soziale Zwecke. So wird die Erinnerung an Bruder Fritz erhalten und wir können unserem Auftrag nachkommen, nie der Not und dem Elend den Rücken zu kehren."

Donnernder, nicht enden wollender Applaus folgte der frohen Botschaft des Stuhlmeisters.

„Euer Einverständnis vorausgesetzt, haben unser Schatzmeister und ich heute beschlossen, nicht die

Rechnung von Herrn Jonas abzuwarten, sondern ihm einen von uns als angemessen angesehenen Betrag heute Abend zu überreichen. Herr Jonas, sollte Ihre Honorarrechnung höher ausfallen, scheuen Sie sich nicht, es uns mitzuteilen."

Schreiner drückte mir ein Kuvert in die Hand und die Brüder applaudierten wieder dabei. Ich bedankte mich herzlich.

Ich konnte mir einen Toilettengang nicht verkneifen. Nicht aus den Gründen warum man normalerweise den Weg dorthin antritt, sondern um den Inhalt des Kuverts zu inspizieren. Der Inhalt überstieg das, was ich gefordert hätte, bei weitem.

Ich ging in den Clubraum zurück, trat zu Stijepo und raunte ihm zu: „Stijepo, ich werde deiner Forderung nachkommen und keine Rechnung stellen."

Stijepo grinste wieder ganz breit und boxte mir freundschaftlich auf den Oberarm.

Fiktion und Realität

Fiktion sind alle im Kriminalroman vorkommenden Personen. Ähnlichkeiten mit Namen oder dem Charakter real existierender Menschen wären rein zufällig. Ebenso ist die gesamte Handlung frei erfunden und hat keinen Bezug zur Realität.

Frei erfunden sind auch der Kreis *Clemens XII.*, die *Fränkischen Patrioten*, und andere politische oder religiöse Vereinigungen, die in diesem Roman genannt sind. Die Freimaurerloge *Brudertreue im Kleeblatt* gibt es nicht.

Die Fürther Loge hat den Namen *Zur Wahrheit und Freundschaft* und ist Eigentümerin des denkmalgeschützten Logenhauses in der Dambacher Straße. Bilder des Hauses und des Tempels befinden sich auf der Rückseite des Einbands. Das Titelbild zeigt die Säule der Schönheit, den Rauen Stein und den Spitzhammer. Die Loge betreibt eine aktive Öffentlichkeitsarbeit und veranstaltet in Zusammenarbeit mit der Tourist Information Fürth Logenhausführungen. Im Logenhaus Fürth haben auch noch andere Logen ihr Domizil gefunden, darunter auch zwei Frauenlogen.

Zutreffend ist auch, dass die Tourist Information Fürth eine Stadtführung mit dem Motto *Fürther Freimaurer – Wegweiser in der Stadtentwicklung* anbietet, die am Hans-Schiller-Denkmal im Stadtpark beginnt. Die im Zusammenhang mit den prominenten Fürther Freimaurern genannten Gebäude entsprechen ebenso der Realität, wie die Tatsache, dass die Loge *Zur Wahrheit und Freundschaft* das Komödiantenduo Heißmann und Rassau für ihr humanitäres Engagement mit dem *Preis für vorbildliche Mitmenschlichkeit* ausgezeichnet hat. Beide gehören nicht dem Freimaurerbund an.

Die Hintergrundinformationen zur Fürther Traditionsgaststätte *Zu den sieben Schwaben* sind dem FürthWiki
entnommen.

Zur Realität gehören auch die Erklärungen zur Freimaurerei, die geschichtlichen Hintergründe zu den Kriegen in Kroatien und Bosnien-Herzegowina, die religions-
geschichtlichen Verbannungen der Freimaurerei sowie
die Unvereinbarkeitserklärung der Deutschen Bischofskonferenz.

Historisch belegbar sind auch die Verschwörungstheorien von Leo Taxil, Ludendorff und der NSDAP.

Freimaurerische Begriffe sind im Glossar kurz erklärt.

Glossar

1. / 2. Aufseher	Ritualbeamte in der Loge. Das Ritual besteht im Wesentlichen aus Wechselgesprächen, wobei der Stuhlmeister die Fragen stellt, welche von den Aufsehern beantwortet werden.
Alte Pflichten	Freimaurerisches Grundgesetz von 1723.
Bruder	Anrede der Freimaurer untereinander
Frauenloge	Die Freimaurerei wurde ursprünglich als Männerbund gegründet. Im Zuge der Gleichberechtigung haben sich jedoch auch Frauenlogen gegründet. Sowohl Männer- als auch Frauenlogen halten an der Geschlechtertrennung fest. Gemischte Logen sind eher die Ausnahme.

Freimaurer	Ein Bund mit ethischer Zielsetzung. Der Freimaurer soll sich selbst erkennen, an seiner sittlichen Höherentwicklung arbeiten und sein Leben an den Idealen Freiheit, Gleichheit, Brüderlichkeit, Humanität und Toleranz orientieren. Die Freimaurerei wurde 1717 in London durch den Zusammenschluss von vier Logen zu einer Großloge (Dachverband) gegründet. Die Geisteshaltung war durch die Aufklärungszeit bestimmt. Symbole und Brauchtum sind den mittelalterlichen Dombauhütten entlehnt.
Geheimbund	Siehe auch „Verschwörungsmythen". Freimaurerlogen sind keine „Geheimbünde", sondern eingetragene Vereine, die dem Vereinsrecht unterliegen. Vorstände und Zweck der Logen sind im Vereinsregister öffentlich einsehbar.
Geselle	Der 2. Grad in der Freimaurerei. Der Geselle hat zusätzlich zum Lehrling die Aufgabe, „um sich" zu schauen, sich in der Gemeinschaft zu bewähren und Erfahrungen zu sammeln.
Großloge	Dachverband der Logen eines Staates.

Hiram Abif	Baumeister des Salomonischen Tempels.
Hiramslegende	Eine alte Bauhüttensage. Hiram wurde von Gesellen mit einem Spitzhammer erschlagen, da er seine geheimen Baukenntnisse nicht an sie weitergeben wollte. In der Freimaurerei mahnt die Legende zur treuen Pflichterfüllung.
Lehrling	Der 1. Grad in der Freimaurerei. Der Lehrling hat die Aufgabe, „in sich" zu schauen und an seiner Charakterbildung zu arbeiten.
Meister	Der 3. Grad in der Freimaurerei. Der Meister hat zusätzlich zum Lehrling und Gesellen die Aufgabe, sein Leben sinnvoll zu planen.
Meister vom Stuhl	Kurzform: Stuhlmeister. 1. Vorstand einer Freimaurerloge. Der Begriff leitet sich aus den mittelalterlichen Dombauhütten ab: Allein der leitende Meister führte seine Arbeit im Sitzen aus, da er die Pläne auszuarbeiten hatte. Vgl. engl. chairman
Rauer Stein	Symbol für den unvollkommenen Menschen mit all seinen Fehlern, Unzulänglichkeiten und Leidenschaften. Die symbolischen Ecken der Unvollkommenheit sollen mit dem Spitzhammer abgeschlagen werden. Hauptaufgabe eines Freimaurers ist die *Arbeit am*

	Rauen Stein, die Arbeit an seiner ethischen Weiterentwicklung.
Religion	Die Freimaurerei ist keine Religion und kein Religionsersatz. Sie ist rein diesseits-bezogen, nimmt keine Stellung zu religiösen Fragen und kennt keine Dogmen. In der Freimaurerei wird jede Religion toleriert - die Religionszugehörigkeit ist Privatsache jedes Logenbruders.
Ritual	Die rituelle Arbeit, die einmal im Monat stattfindet, erklärt die Symbolik und erinnert die Logenbrüder im Alltag nach den Werten Freiheit, Gleichheit, Brüderlichkeit, Humanität und Toleranz zu leben. An den anderen Logenabenden, die im Clubraum stattfinden, finden Vorträge statt, die anschließend kontrovers diskutiert werden. Dies dient zum Einüben von Gesprächskultur und Toleranz.
Schatzmeister	Kassier der Loge
Schwester	1. Bezeichnung der Frauen der Logenbrüder. 2. Bezeichnung für die Mitglieder einer Frauenloge.
Sekretär	Führt die Korrespondenz der Loge und Protokolle bei Versammlungen.
Stuhlmeister	Siehe: Meister vom Stuhl (Logenvorstand).

Tempel	Bezeichnung für den Raum, in dem die Freimaurer ihr Ritual zelebrieren. Im Gegensatz zur oft religiösen Bedeutung wird in der Freimaurerei „Tempel" (lat. *templum*) nur als *vom Profanen abgegrenzter Raum* verstanden, der der Kontemplation dient.
Verschwörungsmythen	Freimaurer betrachten Verschwiegenheit als Tugend und Basis für die Vertrauensbildung in der Bruderschaft. In ihrer Entstehungszeit (Zeitalter der Aufklärung) wäre es sicherlich gefährlich gewesen, aufklärerische Gedanken öffentlich zu diskutieren. Dies führte bald zur Bezeichnung *Geheimbund* und Verschwörungsmythen entstanden. In der NS-Zeit wurden in Deutschland Freimaurerlogen verboten (Gleichschaltung), da ihre Werte in keiner Weise mit dem Nationalsozialismus zu vereinbaren waren. Es entstanden Hetzschriften der Nazis mit den schlimmsten Unterstellungen. Heutzutage öffnen sich immer mehr Logen und betreiben Öffentlichkeitsarbeit.
Zeremonienmeister	Verantwortlich für den Aufbau des Tempels sowie der Ein- und Ausführung der Logenbrüder bei der rituellen Arbeit.

Personenverzeichnis

Protagonisten:

Stijepo Bistrić	Vertreter des Stuhlmeisters, Übersetzer, Co-Detektiv
Paul Jonas	Fürther Privatdetektiv

Personen aus dem freimaurerischen Umfeld

David Anderson	Logenbruder, pensionierter US-Soldat
Danijela Bistrić	Ehefrau von Stijepo Bistrić, Industriekauffrau
Murat Demir	Logenbruder, Gastwirt
Fritz Engel	Zeremonienmeister, ehem. Berufsoffizier, danach Buchhändler
Erna Engel	Ehefrau des Zeremonienmeisters
Dr. Robert Feiler	Schatzmeister, Rechtsanwalt
Hans Glosser	Hausmeister im Logenhaus
Gernot Harmann	2. Aufseher, Kunstmaler
Gerald Hofbauer	Kitzinger Stuhlmeister
Uwe Kießling	Würzburger Stuhlmeister
Thomas Kluge	1. Aufseher, kaufmännischer Angestellter
Susanne Langenhagen	Stuhlmeisterin der Frauenloge *Zur Winkelwaage*
Werner Liebmann	Sekretär der Loge, Kaufmann
Gerhard Schreiner	Stuhlmeister, Inhaber einer IT-Firma
Claudia Schreiner	Ehefrau des Stuhlmeisters
Jürgen Stahl	Ehemaliger Freimaurer, Sektenbeauftragter
Christa Tal	Patenkind von Hausmeister Glosser
Wolfgang Ollinger	Ehemaliger Freimaurer, Parteichef der *Fränkischen Patrioten*

Polizei

Elmar Klein	Kriminalrat, Leiter Mordkommission
Kai Obermeier	Kommissar in der Mordkommission
Lars Stiegler	Assistent von Obermeier

Sonstige Personen

Kilian u. Gerda Distler Winzer in Castell

Evelin Koslowski	Nachbarin der Familie Engel
Alexander Krause	Esoteriker, Aufnahme in die Loge abgelehnt
Deus vult	religiöser Freimaurergegner

Danke!

Der Autor dankt allen, die ihn bei der Erstellung seines ersten Kriminalromans unterstützt haben. Besonderer Dank gilt

- Josef, der ihm die Grundlagen für die Erstellung von Krimis vermittelt und zahlreiche hervorragende Ideen beigesteuert hat,
- Hannes, für die Redigierung des Textes,
- seiner lieben Frau, die während des Schreibens des Romans seine geistige Abwesenheit großzügig toleriert hat.